古典文獻研究輯刊

十　編

潘美月・杜潔祥　主編

第 9 冊

《文選》選詩研究（上）

楊 淑 華 著

國家圖書館出版品預行編目資料

《文選》選詩研究（上）／楊淑華 著 — 初版 — 台北縣永和市：
花木蘭文化出版社，2010〔民99〕
目 4+156 面：19×26 公分
（古典文獻研究輯刊 十編：第 9 冊）
ISBN：978-986-254-147-0（精裝）
1. 文選　2. 研究考訂
830.18　　　　　　　　　　　　　　　　99001805

ISBN - 978-986-254-147-0

9 789862 541470

古典文獻研究輯刊
十　編　第九冊　　　　　ISBN：978-986-254-147-0

《文選》選詩研究（上）

作　　　者	楊淑華
主　　　編	潘美月　杜潔祥
總 編 輯	杜潔祥
企劃出版	北京大學文化資源研究中心
出　　　版	花木蘭文化出版社
發 行 所	花木蘭文化出版社
發 行 人	高小娟
聯絡地址	台北縣永和市中正路五九五號七樓之三
	電話：02-2923-1455／傳眞：02-2923-1452
網　　　址	http://www.huamulan.tw 信箱 sut81518@ms59.hinet.net
印　　　刷	普羅文化出版廣告事業
初　　　版	2010 年 3 月
定　　　價	十編 20 冊（精裝）新台幣 31,000 元

《文選》選詩研究（上）

楊淑華　著

作者簡介

楊淑華，台中師專語文組、臺灣師大國文系畢業。民國七十八至八十二年間就讀臺灣師大國文研究所碩士班，師事邱燮友教授，撰寫《文選選詩研究》；八十六至九十二年間就讀成功大學中文研究所博士班，師事張高評教授，撰成《方東樹《昭昧詹言》及其詩學定位》，現任國立台中教育大學語文教育學系副教授。另有《臺灣當代小說論評》（1999 春暉）《語文教學與應用》（排版中）等合著專書出版。

提　要

　　基於對傳統選集在文學批評意義上的疑惑，本論文針對《文選》詩卷進行選錄現象的統計與分析，探究其藉實際批評所呈現的詩歌評價與理論。

　　正文六章約依以下三個層次展開論述：

　　第一、二章先考辨全書之編纂時間、成員、選材與背景等選集基礎，以及版本異同、編輯體例等構成《文選》評論的客觀條件，以使時空的詮釋、材料的選用有較具體而清楚的立論點。

　　第三、四章則藉由選錄原則的釐析、詩篇選目的分析、選錄地位的比較、和歷代詩話評價的縱橫聯繫，以檢證學者對《文選》選詩現象的諸多批評是否屬實？比對《文選》選編者對於各詩家的評價與定位為何？

　　第五、六章則綜觀前述量化統計結果，配合詩篇內容分析與詩人其他創作、後代選集等比較，以評估《文選》所選詩篇於各家、各類詩中之代表性；並舉與同代《玉臺新詠》略作比較，彰顯《文選》詩卷之評論特色。而後，並統整前述各章所分析的選錄線索，結合序文、編者論述等文獻，將《文選》選詩所呈現的評論內涵歸納為詩歌原理、詩歌源流、詩歌體類、詩歌批評四個面向論述。

　　經此研究，可確定《文選》的評詩理論因立足當代、遵循時尚著重實用之傾向，而致評論之開創性不足、評選亦未能對後世發揮持續性影響。但回歸文學史應考察文學活動實象之目的考察，《文選》選詩實已充分反應齊梁當代評詩風尚與論詩觀點，並對後續唐代詩學產生具體影響，故雖無《文新雕龍》之論理、《詩品》之品藻，仍當為齊梁文論的主脈之一，在中國文學評論史中佔有更顯著、明確的地位。

目次

第一章　緒　論

第一節　研究動機

一、《文選》之文學評論意義

　　《文選》，梁、蕭統撰，爲現存最早之文學「總集」。〔註1〕在眾多「總集」中，實佔有承先啓後之關鍵地位，在「文學評論史」〔註2〕上亦爲深具開發價值之研究題材，然因其未提出具體之評論準則，故易爲中國文學批評研究者所忽略。

　　以《文選》編纂之形式歸類，當屬史志著錄中之「總集」類。「總集」之名，雖始定於梁·阮孝緒《七錄》，〔註3〕溯其源流，則萌發出《詩經》、草創於《楚辭》、規模見於《文章流別》，體制之完備則推《文選》爲先。〔註4〕《文

〔註1〕此「總集」，乃指傳統圖書目錄學上與「別集」對稱之總集。以今日觀點而論，「楚辭」、「詩經」似亦爲總集。但自《隋書·經籍志》以下，集部，即區分爲「楚辭」、「總集」、「別集」。後世多沿之，故《楚辭》不在前文論列。而《詩經》自漢以來即入經學之林，故不予並論。

〔註2〕近代討論文學問題、評釋文學作家與作品之著作通常稱爲「文學批評」，乃由西方 Literaary Criticism 一文翻譯沿用。但羅根澤《中國文學批評史·緒論》中，即有改以「文學評論」之議（見8〜10頁）：楊松年《中國文學評論史編寫問題論析·緒論》更由論著史實、詞義、等方向析其改用之理，今沿用之。

〔註3〕唐·釋道宣《廣弘明集》卷三，收阮孝緒《七錄序·目》曰：「文集錄第三曰總集部、十六種。」故阮書雖佚，仍可見「總集」之源用。劉師培《論文雜記》亦曰：「文集之稱，始於梁阮孝緒《七錄》。」

〔註4〕參見張滌華《古代詩文總集選介》，《國文天地》雜誌社七十九年出版，第 1〜14 頁「緒言」所論總集源流。

選》能成爲總集發展之標竿者，固由其保存完整、編旨體例明確可循，尤因其特著「選文」之文學評論特質。

由六朝文論輯佚所見，《文選》前之《文章流別集》諸作，雖已顯示所錄以「文章」爲主之傾向，然其選材仍不避經籍。〔註5〕至《文選》乃詳序其不錄經史子書之例（參見〈文選序〉），「文學總集」之質性因得以突顯。《隋書・經籍志・序》謂總集之緣出曰：「總集者，以建安之後，辭賦轉繁，眾家之集，日以滋廣。晉代摯虞，苦覽者之勞倦，於是採摘孔翠，芟剪繁蕪。」可見「總集」原本即爲刪汰繁蕪、彙集菁華之選集，具有文學批評之功用。而《文選》獨以「選」題名，〔註6〕其彙集眾製，略蕪存菁之選旨，格外鮮明。觀其序言闡論、體例標明、編纂結構，與近世「文學批評」呈現觀念、論述原理、指摘疵病、頌揚美好、研考作家諸端等批評特質，頗相契合。歷來之「選學」研究，多偏尚注釋、校勘之學，辭彙、評論之功則較爲罕見，以文學選集之觀點，研析其在文學評論上之價值者，尤爲難得。故於現今中國文學評論史之研究論著中，僅有羅根澤、方孝岳等少數學者稍論及之，〔註7〕然其篇幅甚少，故評析亦未易深入，僅撮舉《文選・序》之觀點反覆推闡，實有待精研原典後，加之以充實理論內容，方克提振文論之地位。

二、「選詩」之研究價值

基於對《文選》文學評論意義之肯定，擇取《文選》中詩卷爲實踐理念之初步研究，乃因其本身即深富特色，具備獨立研究之優勢。

《文選》選錄詩篇四百四十二首，〔註8〕涵括周、漢、魏晉以下七代，共

〔註5〕由《全晉文》中所存摯虞《文章流別論》佚文所見，有曰：「惟誄無定制，故作者多異焉。見于典籍者，《左傳》有魯哀公爲孔子誄」，可見其所集不避經籍所錄。

〔註6〕清・汪師韓《文選理學權輿》序曰「總集自晉有之，而無以選名者，梁・昭明太子采自周訖梁百三十餘家之文爲《文選》，至唐而盛行」（廣文書局，民五十五年版）。今察見史志著錄，以「選」爲總集之名者，確始於蕭統。

〔註7〕參見羅根澤《中國文學批評史》第三篇第一章（學海書局，民國79年再版），朱東潤《中國文學批評史大綱・緒言》及第十四節（臺灣開明，民國49年台一版），方孝岳《中國文學批評・導言》及第十五節（莊嚴出版社，民國70年），周勛初《中國文學批評小史》第十三篇「文藝編輯家蕭統」（嵩高書社，民國74年）。

〔註8〕以明州本、贛州本《文選》卷十九～三十一所錄詩篇合計，本爲四百四十三首，但卷二十七樂府「君子行」下註曰：「琴有三調，平調、清調、側調，此

六十餘家作品，可謂集古體詩之英華。而此「古體」詩，相對於晚出之唐代「近體」，同為中國古典詩之兩大類別，於詩體發展上自成階段，地位顯著：處先秦《風》、《騷》，隋唐律、絕間，呈現詩歌形式、格律之演變關鍵，其銜接地位不可或缺；與唐詩同為當代文學主流，各具風貌，俱為宋元明清後代詩所取資取法，其源頭地位不容替代。此乃其詩體發展上特色之一。

　　《文選》所錄詩篇，雖以周漢以降歷代古體詩為蒐羅範圍，然其彙集本經刪汰拙劣、芟剪繁蕪之淬選，且為梁代人以其詩學觀點進行評價、篩選。故由此結果之呈現，適足以反映選編者之詩學評論。且其評論中既寓有蕭統等個人之詩學理念，亦融入齊梁時代之評詩觀點。於詩學評論上亦有其獨特之研究價值，此為特色之二。

　　再就《文選》全書結構而言，係以「次文之體，各以彙聚」之分類編排為總則，且每體中「又以類分」，並「各以時代相次」，皆自成起迄，足以獨立，而其編排體例，分類架構，則全體一致，可相互參照。將其中蒐錄作品、作家最廣之「詩」體，作單一之題材，非但於《文選》全書頗具代表性，且為進退得宜之研究，此乃特色之三。

　　備此諸多特點，遂使《文選》詩卷成為學者關懷之焦點。宋明以來研究者頗眾，「選詩」之名，相沿而定。〔註9〕然前賢心力，多集中於注釋、集評方面，針對選入材料本身（詩篇）進行釋義、鑑賞，故其所謂「選詩」其實為一集合性名詞，用以標明其研究對象。本文則側重詩學評論之角度，將「選詩」視為一完整之詩選，研析其選錄趨向、評詩理念，故兼及「選」詩之動態義，名曰：「《文選》選詩研究」。

第二節　研究目的與研究方法

一、研究目的及重點

　　本論文旨在探究詩選集之評論功用。故將《文選》中的詩，配合序言、

曲處於平調。善本無此一篇。」故捨此，共計四百四十二篇。

〔註9〕今見駱鴻凱《文選學》書後所附「選學書著錄」以「選詩」命名者即見六家，始於宋，多明清之作：宋·高似孫《選詩句圖》一卷；明·劉履《選詩補注》八卷；明·林兆珂《選詩約注》十二卷；明·凌濛初《合評選詩》七卷；清·吳淇《選詩定論》十八卷；清·鍾駿聲《選詩偶箋》八卷。

體例，視爲一獨立完整之詩選結構，經由詩篇統計、詩話評論、作品賞鑑等分析方式，綜觀《文選》選詩如何呈現選編者之詩學理念，具何種詩學評論之內涵，衡諸當代詩論之異同，並探究其於中國詩學評論史之價值。全篇共七章、分四層次討論：

第一層次：在確定研究對象及方向。故以首章「緒論」，說明研究動機與範圍，揭示研究主旨與脈絡。並以「編纂基礎」之外緣研究，釐清《文選》選詩之核心人物、編輯條件，以瞭解當代評選之文學環境與思想背景。

第二層次：在建立分析研究之基礎。第二章「選詩之結構」先藉善本版本，作爲研究之擇取，進而分析《文選》編纂目的、選詩體例、編排及分類特色；第三章「選詩之統計」則藉數量統計之研究方法，普遍而客觀地剖析《文選》詩篇之選錄趨向，作爲深層研究之指標。

第三層次：進行選詩結果之評估。第四章「詩家之地位」乃以人爲單位，詳析《文選》詩卷中各代詩家所佔選錄地位之高下，並與南朝詩評、歷代詩話比較，見其評論之沿襲性與影響力；第五章「詩篇之評價」則以入選詩篇爲對象，經選本輯錄、詩話評價、作品賞析之檢試，評估《文選》選詩之代表性，並與《玉臺新詠》互相比較以顯出其特色。

第四層次：則爲理論體系之構成與評價。第六章「詩歌理論」係綜合前四章研究所得，歸納而成之條理，並與當代詩論粗較異同。第七章「結論」：一則由選詩之成就，觀察《文選》對唐代詩學、後代詩選之影響；一則由詩論價值嘗試爲《文選》在詩學評論史上定位。

二、研究方法及限制

本文主要針對《文選》選詩內容進行分析研究。因研究對象──「選詩」純爲文學作品，且規模宏大，故兼採定質分析、定量分析兩種方式，以期充分掌握研究對象之特質：

鑑於數量統計、列表比對具有簡明、客觀之優點，故在控制變因、簡化分析因素之情境下，將「選詩」全體篇目予以歸類統計、排表詳析，以瞭解其編排結構及選錄趨向，是採普遍而量化之宏觀，顯明「選詩」選錄之整體特色，並得見堪稱典型之詩壇精英與未獲青睞之特例；徵諸詩家評論、詩選著錄，進而擇取詩篇品鑑賞析，則採鑑賞、評析之作法，發掘詩篇風格之體勢、創作之成就，由質的層次深入評析，一則對《文選》選詩之結果進行評價之再評估，

一則藉以衡較《文選》評詩之獨特觀點，擬構選編者詩學評論之體系。如此，由博返約、計量析質，期能適得二種研究方法之長，而互補其短。

此外，於詩論評析中並酌採比較方法，與歷代詩話、南朝詩論作縱橫之聯繫，藉以轉換研究觀點、擴充評論視野，較客觀地剖析《文選》詩學評論中沿襲成說、開創新論之處，以見其承先啓後之成分。

然而，以本論文之研究題材區分，本屬詩學評論史之範圍，故於選者考證、編纂背景、詩篇輯全、版本研究等研究基礎之確立上，仍須藉助蒐羅典籍、考訂文獻等歷史研究之方法，以選彙資料、提出觀念。但歷史研究基於時空疏隔、文籍散佚等因素，仍有其未能完整、難免主觀之限制，〔註10〕故本文於引用資料之初，力求愼重，將《文選》版本之沿革作一釐清、辨明；並於統計詩篇之始，期其周全，蒐羅入選詩家篇章以輯全；引見詩文，則親校贛州州學刊六臣注，與陳八郎宅刊五臣注善本，以求眞確。〔註11〕然所得《文選》善本、眾家詩篇、歷代詩評、諸家選本，仍僅爲寶山崩餘，雖嘆其殘零不整、唯恐專斷，在旁無可考之情況下，亦僅能暫以爲論，並期學精識博之士，惠予指正。

第三節　《文選》之編纂基礎

一、結集時間

《文選》一書之編纂時年，《梁書》、《南史》、《隋書》等史傳資料均未見確載，致學者分引證據、推論不一。僅以《文選》書中確切之線索爲主，編者（蕭統、劉孝綽等）之線索爲輔，擇前賢合理之論據爲佐證，如屬想當然耳之推論過當者，在未能辨其繆誤前，僅聊備一說。

首先，自〈文選序〉之內容，可約略畫定《文選》結集時間之上下限。編者自序其編纂之緣由：

> 余監撫餘閒，居多暇日，歷觀文苑，泛覽辭林，未嘗不心遊目想，

〔註10〕　參見王文科：《教育研究法》中「歷史研究法」一節，第277頁（五南圖書，民國79年）。

〔註11〕　由台灣現存《文選》善本而言，贛州州學刊六臣注與陳八郎宅刊五臣注《文選》雖非唯一之善本，但其所存詩卷（卷十九～三十一）較爲完整，且爲現存有眞本可校者，故僅以此爲準。遇詩文有出入時，則以案注李善本者爲先、次依五臣本、再依六臣本，以符《文選》刊刻注疏之次第。

移晷忘倦。(〈文選序〉)

參照《梁書》昭明太子本傳所載錄，其於天監十四年（西元 515 年）受冠於太極殿後，即與聞庶政。至中大通三年（西元 531 年）寢疾而薨。〔註12〕此十餘年間，乃《文選》編集時間最寬泛、亦是最確切之上下限，凡編年之定，必以此爲基本。

自何融以降，學者推論《文選》編纂時期者，多據選錄作品年代、作者卒年擬測，並參考東宮文士之盛衰，而將期限縮小爲：天監十五年（劉峻寫作《辨命論》）後，至普通三、四年（東宮文士繁盛），而於普通七年（陸倕卒年）後始完成。〔註13〕此說主要立論於《文選》本身作品、作者之線索，論證詳切有力，然其循「不錄生存」爲體例以作者卒年爲斷限之說，雖獲學者共識，卻未能周延，〔註14〕乃待輔證強化之。今見蕭統〈答湘東王求文集及詩苑英華書〉一文所曰：

得疏，知須《詩苑英華》及諸文製。發函伸紙，閱覽無遺。

其書論文學之事甚多，卻僅評文集、《詩苑英華》二書。據現存資料考索，《文選》收錄材料、範圍顯然較《詩苑英華》豐贍，而蕭繹、蕭統信中均未稍及之，或因此時《文選》尚未成書之故。〔註15〕參照劉孝綽〈昭明太子集序〉

〔註12〕 參《梁書》卷八〈昭明太子傳〉與《南史》卷五十三〈梁武帝諸子傳〉所載，曰：「太子自加元服，高祖便使省萬機，內外百司奏事者填塞於前。太子明於庶事，纖毫必曉，每所奏有謬誤及巧妄，皆即就辯析，示其可否。三年三月，寢疾，恐貽高祖憂，敕參問，輒自力手書啓……四月乙巳薨，時年三十一。」按：故可知昭明太子自加元服後即助理萬機、監攝國事，至中大通三年寢疾身故而止。

〔註13〕 參見何融〈文選編撰時期及編者考略〉收入學生書局版《昭明太子和他的文選》一書。林聰明《昭明文選研究初稿》第一章（文史哲出版社，民國75年11月初版）。顏智英撰《昭明文選與玉臺新詠之比較研究》，師大國研所碩士班，民國80年論文。

〔註14〕 《文選》以「不錄生卒」體例選錄作品之說，始見晁公武《郡齋讀書志》卷二，引實常一段，此後學者多據《文心雕龍》、《詩品》等文論之例，以其爲梁代編輯通行體例，謂《文選》遵行之。並據此推測《文選》未錄某家作品，即表示其成書於某人卒年之前。其實，自收錄作品，編輯體例等種種跡象考察，《文選》雖大體襲《文章流別集》不錄生存之例，仍未有確切之論證足以驗之。且由今存《玉臺新詠》之編排及《顏氏家訓·文章篇》載錄劉孝綽《詩苑》止取何遜詩二首。亦可見當代仍有不避嫌隙，選錄生存之例子。故不宜過度推論以爲眾書皆然。甚至作爲另一項推測編輯時代，解釋未錄作品之主證，此皆不盡合理，使論據略嫌薄弱。

〔註15〕 參見曹道衡、沈玉成〈有關《文選》編纂中幾個問題的擬測〉一文，見《昭

所述推測，太子文集約成於普通三年（西元 522 年），〔註16〕據湘東王出守荊州之時間推測，本書函當不早於普通七年（名元 526 年）十月作，〔註17〕故可輔成前賢以作者卒年推論《文選》成於普通七年後之說。

然細考普通七年間之諸記事（參見附錄一），則《文選》之成書時間似應延後。由《梁書・昭明太子傳》載錄普通七年十一月庚辰，丁貴嬪（太子生母）薨。距湘東王遷守（普通七年十月辛未）、手足書信往返之時甚近，幾無定稿結集之可能。且太子秉性仁孝，方貴嬪有疾之時，即還永福省侍疾，及薨，哭輒痛絕，水漿不入口（參見《梁書》本傳）。故由此至中大通初年之喪制期間，〔註18〕成書撰序之可能性極低；另由頗受太子禮重，獨與撰集之劉孝綽而言，普通六年爲到洽彈劾免職，至大通元年（西元 527 年）正月乃因「籍田詩」起官西中郎湘東王諮議，後復爲太子僕。〔註19〕而中大通元年（西元 529 年），即丁母憂去職。〔註20〕故推重劉孝綽於《文選》編纂工

〔註16〕明文選研究論文集》第39～45頁。清水凱夫〈文選編輯的周圍〉一文，同見《昭明文選研究論文集》17～23頁。顏智英《昭明文選與玉臺新詠之比較》一書第一章。以上三篇論文均引蕭統答書作爲《文選》時尚未成集之論證。

〔註16〕參見劉孝綽〈昭明太子集序〉一文，有曰：「粵我大梁之二十載，盛德備乎東朝……」考梁立國第二十一載，乃普通三年，故或以此序此集作於斯年。

〔註17〕據《梁書》卷一〈武帝本紀〉及卷五〈元帝本紀〉載：普通七年冬十月辛未，出爲使持節、都督荊、湘、郢、益、寧、南梁六州諸軍事、西中郎將、荊州刺史。前此則繹在建康，即或書柬往來，亦無須如此長篇議論，故註15所引曹道衡、沈玉成之論文則據此論證，謂「蕭統給蕭繹的信，不知作于何年，但最早當在普通七年后。」

〔註18〕考察《梁書》、《南史》均無〈禮樂志〉，而《隋書》卷八〈禮儀志〉則載沈洙之議，論服喪宜以再周二十五月爲斷，並引溯宋齊禮制曰：「所以宋元嘉立義，心喪以二十五月爲限。大明中，王皇后父喪，又申明其制。齊建元中，太子穆妃喪，亦同用此禮。惟王儉《古今集記》云，心制終二十七月。又爲王逡所難。何佟之《儀註》用二十五月而除。」並未明言梁制爲何。而清水凱夫〈文選編輯的周圍〉一文則以梁代服喪期爲二十七個月推算，未知其依據。曹道衡、沈玉成之論文，則曰：「古人所謂三年之喪，事實上是二年零七十天或二年零九十天。」其亦兼採二十五月及二十七月二說，故此處仍沿此二說，未予定執。

〔註19〕參見《梁書》三十三〈劉孝綽傳〉：「及高祖爲籍田詩，又使勉先示孝綽。時奉詔作者數十人，高祖以孝綽尤工，即日有敕，起爲西中郎湘東王諮議，后爲太子僕，母憂去職。」又見《隋書》卷七〈禮儀志〉二：「梁初籍田，依宋、齊，以正月用詩，不齋不祭。」可知劉孝綽免官後，至遲至大通元年正月已復任湘東王諮議。

〔註20〕參見《梁書・劉潛傳》：「晉安王出鎮襄陽，引爲安北功曹史，以母憂去職。

作之影響力者，多謂《文選》成於大通元——中大通元年間。〔註21〕將此二線索參照權衡，則如《文選》之序文果為昭明太子蕭統親撰，而劉孝綽在實際編輯上亦佔有不可或缺之地位，則推定《文選》於梁武帝中大通元年（西元 529 年）前後進書，似是較為合理的。

有關《文選》成書時間之考定，雖未敢遽為定論，然由此一定點之暫擬，則大抵可知：《文選》乃昭明太子英年時期（年二十八～三十一）文學觀念成熟之選集，對其詩學評論之實踐，應具鮮明之代表性：《文選》之積極編纂時期，雖只在大通——中大通初年之三、四年間，實應視為《詩苑英華》、《正言》等各體選集之修改與擴充，可謂集天監年間以來，太子與東宮諸士討論篇章、商榷古今、編述等文學評論觀念之大成。

二、編纂成員

選集之成敗，編纂人員乃主其關鍵：編者之學理素養決定選集之趨向；編者之批評鑒識影響選集之品質；編者之數量多寡、態度公私則直接關涉選集呈現之嚴密性。仰觀前賢對《文選》編者之論述，難免兩極化之傾向，或過於寬泛地網羅史傳資料，臚列東宮文士名號、概述文學評論，或專斷直指為劉孝綽個人主導，再予蒐證佐成，一旦回歸《文選》本身驗核，皆不難見其偏繆：《文選》選輯歷代詩文，自謂「時更七代、數逾千祀……名溢於縹囊……卷盈於緗帙」（〈文選序〉），則品選範圍與編纂規模之大，必非少數學者獨力可成。而《文選》成書雖迭經學士討論，折衷諸家評論、綜賅前集精要，其積極專力之著手編纂，卻僅在大通——中大通年間，評選觀點或容承襲斟酌乎師友、實際參與編輯工作者則應以此為限。

傳統之《文選》編纂研究肯定編者多寡對纂集之便利，故據史載東宮文士之詳略，推測《文選》編纂結集之年代，看似詳切，實不免論證上之危機。〔註22〕由前文考辨可知：大通——中大通年間《文選》的編纂，實則為統整、

王立為皇太子，孝儀服闋，仍補洗馬，遷中舍人。」考〈簡文本紀〉，其立為太子乃在中大通三年七月，據註 18 考見之喪制推測，則劉孝儀、孝綽丁母憂去職，當在中大通元年。

〔註21〕參見清水凱夫〈文選編輯的周圍〉一文第五部分（見《六朝文學論文集》重慶出版社），曹道衡、沈玉成〈有關《文選》編纂中幾個問題的擬測〉一文第二部分（見《昭明文選研究論文集》第33～34頁）。

〔註22〕按《梁書》、《南史》等紀傳體之史書，本以人物為主，須分由各人傳記織綴東宮文士活動之片斷，故其所記多寡未必得當代活動之全貌：即史傳已錄繁

刪修之後期編纂工作，〔註23〕在選錄標準、體例上均無大變動，僅偏重選集規模之擴大，內容之精煉與作品之膽錄。有無名家才士之襄贊，影響應不致太大。然則主編者之審編、定稿，決定《文選》最後之面貌，確為無可置疑之事。

《隋書·經籍志》以下，歷來史志、書目載錄《文選》三十卷，皆署曰：「梁昭明太子撰。」驗諸梁書本傳亦列為其編者，〔註24〕前代學者遂不疑有他，直以太子蕭統為研究主體。近來學者則由《玉海》引《中興書目》錄《文選》下注文與《文鏡秘府論》之記載，〔註25〕發掘劉孝綽在《文選》編纂中之重要性，日本學者清水凱夫更據日本古鈔本序題之註〔註26〕及梁代《華林徧略》等類書編纂中帝王掛名編纂之體為證。大膽推論：

> 在《文選》的編輯中，昭明太子只不過是名義上的撰者，其意向幾乎未得到反映，《文選》的作品是劉孝綽受委任頑強地堅持自己的意向撰錄的。（〈文選撰者考〉，14頁）

其研究觀點固然新穎，論證亦有力，惟破舊立新之際，情切氣盛，不免推論過當。綜觀梁代論著，史載之撰者乃各有虛實，故當視纂集之個別情況

盛之時年或恐有缺略，而記之較少者未必即表示文士簡略。況文士設置之繁盛，非必僅為編纂文集之需，如真為編纂輯錄之需，亦未必即因《文選》編書所設。如史載昭明太子所撰有《昭明太子文集》、《正言》、《詩苑英華》等書，亦不無可能。

〔註23〕因前文探討，已知普通三年後太子文集、《詩苑英華》皆已成書，而太子尚以未能詳備為憾；且《文選》行世後，《正言》、《詩苑英華》等書漸次散佚，或因其選材內容更為精善周備之故。屈守元〈文選雜述〉遂曰：「《正言》、《英華》諸書早成，未能愜意，而始集《文選》，其意差明。」見《昭明文選雜述及選講》一書第3～6頁。林聰明《昭明文選研究初稿》則引朱彝尊〈書玉臺新詠後〉之說，以為《文選》：「自需廣蒐載籍，撰成初稿，而後去蕪存菁，編定成書。」（文史哲，民國75年）

〔註24〕《梁書》卷八〈昭明太子傳〉記其著述曰：「所著文集二十卷，又撰古今典誥文言，為《正言》十卷，五言詩之善者，為《文章英華》二十卷、《文選》三十卷。」又見《隋書》卷三十五〈經籍志〉：「《文選》三十卷，梁昭明太子撰。」

〔註25〕《玉海》卷五十四，引《中興書目》錄《文選》並注云：「與何遜、劉孝綽等選集。」唐·空海《文鏡秘府論·南卷·集論》則曰：「梁昭明太子蕭統與劉孝綽等撰集《文選》。」

〔註26〕分見屈守元〈昭明文選雜述及選講〉、清水凱夫〈文選撰者考〉二文，均引證日本古鈔本《文選》，在序題旁注云：「太子令劉孝綽作之。」但因未能親校原書，故未敢遽採其說。

而定，不可據一概全。《文選》本身之體裁、規模本非獨力可成，須藉助撰者以外之人員輔成，自是當然；而其性質內容又異於類書，必有一貫之選取標準與文學思想爲中心，故不當比同《華林徧略》、《長春義記》等彙編；由太子之教養過程查證，昭明太子之文學素養與志趣，亦足任督導編輯之責，本無虛置其名之需；驗諸《文選・序》內容：「余監撫餘閑」。一段，則知太子習覽詩文之浩嘆乃爲本書編纂之主要動機之一，更無置身事外之理；而由《文選・序》之行文習慣比對，亦與蕭統之論述雷同。由此皆可知蕭統在《文選》編纂中，應非虛設之撰者，〔註27〕而其評選觀念、編輯體例、實際輯錄等編纂內容，則依層次分別得自周遭文士之襄助。

其中，劉孝綽之影響自是不容忽視。據《梁書》所載，孝綽歷事東宮二十餘載，頗受太子禮遇，故首圖其像並委以編文集之責，〔註28〕然由史傳亦可見孝綽並非太子最敬重之才德學士，亦非唯一受太子尊禮之東宮學士，〔註29〕且其與到洽之爭訟，亦曾頗令太子不齒，〔註30〕過度突顯其重要性實僅見一隅。但由東宮文士之選異可知：劉孝綽是《文選》完成階段中東宮文士之較富文名者，於其定稿之權商自有相當之影響力。時侍職東宮者，尚有王筠、殷芸等資深學者，與張緬同爲「十學士」之成員，〔註31〕天監年間即侍

〔註27〕參見註15引曹道衡、沈玉成論文1頁：「帝王署名編撰的書，多出門下文士之手，這已經是一種通例。《文選》也不例外。不過由種種跡象來看，可以認爲，《文選》是按照蕭統的文學觀，並在他的實際主持下進行，與後代帝王的「御製」、「御撰」之類純屬沽名釣譽者不同。」按原文僅述結論，而未說明所謂「種種跡象」爲何。

〔註28〕參見《梁書》卷三十三〈劉孝綽傳〉（鼎文書局，民國68年）。

〔註29〕參見附錄二及《梁書》各列傳，則知東宮學士中不乏因德高學精而見禮於昭明太子者：如王筠既以文學與劉孝綽同爲太子推重，又以方雅與殷芸同見禮遇。（〈王筠傳〉）；徐勉年高德劭，侍東宮、太子禮之甚重，每事詢謀。（〈徐勉傳〉）；陸襄淳孝修德，而爲昭明太子引與遊處，倍予賓禮（〈陸襄傳〉）；明山賓儒雅博學，屢居博士教職，時受師事之尊禮，聞築室不就，則恭奉資助。（〈明山賓〉）又如到洽、張率、陸倕等人，亦皆爲太子尊崇賞愛之士，由其〈與晉安王令〉、〈與張纘書〉、〈宴闌思舊〉等書令詩文中皆可證。

〔註30〕《梁書》卷三十三〈劉孝綽傳〉曰：「洽尋爲御史中丞，遣令史案其事……（孝綽）坐免官。孝綽諸弟，時隨藩皆在荊、雍，乃與書論共洽不平者十事，其辭皆詆到氏。又寫別本呈東宮，昭明太子命焚之，不開視也。」而大通元年起爲湘東王諮議後，啓謝高祖，並啓謝東宮，有「知好惡之間，必待明鑒」云云諸語。足見此事確已造成太子與孝綽君臣間之齟齬。

〔註31〕據屈守元先生〈「昭明太子十學士」說〉一文考證，約在梁天監十一年時（昭明太子十二歲），武帝敕王錫、張纘、陸倕、張率、謝舉、王規、王筠、劉孝

遊太子，情誼深厚，才學淵雅，此三者當有助其編纂之可能。陸襄、何思澄、殷鈞、劉杳則爲天監、普通年間續置學士，分掌東宮管記、太子中庶子等職，深諳典籍規制，〔註32〕亦有襄贊編纂之義務。至於曾任職東宮而先後辭世、離職之陸倕、徐悱、明山賓、張率、到洽、王規、劉勰、謝舉等人，雖在觀念、作法上或曾與太子等人相互討論斟酌，不當忽視其影響，但因以大通——中大通年間參與《文選》纂成階段之成員爲主，故不予詳論。

根據〈附錄一〉東宮文士之遷異，並詳考《梁書》諸學士之任官時年，可對《文選》編纂人員作如下之擬測：

文士姓名	時任東宮職務	備　註
劉孝綽	太子僕	約於中大通元年（西元529年）丁母憂去職。
王　筠	太子中庶子	於中大通二年（西元530年）遷司徒左長史。
陸　襄	太子家令掌管記	約於大通二年（西元528年）因母憂去職。
張　緬	太子中庶子	於中大通三年（西元531年）遷侍中未拜卒。
劉　杳	東宮通事舍人	至太子薨、敕留任。
殷　鈞	時侍東宮領太子中庶子	中大通三年領太子中庶子，太子薨，去職。
殷　芸	直東宮學士省	中大通元年卒。
何思澄	東宮通事舍人	至中大通三年太子薨，遷黟縣令。
何敬容	太子中庶人	中大通元年始新任。
王　顒	太子舍人	由〈陸襄傳〉附見。
蕭子恪	太子詹事	大通二年出爲寧遠將軍，吳郡太守。
蕭　偉	太子太傅	中大通元年始任。

上列文士因限於史傳資料支離，僅能略舉一二，然大抵仍可推知：劉孝綽、王筠任職東宮時間較長，深得太子器重，又素以文名超軼群才、著譽當

綽、到洽、張緬爲學士十人，後代人爲簡括之，故稱「昭明太子十學士」（見《昭明文選研究論文集》第152頁）。

〔註32〕參見《梁書》中陸襄、何思澄等人傳記、正文表列及附錄二最下欄，則知：陸襄自天監年間太子啓奏引遊後即任太子洗馬之職，歷遷中舍人、家令、中庶子諸職，均兼掌管記。殷鈞好學有思理、善隸書，天監初即任太子舍人，後曾校定祕閣四部書，遷太子家令、中庶子諸職時，亦掌東宮書記。何思澄、劉杳二人均曾應選《華林徧略》之編纂，又具博學鴻才，著述多方，文辭典麗。

世，〔註33〕故由其協助太子，策畫《文選》編纂事務。而陸襄、張緬、殷芸、殷鈞、何思澄、劉杳諸士，除與太子交遊外，或嫻於管記、博學通聞，對《文選》之蒐材、輯錄等編輯實務，自當多所貢獻。

簡言之，《文選》可謂昭明太子集東宮文士精英，編選歷代文華之作。

三、編纂材料

纂集之起，本爲免於覽者之勞倦、利學者之矜式，故編輯材料廣博，乃必具之條件：惟蒐羅完備，始能觀其全面，知所芟剪而無遺珠玉；典藏廣博，始得見諸選詳略、考校原文。《文選》出於昭明太子號召、集東宮文士才略，其典藏選材之盛，可謂得天獨厚。

梁・阮孝緒《七錄・序》自敘梁初力復前代文籍舊觀，蒐求殷勤，盛踰前代：

> 齊末兵火，延及秘閣。有梁之初，缺亡甚眾。爰命秘書監任昉，躬加部集。又于文德殿內，別藏眾書，使學士劉孝標等，重加校進。乃分數術之文，更爲一部，使奉朝請佟旳，撰其名錄。其尚書閣內，別藏經史雜書。華林園又集釋氏經論。自江左篇章之盛，未有踰於當今者也。

驗諸史志載錄及《文獻通考・經籍考》敘論，則知歷代典籍屢遭戰禍延及，雖經英主獎掖、通儒部集，猶未復前代規制，又淪焚燒子遺。而梁代獨有武帝好文，敦說詩書，故梁初葜錄，已有二萬三千餘卷。至元帝克平侯景，總凡七萬餘卷。〔註34〕故阮氏之稱盛前代，洵非溢美之辭。

梁代文籍之蒐羅，既稱冠於南朝，東宮篇籍之富、文學之盛，亦爲史傳

〔註33〕參見《梁書》卷三十三〈劉孝綽傳〉云：「孝綽辭藻爲後進所宗，世重其文，每作一篇，朝成暮遍，好事者咸諷誦傳寫，流聞絕域。文集數十萬言，行於世。孝綽兄弟及群從諸子姪，當時有七十人，並能屬文，近古未之有也。」〈王筠傳〉則云：「筠幼警寤，七歲能屬文，年十六，爲〈芍藥賦〉，甚美。及長，與從兄泰齊名。尚書令沈約，當世辭宗，每見筠文，咨嗟吟咏，以爲不逮也。筠爲文能壓強韻，每公宴並作，辭必妍美。約常從客啓高祖曰：『晚來名家，唯見王筠獨步。』筠狀貌寢小……不以藝能高人，而少擅才名，與劉孝綽見重當世。」

〔註34〕參見《歷代經籍考》冊一錄馬端臨《文獻通考》卷一百七十四〈經籍考一〉總敘 1505 頁：「梁初秘書監任昉躬加部集，又於文德殿內列藏眾書，華林園總集釋典，大凡二萬三千一百六卷……元帝克平侯景，收文德之書及公私經籍歸於江陵，大凡七萬餘卷。周師入郢，咸自焚之。」

罕見。《梁書・昭明太子傳》云：

> 太子引納才學之士，賞愛無倦。恆自討論篇籍，或與學士商榷古今，
> 閒則繼以文章著述，率以爲常。于時東宮有書幾三萬卷，名才並集，
> 文學之盛，晉宋以來未之有也。

可見昭明太子之勤習典籍、精研篇章，實有東宮豐厚之藏書爲其資源。參照前述《文獻通考》載錄數據，則幾當代蒐求典籍之多數，皆爲東宮書記抄錄典藏。故知《文選・序》自謂「歷觀文囿、泛覽詞林」，乃爲實情。加以當代王公搢紳，知太子之好學，每有古書珍本，則獻於東宮。〔註35〕遂使東宮文籍之富，備於當世。而《文選》選文考辨之材料廣博，遂奠下纂集完備之基礎。

四、編纂素養

所謂「編纂素養」，近指編纂文籍選集之實際經驗，遠則涵括文學創作鑑賞之修養。就決定文學選集品質之關係而論，後者似較具影響力，宜優先探究之。

《文選》之主編者——昭明太子，自幼即接受嚴謹、有系統之東宮教育：〔註36〕三歲受《孝經》、《論語》，五歲徧讀五經，八歲後則有五經博士講授五經義（詳見附錄一），奠下紮實之儒學基礎，閒受通儒之薰陶，而培養文學興味。故至十五歲受冠後，已能隨興寫作，如〈蕭統傳〉所云：

> 讀書數行並下，過目皆憶。每遊宴祖道，賦詩至十數韻；或命作劇
> 韻賦之，皆屬思便成，無所點易。（《梁書・卷八・昭明太子傳》）

在閱覽墳籍與詩文創作上，均現早慧之才思，此固追功於武帝愛好文學、羅致賢士之教導啓迪，昭明太子自身恬靜好學、潛沉涵詠之功夫，更蓄養其深厚之文學鑒識：由史傳載錄、序記評述均可見，太子引賢禮士，勤於討論篇章，監撫閒暇，猶欹案無休、摛文掞藻〔註37〕；由〈與何徹書〉等書信自述，

〔註35〕參見《梁書》卷四十〈劉之遴傳〉云：「時鄱陽嗣王範得班固所上《漢書》眞本，獻之東宮，皇太子令之遴與張纘、到溉、陸襄等參校異同，之遴具異狀十事。」此事又見〈蕭琛傳〉。

〔註36〕參見王文進〈荊雍地帶與南朝詩歌關係之研究〉論文第三章五節107～108頁，詳述蕭統所受完整之東宮教育實現了儒家教育理想，既使太子入國學與公卿子弟行齒冑禮，亦經「東宮歷事」。之參政教育。

〔註37〕參見《梁書》卷八〈昭明太子傳〉、簡文帝〈昭明太子集序〉、劉孝綽〈昭明太子集序〉、王筠〈昭明太子哀冊文〉，均詳述太子引納才士，勤於篇章之行迹，足見其實。

則知其篤好文學、遊思辭林、常至移晷忘倦〔註38〕；自其傳世之詩文篇製、與王藩書函論評，〔註39〕則顯其已具明確之文學理念與深厚賞鑑功力，足以詮品諸家而淬選歷代篇翰。

至於助編之王筠、劉孝綽等學士，則多為名盛當代，才高詞瞻之文秀。故如王、劉二家本出舉族文才、人人有集之家族陶冶（參見註21）。王筠優於文製，早以辭美韻叶而見禮沈約，譽滿士林；劉孝綽以詩擅場，更因才敏思捷而屢承高祖恩澤，篇傳絕域；何思澄、劉杳更以工文辭、博事義而才具於世（詳參附錄二）。其文學造詣、創作成就固已為時人肯定，會此數子以選文定篇，自易於昭孚公信，詮品文苑英華。

另就纂集經驗而觀，《文選》本為昭明太子續成前作、擴充完備之總集，在彙觀文筆、選編篇翰上，已有《正言》、《陶淵明集》、《詩苑英華》等編纂經驗可資借鏡，而評論觀點愈益圓融，自當精益求精，超邁前集；王筠才富思敏，著述等身，號稱一官一集，〔註40〕於刪整篇章、編纂體例，當思慮周密；劉孝綽則先後襄助太子編纂詩選、文集，最能知悉蕭統之文學觀念與評選理想；而殷鈞、殷芸、陸襄諸士歷掌管記，博綜群籍；張緬、劉杳、何思澄則勤於述作，頗富抄撰輯錄之經驗（並見附錄二），於《文選》之編纂實際，當更能集思廣益、駕輕而就熟。

中大通年以前，或有謝世或遷異他職之學士，雖缺乏確實之證據，見其對《文選》纂集之貢獻，然如明山賓之博通儒雅、陸倕、張率、劉勰之暢達文理，對昭明太子、東宮同僚之評選觀點、編輯作法，自不免有所影響。況《文選》規模宏大，構思經年，普通年間或已著手初編，藉助於文士之才思學養者，應不當止於所舉諸家。

〔註38〕 參見蕭統《文選・序》一文，有「余監撫餘閒，居多暇日，歷觀文囿，泛覽辭林，未嘗不心遊目想，移晷忘倦。」之自述。而〈答湘東王求文集及詩苑英華書〉、〈與何徹書〉二文，亦詳述其耽研文學之樂。

〔註39〕 昭明太子傳世著作，除《文選》外，今有《昭明太子集》紛為叢書收錄，版本、卷帙均詳略不一，大抵為明人據類書采掇而成。（詳參陳宏天輯校《昭明太子集・序》），其中〈答晉安王書〉、〈答湘東王書求文集及詩苑英華書〉、〈陶淵明集・序〉等文中，均已顯露「麗而不浮，典而不野」之評文標榜，與掎摭利病，品藻優劣之雄才壯志。

〔註40〕 參見《梁書》卷廿七〈王筠傳〉云：「筠自撰其文章，以一官為一集，自洗馬、中書、中庶子、吏部、左佐、臨海、太府各十卷，尚書三十卷，凡一百卷，行於世。」

　　歸結前述，則知《文選》之編纂，乃以昭明太子爲主，集劉孝綽、王筠等文士而成之文學精選。有梁代祕府之典藏、選甌時賢之東宮學士爲其纂集基礎，得一般欽定文集之優勢；主編者富涵學養、躬與其事，協調紛歧，利於選錄觀點之統一，則無虛置署名，任行好惡等敕編選彙之缺弊；而其成書於昭明太子英年時期（大通元年至中大通元年，西元 527～529 年。時年二十七、八），已蓄積多年之文學造詣，評論思想業已趨明確、成熟。此三項條件，皆可視爲有利提昇《文選》評論成就之因素。惟其結集時間前後約僅二年餘，而期間編纂成員亦多所變故遷異，相對於體制龐雜之《文選》，恐不免倉促草成、繁重難馭，致後代時見體例未嚴、選篇不當或私寓好惡之評。〔註 41〕此或爲《文選》編纂上未能盡善之原因。

第四節　《文選》之編纂背景

　　自文學史之研究發現：人類文學活動之內容、質性，常隨時空背景之轉換而遷異。此前人所謂：「歌謠文理，與世推移」、「北文尚實際，南文崇虛無」，〔註 42〕故大抵釐定《文選》纂成之時年後，應擴大視野，俯瞰當代政治、經濟、社會等人文環境之整體現象，期藉客觀條件之認識，探尋主體活動（文學觀念、理念）之發展因緣。由於南朝政權屢變，而京畿地域重疊，自然、人文條件相近，故雖以梁初二十餘年爲焦點，亦兼溯宋齊以來之史實。

　　南朝文學之發展，承魏晉之遺緒，踞後天條件之優勢，獲得更蓬勃之開展。一則佔江南地利，農產豐厚，商業繁盛，生活條件優渥，文學活動自然熱絡。加以山川秀麗、民情浪漫，感物興發之際，歌詠隨生。故渡江以來，吟作之風日熾。再則以君主平庸、政權動盪，朝野無意北進。得權勢則縱情奢華，爭尚文學之名，行宴樂之實，上行下傚，士族俱效風雅，既圖倖進，兼避橫禍。〔註 43〕劉宋以明帝肇其始、蕭齊諸王續其繁。入梁以後，高祖好

〔註 41〕參見駱鴻凱《文選學・義例第二》28～30 頁。張仁青《六朝唯美文學》第四章 133 頁〈文選之評價〉，又見日・清水凱夫《《文選》撰者考》等文，均指斥劉孝綽循私意取捨。

〔註 42〕參見劉勰《文心雕龍・時序》「歌謠文理，與世推移，風動於上，而波震於下者。」劉師培〈南北文學不同論〉：「大抵北方之地，土厚水深，民生其間，多尚實際；南北之地水勢浩洋，民生其際，多尚虛無；民崇實際，故所著之文，不外記事析理二端；民尚虛無，故所作之文，或爲言志抒情之體。」

〔註 43〕參見何之元《梁典・總論》云：「梁之有國，少漢之一郡，大半之人，竝爲部

文而勤政，尤予文學穩定、優越之伸展空間，得以總承前代根柢，既秀而實。此殆《文選》當代之政經概況。今就文學之相關背景，評析如下：

一、位躋四科、卷盈緗帙

魏晉以降，文章著述漸足以名世，至南朝宋文帝立四學，〔註44〕文學之地位始上躋儒史；明帝立總明觀以集士，亦分儒、道、文、史、陰陽五學，〔註45〕「文學」乃正式獨立爲學術之一門，具有較明確之義界〔註46〕與研究價值。此後，歷任帝王宗室遂多以獎勵文學、招納文士效行，文章製作之風，始如霞蔚颺起，入梁以後，其流彌盛。

梁武帝雅好文學，嘗遊西邸，登阼後尤愛引納後進文士，《南史·文學傳序》：

> 降及梁朝，其流彌盛。蓋由時主儒雅，篤好文章，故才秀之士，煥乎俱集。於時武帝每所臨幸，輒命群臣賦詩；其文之善者，賜以金帛。是以搢紳之士咸知自勵。

又《梁書·文學傳序》記之尤詳：〔註47〕

> ……其在位者，則沈約、江淹、任昉，並以文采妙絕當時。至若彭城到洽、吳興丘遲、東海王僧孺、吳郡張率等，或入直文德，或通讌壽光，皆後來之選。

如此獎勵文學、讌必競采，自使文士齊聚。而其每以文才擢士，不拘年德。

曲；不耕而食，不蠶而衣，或師王侯，或依將帥，攜帶妻累，隨逐東西。」此乃當代士人攀附藩主、苟且求生之概述。

〔註44〕 參見《宋書》卷九十三〈雷次宗傳〉：「元嘉十五年，徵次家至京師，開館於雞籠山……時國子學未立，上學心藝術，使丹陽尹何尚之立玄學，太子率更令何承天立史學，司徒參軍謝元立文學，凡四學並建。」

〔註45〕 參見《宋書》卷八〈明帝本紀〉：「（泰始二年）九月戊寅，立總明觀，徵學士以充之。」

〔註46〕 參見郭紹虞《中國文學批評史》第一章，又見曾永義《兩漢魏晉南北朝文學批評資料彙編·緒論》，二者皆謂先秦之「文學」詞兼文章、博學二義；兩漢則「文」、「學」分用，前指文章，後者指學術；六朝時「文章」、「文學」則與今日所用義涵相近。

〔註47〕 《梁書》卷四十九〈文學傳序〉云：「高祖聰明文思，光宅區寓，旁求儒雅，詔採異人，文章之盛，煥乎俱集。每所御幸，輒命群臣賦詩，其文善者，賜以金帛。詣闕庭而獻賦頌者，或引見焉。」按：可見其記述與《南史》相類，而語多襃揚溢美，故以略之。

故張纘得以才優辭妍而少年仕官，劉孝綽、張率並因惜才而減刑。〔註 48〕至此，文采成爲晉身之階，於是天下風從，人自藻飾，學子終朝點綴、分夜呻吟。文學習作之風既熾，文集篇製亦漸繁多，可謂「家家有製，人人有集」（《金樓子‧立言篇》）。驗諸史傳所錄，《梁書》列傳所記名臣學士，幾乎人皆有集，洵知言無虛夸。

另據《隋書‧經籍志》所注梁代別集數統計：〔註 49〕

時　　　代	先秦	兩漢	三國	西晉	東晉	宋	齊	梁
別集數（部）	一	八〇	六一	一〇八	七一三	一五二	五二	一四九

由表列顯然可見：宋、梁二代國祚雖短，文集卻空前繁盛。其中梁代文集的卷帙普遍多於前朝，且大半出於梁初諸家，〔註 50〕則知梁武帝承前代風尚獎掖文學之作法，非但提昇文學、文士之地位，益使梁代之文學創作，達到空前繁盛之況。

二、文集滋廣、類例日明

梁代文學風氣普及、作者詩文鼎盛，文集隨之浩繁。非僅數量超軼前代，其纂集卷帙日益煩瑣，體例亦愈見詳備。故《四庫全書總目提要》以下，學者咸推齊梁創纂集之盛。〔註 51〕

以別集之卷帙爲例，有因創作先後而區分者：如江淹、徐勉、劉之遴分前後二集〔註 52〕；有以詩文體裁區分者：如梁武帝詩賦、雜文等集〔註 53〕；有因

〔註48〕　參見《南史》、《梁書》張纘、張緬、劉孝綽本傳。則知：張纘起家秘書郎，時年十七；張緬起家秘書郎，出爲淮南太守，時年十八；劉孝綽於普通六年爲到洽劾其攜妾入官府，母猶停私宅，高祖惜其美才而爲隱其惡，改「妹」爲「妹」；天監四年張率爲顧玩之書諫其守喪與尼姦，高祖惜其才，寢其奏。

〔註49〕　參見李雲光〈補梁書藝文志〉一文中所序列各代詩文別集之數量，分予統計列表（《師大國研所集刊》創刊號，民國46年6月）。

〔註50〕　據註49所列梁代別集分析：太清三年前卒世之作家文集：一一五部、一六〇三卷多（因《何佟之集》等不詳卷帙）。太清三年後卒世之作家文集：三四部、四一九卷多（因《劉孝勝集》、《王揖集》等不詳卷帙）。

〔註51〕　《四庫全書總目提要》卷一百四十八〈集部‧別集類序〉云：「集始於東漢荀況諸集……部帙則江淹有前集、有後集，梁武有詩賦集、有文集、有別集；梁元帝有集、有小集；謝朓有集，有逸集；與王筠之一官一集，沈約之正集百卷，又別選集略三十卷者，其體例皆始於齊梁，蓋集之盛，自是始也。」章學誠《文史通義‧詩教下》亦云：「集文雖始於建安，而實盛於齊梁之際。」

〔註52〕　參見《隋書‧經籍志》別集部載錄：「梁金紫光祿大夫《江淹集》九卷、梁二

蒐補結集重點而別者，如梁元帝有集、小集，〔註54〕武帝有別集，謝朓、顏延之有集、逸集〔註55〕；又如王筠以一官所作結爲一集；沈約正集外另選集略〔註56〕；此皆因撰作豐富、篇章盈帙之權變。總集之類型，亦推陳出新，以文體區分者，固有總彙各體之「集苑」、「集林」，有以一體而成之專集如「賦集」、「詩集」、「樂府歌辭」等，亦有兼溯文章源流之《文章流別集》、《文章志錄雜文》，與詳纂體中一類之《百一詩》、《古遊仙詩》；以作者爲主者，則有各家兼收之《翰林論》、〔註57〕《四代文章記》，有特集某一身分之「名士雜文」、「婦人集」。以上所舉之例，皆於《隋書・經籍志》著錄。此總集二大流別，恰與南朝文論內容偏重文體、作者之討論相應，〔註58〕間可印證二者之密切相關。

十卷；《江淹後集》十卷。（按：《梁書・江淹傳》曰：「凡所著述百餘篇，自撰爲前後集。」）梁儀同三司《徐勉前集》三十五卷；《徐勉後集》十六卷，並序錄。（又：《梁書・徐勉傳》云：「凡所著前後二集四十五卷。」《南史》則載五十卷」）。梁太常卿《劉之遴前集》十一卷；《劉之遴後集》二十一卷，（又：《梁書・劉之遴傳》：「有前後文集五十卷」）。

〔註53〕同見註52《隋志》：「《梁武帝集》二十六卷，梁三十卷；《梁武帝詩賦集》二十卷；《梁武帝雜文集》九卷；《梁武帝別集目錄》二卷；《梁武帝淨業賦》三卷。」又：《梁書・武帝紀》曰：「凡諸文集，又百二十卷。」

〔註54〕同見註53書：「《梁元帝集》五十二卷；《梁元帝小集》十卷。」

〔註55〕武帝別集見註53文，又《隋書・經籍志》並錄：「宋特進《顏延之集》二十五卷，梁三十卷。又有《顏延之逸集》一卷，亡。」
謝朓文集分部則惟見註51《四庫全書總目提要》所述，《隋書・經籍志》中未載。

〔註56〕王筠文集分部已見前節註40、引《梁書》本傳所述，又《隋書・經籍志》：「梁太子洗馬《王筠集》十一卷並錄。王筠，《中書集》十一卷，並錄。王筠，《左佐集》十一卷，並錄。王筠《臨海集》十一卷，並錄。王筠《尚書集》九卷，並錄。」（按：則《隋志》所錄已不全，《中庶集》、《吏部集》、《太府集》均未見。且《尚書集》卷帙亦散佚過半）《沈約集》一百一卷，並錄。」沈約集略則《隋書・經籍志》未見，僅《唐書・經籍志》、《新唐書・藝文志》有錄。

〔註57〕據《隋書・經籍志》載：「《翰林論》三卷，李充撰，梁五十四卷。」故日本學者青木正兒《支那文學思想史》、興膳宏〈摯虞《文章流別志論》考〉即據以推論：其書原來恐是一種總集，論乃其附錄，惟後來本集不傳，僅三卷之論傳行於世。按：其推論合理，故採據之。

〔註58〕參見王瑤《中古文學史論》一書〈中古文學思想〉部，〈文論的發展〉一文119頁。「這時期（南朝）文論的內容，大部也還是表現於論作者和論文體的兩方面。」〈文體辨析與總集的成立〉一文，開首即曰：「中國的文學與批評，從他的開始起，主要即是沿著兩條線發展的——論作者和論文體。」按：今見總集之流傳型式，恰可爲其論述佐證。而以題材風格彙選之《玉臺新詠》，因撰者徐陵卒官於陳，而錄於陳代，故不在此限。

　　至於纂集之體例，則以總賅文製、體近《文選》之總集而論。《隋書·經籍志》中著錄之梁存總集雖有二百六十部，今多已亡佚，摒除體制上不類之彙編或總集、詩文評，僅《翰林論》有佚文十二條，《文章流別集》有〈文章流別志〉佚文廿一條、〈文章流別論〉之佚文十七條〔註59〕可據以溯擬原貌。大抵可知：梁代總集之編纂，約已有以下三前例可循：

　　一、不錄生存

　　據《晉書》摯虞本傳云：「撰古文章，類聚區分為三十卷，名曰流別集。」其文稱「古文章」，可知所錄當不及當代。若由今見佚文所評述之十七家分析，多以漢、魏時人為主。〔註60〕而東晉初李充《翰林論》佚文所論者，亦以西晉以前為主，〔註61〕足見此種文學評選上之避忌，或於兩晉時已共循。

　　二、文以體分

　　摯虞本傳載其《流別集》，雖僅曰「類聚區分為三十卷」《隋書·經籍志》則詳述曰：

　　　　晉代摯虞，苦覽者之勞倦，於是採擿孔翠，芟剪繁蕪，自詩賦以下，
　　　　各為條貫，合而編之，謂為《流別》。

由此略可探知《文章流別集》乃是一部依文體分類，選取歷代詩文菁華之選集。而《翰林論》亦多據書、議奏、詩、讚等文體分條論述，其文體區別亦明，則《文選》分體彙聚之體例，實前有所承。

　　三、附著志論

　　由史志載錄卷帙數目分合，學者多已公認摯虞《文章流別》一作，乃是以〈集〉（選文）、〈志〉（紀人物）、〈論〉（論文體流變）三者聯繫之鉅著。〔註

〔註59〕參見劉渼《魏晉南北朝文論佚書鉤沈》第四章501～506頁引摯虞《文章志》佚文廿一條：《三國志》注引六、《世說新語》注引一、《後漢書》注引一、《昭明文選》注引十三。《文章流別論》佚文十七條：張溥《百三名家集》輯十一、嚴可均增輯一、范文瀾增補二、駱鴻凱增輯一、葉瑛增補一、周勛初增補一。519～520頁則引李充《翰林論》佚文十三條：嚴可均輯八、駱鴻凱增輯三、許文雨增輯一、饒宗頤增輯一。

〔註60〕參見興膳宏撰、陳鴻森譯〈摯虞《文章流別志論》考〉一文，由《文章流別志》佚名統列之十七家中，僅應貞、潘尼為晉人。興膳宏並據其論述方式，推論二人乃附於其父、祖之論述。故本書之收錄年限仍當以漢魏為主。

〔註61〕由註59所輯佚文中評論之作者統計，約有孔融、陸機、潘岳等十三家，亦多為西晉以前之人。

〔註62〕同見註60文。興膳宏曰：「即『志』與『論』原存在著經緯的聯繫關係，而與收載各體文章的『流別集』，形成三位一體的有機結構。易言之，『志』原

62〕《翰林論》則恐爲總集之附錄，故《隋書·經籍志》入於總集，並注「梁存五十四卷」。果眞如此，則李充纂集已將〈志〉予以簡化，僅附〈論〉於〈集〉；至沈約《宋世文章志》三十卷，則僅以二卷目錄沿「志」之例，〔註63〕略〈論〉而未分立。

故知齊梁之際，文集之數量、編纂類型、體例，均已發展近乎成熟之階段。而齊·王儉《七志》改「詩賦略」爲「文翰志」，梁·阮孝緒《七錄》改稱「文集錄」，〔註64〕正足由目錄學上驗證此一文集發展之成果。

三、淄澠並泛、文理澄清

曹丕《典論·論文》以下，六朝文論蠭出，此或由於士族講論之主題，漸轉移至文學之相關，語悉成章，文學論述遂豐。〔註65〕而文成傳世，喧議附論竝起，口論筆述之際，文學概念益見澄清。故齊梁文學概念之明確，實與文論之蓬勃有輔成之效。

自文論形式概觀，魏晉以來之文論，由散見書信與序記，擴及奏議、傳贊、詩篇，由篇中附見吉光片羽，而至長篇論述，甚至專書闡發，討論之風尚普遍而論著愈益專精；而文論主題則廣涉文學義界、文體區分、修辭格律、文學演化、作品批評諸領域。例如熟知之「文筆之辨」，始於顏延之「竣得臣筆，測得臣文」之分言對稱，〔註66〕至范曄〈獄中與諸甥侄書〉、劉勰《文心雕龍》則概以聲韻之寬嚴區分，將文學作品剖分爲二途。〔註67〕梁元《金樓

與『論』同爲『流別集』之附庸，然『志』因具有著作目錄的性質之故，乃又獨立爲一書而與『論』別行。」

〔註63〕同見註60書93頁：沈約《宋世文章志》（二）著作考證：「《宋世文章志》，《梁書》及《南史》本傳皆作三十卷。然《隋志·史部簿錄類》、《新唐志·史部目錄類》及《通志·史部目錄類》皆作二卷，故姚振宗《隋書經籍志考證》以爲三十卷與二卷之卷數懸殊，其中必有一誤。今觀摯虞創爲《文章志》，本係依存於總集之中，爲總集之目錄；故沈約《宋世文章志》三十卷者，或爲其選集，二卷者，當爲選集之目錄也。」今採其說。

〔註64〕詳見嚴可均輯《全梁文》卷六十六中阮孝緒〈七錄序〉一文。歷述《別錄》、《七略》、《七志》而至《七錄》中區分詳略之演變。

〔註65〕參見劉師培《中國中古文學史·宋齊梁陳文學概略》——「總論」92頁，論南朝文學得失四端之三，曰：「士崇講論，而語悉成章也。」（正生書局，民國62年）。

〔註66〕參見《南史·顏延之傳》：「帝嘗問以諸子才能，延之曰：『竣得臣筆，測得臣文，㚟得臣義。』」

〔註67〕參見《宋書》、《南史》〈范曄傳〉均錄其〈與諸甥姪書〉曰：「年少中謝莊最

子・立言》則以今學四分，「文」、「筆」各居其一。「文」之義涵，亦由「宮徵靡曼，唇吻遒會」之聲韻特徵，深入至「綺縠紛披……情靈搖蕩」之情采要求。故文筆之論，看似討論文學作品兩大領域，實則爲「文學」廣義、狹義之概念釐清。又如《宋書》、《南史》中許多傳論、書牘，與《文心雕龍》、《詩品》內相關篇章，悉屢見「聲律說」之論述，〔註68〕論四聲、嚴八病之際，雖爲永明詩風、創作格律之闡論，亦爲各家修辭美學、評詩觀點之辯證。

凡類此諸多論題，不備詳引。但已可知，齊梁文學在百家齊鳴、共相商榷之風尙下，文論後出轉精、體大慮周，文學之觀念亦日漸淸晰純粹。

以上分就創作、纂集、理論三路臚舉齊梁之際文學發展之重大史實，採縱觀之角度，連繫前代發展之結果，以評估當代文學評論開展之條件。故陳述者雖爲客觀之文學現象，卻兼具文學成就評價之功用。然而，著眼當代社會中影響文學發展之因素，實不止此，「王藩納士，結集活動」與「文尙富博，隸事用典」之時風，雖無與於文學發展之成就，卻爲形成齊梁文學風格特色、影響當代文學評論趨向之主要因素之一、二，亦無可忽視。

以政治實力募集文人，宴遊創作之活動，雖可溯美於先秦兩漢，卻以曹魏成勢，南朝鼎盛。但多出於藩主個人之雅好，故隨人興亡，爲時短暫，風亦未遍。惟梁武帝深思宏才，以振儒興文之事，窺點綴昇平之效，除己身崇愛吟詠，舉掖文才不遺餘力，更鼓勵王藩聚士尙文。如其明令臨川王已下並置學、友，〔註69〕廣開文章俊賞者仕宦之途徑；行州、府僚佐雙軌制，〔註70〕倍增王藩引

有其分，手筆差易，於文不拘韻故也。」又見劉勰《文心雕龍・總術》云：「今之常言，有文有筆，以爲無韻者筆也，有韻者文也。夫文以足言，理兼詩書，別目兩名，自近代耳。」又見〈序志〉、〈時序〉、〈才略〉、〈風骨〉等篇，亦皆以文筆分論。

〔註68〕詳見《南史》〈陸厥傳〉、〈周顒傳〉、〈沈約傳〉、〈庾肩吾傳〉及沈約《宋書》〈謝靈運傳論〉、陸厥〈與沈約書〉、沈約〈答陸厥書〉、劉勰《文心雕龍・聲律篇》、鍾嶸〈詩品序〉等文獻，皆論及永明聲律說。

〔註69〕參見《梁書》卷三十三〈張率傳〉曰：「天監初，臨川王以下並置學、友，以張率爲鄱陽王友。」

〔註70〕參見王文進《荆雍地帶與南朝詩歌關係之研究》論文第三章、第一節，引嚴耕望《中國地方行政制度史》上編、論魏晉南北朝「都督與州刺史」「州軍府」之觀點。述曰：「所謂州、府僚佐雙軌制，即指：州刺史除了行政官的身份設有州官系統的僚佐外，更由於帶有將軍號，再以軍事統領身份另設府官系統。在量上，由於多了府僚佐，其員額之倍增自不待言；在質上，由於府僚佐係中央除授，並且不限本籍人士，使得中央的才俊之士，得以隨府主至各州鎮，無形中提升了各州鎮的文風。」

用才俊文士之質、量。此明確措施，使文人學士交相薦引，紛爲君王藩主羅致。
於文學地位之提昇、風氣之推展本有助益。而王藩薈萃文才、競相著述，對吟
作纂集等具體述作亦饒具貢獻。更因其同道相謀、好惡相濡，成員間自然交融、
同化出相近之文學評論取向。雖未必強固足成文學派系，〔註71〕論衡、標榜之
間，時風不免隨其好尙。此乃文學集團活動形態對當代文學評論之意義。

　　齊梁文學承魏晉遺緒，而亟思創變欲振乏力之困境，正如劉勰所評：「魏晉
淺而綺，宋初訛而新，從質及訛，彌近彌澹，何則，競今疏古，風末氣衰也。」
（《文心雕龍・通變》）。以立言名世之觀點言：漢魏風骨、晉宋麗辭固已法式難
追，侈言用事，矜言數典，遂成以富博取勝於詩文之新徑。故自劉宋顏延之以
下，屬文多貴用事。〔註72〕齊末梁初，任昉尤以博物新事獨擅。〔註73〕學者慕
習、寖以成俗，遂至句無虛語，語無虛字。況王儉集士競校、梁武策隸經史以
來，〔註74〕文人宴集，每以隸事競才。而宋明以降，抄綴古事，類輯成書之風

〔註71〕南朝文學集團活動之興盛，素爲研究者共認，如：
　　　　森野繁夫《六朝詩研究》第一、二章，一九七六年；王次澄《南朝詩之研究》
　　　　第二章；劉漢初《蕭統兄弟的文學集團》；王文進《荊雍地帶與南朝詩歌關係
　　　　之研究》第三章；周勛初〈梁代文論三派〉一文；顏智英《昭明文選與玉臺
　　　　新詠之比較研究》第一章。
　　　　皆以「文學集團」一詞稱述其結集活動之方式。而劉漢初、周勛初、顏智英
　　　　三者更據其主導者之文學趨向，爲之區分爲「古體派」、「宮體派」或「復古
　　　　派」、「趨新派」、「折衷派」等派別。個人以爲，此種派分，雖具簡明區別之
　　　　便，實則在論理上危而未安，有失專斷：一則此派分係據史傳所載交遊、仕
　　　　宦而定，其相與遊者未必文學主張盡同。再則審其派分簡表中，常有模稜兩
　　　　可、或兼跨數派者，足見其作法本身即有疏漏。故於文學史實之敘述中，不
　　　　妨舉其主張鮮明者略見其勢，如於文學理論之研究，則不當固守派系之別、
　　　　牽強論述。
〔註72〕參見鍾嶸《詩品・序》云：「顏延謝莊、尤爲繁密，於時化之，故大明泰始中，
　　　　文章殆同書抄。」中品評顏延之詩，則曰：「一詩一句，皆致意焉。又喜用古
　　　　事，彌見拘束。」故張戒《歲寒堂詩話》云：「詩以用事爲博，始於顏光祿。」
〔註73〕參見《南史・任昉傳》曰：「晚節轉好作詩，用事過多，屬詩不得流便，自爾
　　　　都下士子慕之，轉爲穿鑿。」鍾嶸〈詩品序〉曰：「近來任昉、王元長等，不
　　　　貴奇，競須新事，適無虛字，拘攣補衲，蠹文已甚。」評任昉語，亦曰：「任
　　　　昉博物，動輒用事，是以詩不得奇。」
〔註74〕參見《南齊書・竟陵王子良傳》：「善立勝事，夏月客至，爲設瓜飲及甘果，
　　　　著之文教，士子文章及教貴辭翰，皆發教撰錄。」《南史》卷四十九〈王摛傳〉
　　　　云：「尚書令王儉嘗集才學之士，總校虛實，類物隸之，謂之隸事，自此始也。」
　　　　可見隸事賓戲之風乃由竟陵王肇其始，王儉定其制。而同書卷四十九〈劉懷
　　　　珍附從父弟劉峻傳〉云：「武帝每集文士策經史事，時范雲、沈約之徒皆引短
　　　　推長，帝乃悅，加其賞賚。」又見卷五十〈劉顯傳〉、《梁書》〈沈約傳〉、〈張

流靡，〔註75〕尤予作文者便覽事類之資。共此諸端，推波助瀾，於是齊宋之世，各體文章皆以事義典故相高，詞工駢偶而篇製滋繁，殆爲時尙富博之必然結果。

　　整體而言，梁初文學實承續前代優渥之基礎而開展。溯其淵源，乃承繼兩漢、魏晉以下文學義涵、文體概念之辨析，提振更普及、興盛之文學風氣；參其近世，實爲齊永明文學之延續，在文壇耆宿、文學集團、抄書編纂等相近之背景條件下，得政治平治、君主獎愛之利因，進一步提昇文學之獨立性與社會地位，浸成富博爲貴之文學風尙。因此，當代文學發展之重點，由提倡創作轉進於文學評論，是自然之趨勢；在殘什零篇之文學論述後，產生《文心雕龍》、《詩品》等思深圓備之文論，是自然之趨勢；而在文集浩繁、習作孔需、纂集風氣興盛、文體概念明晰之條件下，產生《文選》此種「略其繁蕪，集其清英」之詩文選集，更爲水到渠成，極其自然之結果。

　　而《文選》之編纂，既踞客觀背景上發展圓熟之形勢，又挾編者才智經驗、編纂材料等優越條件，其周備詳贍自是可期，學者愈應秉謹愼嚴密之態度，以從事研究，剖析其選文定篇間蘊含之批評概念與論文原理。

　　率傳〉皆有公讌策問經史以顯博之記述。

〔註75〕見王瑤《中古文學史論》三、〈隸事、聲律、宮體〉一文詳述類書源流。又參《南齊書・竟陵王子良傳》載其集士鈔《四部要略》千卷。《梁書・劉俊傳》記安成王使劉峻抄錄事類，纂成《類苑》。同書卷七十二〈何思澄傳〉則曰武帝敕徐勉等學士，八年始成《華林徧略》。同書〈許懋傳〉則記中大通三年，簡文召諸儒參錄《長春義記》、《南史》卷四十八〈陸杲傳・附子陸罩傳〉云簡文在雍州時，即令諸儒撰《法寶聯璧》。凡上所列，皆可見梁代編纂類書之風尙，實由帝王競逞博才之故，卻予學子隸事作文之便。

第二章　《文選》選詩之結構

前言：《文選》之版本研究

　　有關《文選》編纂之背景，及其過程之探討，雖爲選詩研究之必需，終屬文學研究之外緣，欲明編者之詩學理念與評選標準，有必要就《文選》序例格式、選材編排等具體內容深入研析，始可謂「振葉尋根、觀瀾索源」之作法。然李唐以來，「選學」昌盛，注家紛起、版本層出，故欲探乎根本，詳析原貌，首須研究版本：致力於考鏡源流、辨僞校正，以擇取善本；並衡較諸本、參酌同異，儘可能以現存資料考定編輯原貌，庶幾乎其論可立，其說足信。

　　《文選》一書歷代刊刻頻繁、版本考辨不易，故先進學者也僅分就各人之所長而詳明之。〔註1〕今以前賢所述作爲基礎，加以綜合撮要，約可依注疏之體例，大別爲六類：

　　一、爲隋唐以來殘存《文選》白文無注之鈔寫本。

　　二、爲唐、李善注之單行六十卷本《文選》。

　　三、爲唐、呂延濟等五臣注之三十卷集注本《文選》。

　　四、爲併李善與五臣注合合刊之六十卷六臣本《文選》。此類尚可依其注
　　　　疏詳略偏重，及注文排序先後，概分爲「五臣并李善注本」或「六臣

〔註1〕研究《文選》版本源流者甚夥，近世較詳切明晰者，有：〈選學考〉邱師燮友撰
　　　（《師大國研所集刊》第三號，民國四十八年），乃以公私書目爲範圍，分類作
　　　各書提要。〈文選索引序〉，日・斯波六郎撰，昭和三十二年（1990）附於《文
　　　選索引》書前，僅舉重要版本概觀異同。〈文選版本學〉游志誠撰，民國七十八，
　　　年見於《文選學新探索》論文第一章，乃以唐寫本、宋刻本之要者，細就其注
　　　疏異同而較，以上三家均各具特色，以資料周備言，則〈選學考〉略以爲其最。

注本」二系，各以明州本、贛州本爲目前最早版本。

五、爲敦煌寫卷中尋見之他注本。其注文內容覈校李善、五臣注皆異。

六、爲彙集六臣及後代注疏而成之百二十卷集註本《文選》（以上詳參附
錄三：現存《文選》重要版本概覽）。

若自版本流變而論，李善嘗受曹憲之學，首注《文選》，李善注固當爲注本之先，且歷三注四注始定全稿，事義兼釋，更可爲眾家注本之宗（參李匡義《資暇錄》）；而唐開元後呂延祚合呂延濟等五家注爲一，自謂「周知秘旨，一貫於理」（〈進五臣集注文選表〉），今觀其作，雖未必超軼前人，亦頗足參較。故兩宋後，有併刻六臣注疏，兼取其表，以利翻檢者行世（見陳振孫《直齋書錄解題》著錄）。時至今日《文選》版本仍以此三系爲主流，餘三類則因僅存殘篇斷簡，無復窺其原貌，只供部分異文校勘之用。〔註2〕

自李濟翁辨李善注之殷雅，〔註3〕丘光庭、蘇子瞻斥五臣注之荒陋，〔註4〕李善注遂爲眾家推許，一枝獨秀。然以版本考校、從歷史的角度觀之，通常以時代早出者爲善本，今存李善注既自六臣注本刊出別行，〔註5〕其參考價值遂略遜餘二種注本。再就今存版本分觀，尤表本李注序曰：

今是書流傳於世者，皆是五臣注本……獨李善淹貫該洽，號爲精詳。

〔註2〕 其他尚有唐·公孫羅之注本二種，見新舊唐書之著錄。今其注本已佚，故駱鴻凱先生於《文選學》中謂：「公孫羅之文選註六十卷，文選音十卷，僅可於日本金澤文庫唐寫《文選集註》中窺見崖略。」按：金澤文庫之唐寫殘本文選集註，今有「京都帝國大學文學部影印舊鈔本」三～九集，及「天理教圖書館善本叢書、漢籍之部，第二卷」二種通行本可查閱。

〔註3〕 李匡乂《資暇錄》曰：「世人多謂李氏立意注文選，過爲迁繁，徒自騁學，且不解文意，遂相尚習五臣，大誤也……蓋李氏不欲竊人之功，有舊注者，必逐篇存之，仍題原注人之姓氏，或有迁潤乖謬，不削去之，苟舊注未備，或興新意，必於舊注中稱臣善以分別，既存原注，例皆引據，李續之，雅宜殷勤也。」（見嚴一萍編《百川學海》子部雜家，藝文印書館，民國59年。）

〔註4〕 丘光庭《兼明書》曰：「五臣者，不知何許人也，所注文選，頗謂乖疏，蓋以時有主張，遂乃盛行於代，將欲從首至末，寒其蕭稂，則必溢帙盈箱、徒費牋翰。」蘇子瞻〈書謝瞻詩〉曰：「李善注文選，本末詳備，極可喜。五臣真理儒之荒陋者也，而世以爲勝善，亦謬矣。」（見嚴一萍編《百川學海》子部雜家，藝文印書館，民國59年。）

〔註5〕 《四庫全書總目提要》《文選六十卷·李善註》下曰：「其書自南宋以來，皆與五臣合刊，名曰六臣註文選。而善註單行之本，世遂罕得。此本爲毛晉所刻，雖稱從宋本校正，今考其……殆因六臣之本削去五臣，獨留善註，故刊除不盡，未必真見單本也。」（見紀昀等《四庫全書總目提要》，392頁，台灣商務，民國72年。）

雖四明、贛上各嘗刊勒，往往節語句，可恨⋯⋯。

序中所言「四明」、「贛上」之本，殆即今所見明州州學、贛州州學刊行之六臣注本。而此序作於南宋淳熙八年，則明州本、贛州本初刊必早於南宋初，故此二本乃現存最早之六臣注珍本；而韓國漢城大學所存章奎閣本六臣注《文選》，雖非朝鮮世宗二年（1420）所刊初刻本，然其所併之李善注乃北宋國子監本，五臣注爲北宋天聖四年昌平氏校刻本（參見金學主〈朝鮮時代所印文選本〉一文）故此本乃保存北宋時期《文選》諸本原貌，頗具參考價值；至於中央圖書館所存陳八郎本五臣注《文選》，其中雖經鈔配（卷二十一～二十五）但經考定乃非自六臣合併本刊出，保存五臣注之原注原貌，爲今本所未見，且其選詩部分（卷九～十六）皆存原貌，可謂五臣注孤本，彌足珍貴。

故由注本時代、選詩（卷十九～三十一，或卷九～十六）之存佚情形等因素考量，明州本、贛州本、章奎閣本六臣注及陳八郎本五臣注，乃爲今存較精審可信之宋版珍籍，足爲研究《文選》詩篇之論據。本章研究《文選》選詩狀況之各節，即以此本爲底本。

第一節　編選目的之推測

一、編集之目的

《文選》編纂結集之目的，於序言中雖曾揭示，然行文兼溯結集緣由，語尚駢偶摛藻之美，故於纂集之目的，僅聊聊數語略陳，未能明確標示，必需參照外緣考證、編者論述等相關線索，始能盡得其詳。

（一）選輯佳篇、便於披覽

此一篩選文華之目的，乃爲《文選》序文標榜之鵠的，亦是歷代文學選集共通之編纂主旨。《文選・序》曰：

> 余監撫餘閒，居多暇日，歷觀文囿，泛覽辭林，未嘗不心遊目想，移晷忘倦。自姬漢以來，眇焉悠邈，時更七代，數逾千祀。詞人才子，則名溢於縹囊；飛文染翰，則卷盈乎緗帙。自非略其蕪穢，集其清英；蓋欲兼功，太半難矣。

昭明太子雖自述其涵詠之欣悅、研卷之無斁，猶浩歎文翰之繁博，無能盡得其懿旨，故以「略其蕪穢、集其清英」爲選文定篇之手段，期使學者閱覽之

際，能「卷無瑕玷、覽有兼功」，於詩文鑒賞、篇章習作，均能有所助益。此種淬選英華之目的，看似平凡無奇，缺乏獨特之評論標榜，實則期許甚高、極難求工。畢竟文情難鑒，知多偏好。若非編者自負其鑒識能得文章之孔翠、服天下公議，即意味其選篇無所榜舉，全以時尚公論而定。無論二者誰屬，均可見《文選》選篇之結果，與編者之評價高低實有極確切之相關性，此乃探諸編纂目的之重大收穫之一。

（二）續成前作、確立評論

據前章昭明太子本傳考見，其平生撰著除《文選》三十卷外，尚有《正序》十卷、《文章英華》二十卷。並據嚴可均所輯《全梁文》中〈陶淵明集序〉一篇，知蕭統或曾為之纂集。今由蕭統〈答湘東王求文集及詩苑英華書〉中所云：

> 又往年因暇，搜採英華，上下數十年間，未易詳悉，猶有遺恨；而
> 其書已傳，雖未為精覈，亦粗足諷覽。

經其自述，乃略可擬知此時（約普通七年末）〔註6〕《詩苑英華》一書已成之有年，而《文選》或尚未編纂，故於《文選》編纂前，蕭統實已具多次編纂選集之經歷。而由其「上下數十（疑當作千）〔註7〕年間，未易詳悉，猶有遺恨」之言，則知其於前作實未盡滿意，仍有增補、刪改之意見，故於編纂《文選》時，積累前作經驗、力求精贍完備，亦是極自然之目標。且其選集，每以「英華」、「選」命名，本即有口陳標榜，樹立典範之微旨，故成於英年、後期之《文選》，其結集實具總成前集、詮品詩文之積極目的。

（三）發揚文論、提振地位

由文學背景之觀察，已知齊梁時期文學評論之著述鱗出、櫛次鱗比，此固為詩文創作普及，文士、縉紳競尚風雅，評詩論文盛行之故。然各家商榷不同，喧議競起，準的無依，於繁盛之際，益覺其淆亂，急待一明確公正之

〔註6〕 參見第一章「緒論」第三節第 9 頁之考證，則蕭統〈答湘東王求文集及詩苑英華書〉一篇，當不早於普通七年（西元 526 年）十月作。

〔註7〕 今由嚴可均《全梁文》、陳宏天輯校《昭明太子集》等典籍所見，均作「上下數十年間」。而清水凱夫〈文選編輯的周圍〉一文，則案註「當作上下數千年間」。按：今由其上下文意而觀，作「上下數千年間」，似較為妥切。且由蕭統〈答晉安王書〉中，亦有相近之用法：「居多暇日，殽核墳史、漁獵詞林，上下數千年間，無人致足樂也。」則其作「上下數千年間」之可能性極大，然苦無版本為據，故僅能疑之。

評論提出，爲之辨彰清濁、掎摭利病。時以昭明太子爲主之東宮文士，選邲時賢，自成集團，在梁初紛立爭鳴之王藩集團中，實具尊貴地位與豐厚實力，故由其評文論詩、編定文選，乃有獨特之優勢。

另參見昭明太子之書信自述：「吾少好斯文，迄今無倦。譚經之暇，斷務之餘。陟龍樓而靜拱，掩鶴關而高臥。與其飽食終日，寧遊思於文林。」（〈答湘東王求文集及詩苑英華書〉）「居多暇日，穀核墳史，漁獵詞林，上下數千年間，無人致足樂也。」（〈答晉安王書〉）

則知其潛沈文林，涵詠多年，於文學評論已蓄積相當素養，而自其手足、僚屬書牘往返間，亦時見蕭統評析詩文之儻論，故《文選》之結集，表面上是爲學子刪汰繁蕪，精薈詩文，實質上則爲昭明太子居首之東宮文士集團藉選文具體呈現其評論之理想，一則昭示天下，俾便風從，一則樹立宗風，提振地位。

綜合前三項目的，則知《文選》之編纂結集，絕非出於偶然興起、率爾成書，故能耀采鄧林、輝映百代，充分發揮選集「指導賞作、確定評價、建立文論」之價值，而其編集前蒐羅放佚、考核異同之工作，益使選錄之篇翰具有保存善本之文獻價值。〔註8〕

二、選詩之功用

《文選》卷十九～卷三十一收錄歷代詩篇，雖屬全書之一體，然其內容繁富、網羅廣泛、體例特殊，〔註9〕本亦具備獨立討論之價值。加以齊梁之際，詩風昌盛，雖亦有文有筆、眾制鋒起，文學創作仍以詩體最爲普及繁盛，此由《詩品・序》、《文心雕龍》諸篇，〔註10〕皆足引證。「詩」既蔚爲文學主流，則《文選》選詩之舉，勢必於當代文壇、後代詩風造成若干作用與影響。今

〔註8〕 參見劉兆祐〈從文獻觀點看「文學選集」〉一文（《文訊月刊》二十三期，民國75年10月）即以文獻資料之價值來評論選集，並提出編纂原則。其曰：「基本上，從文獻的觀點來說，「選集」是一種史料，換句話說，編纂「選集」的目的，與其說是編給現代人看，不如說是爲後代提供研究的資料。」

〔註9〕 參見〈文選序〉自敘其編纂體例曰：「凡次文之體，各以彙聚。詩賦體既不一，又以類分。」足見詩、賦二體之體例較他體更爲詳切。今由文選編目驗證，其詩體收錄之詩家，篇數均爲各體之冠，較賦體爲多，其類目之細分二十四，亦遠超於賦體之前。

〔註10〕 參見劉勰《文心雕龍》〈明詩〉、〈才略〉、〈時序〉等篇，均可直接、間接與此印證。

沿續編纂目的提示之方向，驗證選詩體例、作法之實際，約可歸結下列諸項功用：

（一）篩選菁華、區別良莠之典範作用

以《文選》選錄主體之漢以後詩爲論，其今存詩已可謂「名溢縹囊、卷盈緗帙」，推擬舊集倍逾今日之齊梁，則其存詩之盈篇累牘可想而知，而《文選》選其六十五家、四百四十二篇，翔實雖居各體之冠，卻具已相當顯明之刪汰作用，愈益突顯入選者受肯定之典範地位。

詳較詩篇之選錄實況，則「入選與否」產生之鑑別效用，非僅止於詩家之優劣（入選爲優，未入選者則次之），亦可區別各家地位之高下，同類詩篇之優劣、同家諸篇之成敗，甚至同組詩篇之精蕪。而諸如此類之成就甄別效用，皆透過「選」之作法而予以顯明。故《文選》全書以「選」命名、以「集其清英」爲標榜之評論精神，於選詩活動中實乃獲致最明確、成功之實踐。

（二）詳明詩體、揭示類型之紀史作用

《文選》選錄詩篇大體以五言句式爲主，分類編輯各家作品，印證於詩體發展史實，則知五言詩確爲魏晉以降詩體發展之主流，而《文選》各類詩之時代詳略、作家風格配置，亦大致與各類型詩之創作實況、風尚契合（詳見第三章，三四節）。足見《文選》選編詩篇在刪繁取菁、鑑別良莠之際，亦以呈現詩體流變、揭示創作類型爲目標。

而詳分二十四類以編納詩篇之作法，則明確區別詩篇創作之類型，便於學子揣摩學習、更利於比較各類詩篇在結構形式、寫作風格上之特色與差別。其中有廣納數十家，近百篇之大類，固兼融體性、呈現演變之大勢；亦有專一家、一篇以成類者，則尤見其體製之獨創。凡此，使概觀者得以綜覽詩體演變之大勢、詳究者便於摩習各類之篇製，此皆源於《文選》選詩體例獨到，所獲致之特殊效用。

（三）鑑賞詩篇、文士習作之比較作用

「人莫圓該，知多偏好」此殆爲文學評論上難以避免之主觀繆誤，故自《文選》選詩活動發揮之萃選典範、詳明詩體等評論功能詳察，其中實亦難免選編者學養背景、評詩觀點之獨特取向，而非純然客觀之依樣採選，故歷代對「選詩」有崇雅黜俗、崇尚麗藻等評論。如歸返於時代背景而觀，六朝時期文學風尚雖普及，蠲集陳詩、餞贈列韻畢竟仍屬少數王侯士人之風情雅

致。而時尚繁富、摛文競采之結果，更助長齊梁詩風之靡麗，故「選詩」之共同趨向雖可視爲評選之指標，卻不可當全然歸因於選者之評詩論點；與其視爲評詩標準之呈現，不如視爲選集對象之設定——專爲文士披覽篇卷，摹習詩篇之需而編纂，來得更爲恰當妥帖。或因有此實際考量，故於時尚、詩風多所遷就，選材、編體亦爲此而設。

　　然而，由《文選》選編詩篇之情況細究，實亦非全然一致、規律之風格呈現，如其於一類中，常選取不同風格之作家、作品（如公讌、贈答等類）；於不同類，而題材相近之作品亦兼容並收（如游覽與行旅、公讌與祖餞等）；於題旨相同，而作法不同（或擬作、或同和）之詩篇亦同錄並陳（如樂府、雜擬等類），諸如此類之選取變化，均提供讀者與學子更豐富多樣之觀摩，於比較異同間，自然能聯繫出詩體類型、風格之理想，並揣摹各家、各類作法之差異、變化，於詩學鑑賞與詩篇創作上，均具實質助益。

　　故簡括《文選》選詩之特質，則其以文士習作範本爲宗旨，品選詩篇、兼溯明體裁流別之作用乃甚爲顯明，此乃筆者研究《文選》編輯結構後之概略認識。

第二節　詩篇編排之體例

　　一部選集編排之體例，通常可見於其書之凡例、序言，如過於簡要、或失於疏略，則須由各版本之綱目比較中，尋繹出共遵之體例、獨特之創獲，特如《文選》這樣體涵廣博之選集，於其體例、格式之辨別，更當以版本研究爲基礎。經由前述《文選》版本源流之辨析，已知當前所存時代較早、內容略全之《文選》版本爲陳八郎本五臣注及明州本、贛州本、章奎閣六臣注四種，在未發現其他更早更全之版本前，則暫以上述諸本作爲討論之依據。

一、編排體例之層次

　　《文選》一書，前有署名「梁昭明太子撰」之《文選·序》一篇，以敘明文體流變、編輯體例，其中關乎詩篇編排體例者，文甚簡略，僅可視爲原則性之說明。《文選·序》曰：

　　　　凡次文之體，各以彙聚，詩賦體既不一，又以類分，類分之中，各
　　　　以時代相次。

此言層次分明，似已略盡編排之要，單就「詩」而論，其實僅及「體以類分、

類以時次」二層，尚須由編目內容歸納，始知其「時以人序」、「人以題別」
又別爲二層，綜觀四者，乃知《文選》於詩篇編排之周詳。

1. 體以類分：此乃《文選》所錄三十九種文體〔註11〕中，詩、賦所獨具
之體例。其中詩又分多類，故依次區分爲「補亡」、「述德」等二十四類，且
各類收錄廣狹不一，類目區別亦未盡明晰，仍有待詳細深究。

2. 類以時次：文選序中僅言「類分之中，各以時代相次」，卻未明示所謂
「時代」是以作者時代，抑或作品時代爲準？且其各家排次亦常見前後矛盾
之歧異，亦值得細究條理，辦正繆誤。

3. 時以人序：由詩篇之編排可知，其同類同時代之作，多以人爲主要歸
屬，凡同一作者之詩，均逐一序列，附註其姓名字號，未見歧分錯置之例外。
由此亦可推測，其「各以時代相屬」，當指作者之時代爲是。

4. 人以題別：乃指其同一詩家之作品，凡同題者，皆僅標示一次，隨即
分別列於其後，而不再逐一列題；題文有異者，始分明之。如阮籍「詠懷詩
十七首」僅列一題，而十七首詩作分別列於後；沈約「游覽」類所錄三首，
則逐一標示「鍾山詩應西陽王教──沈休文」、「宿東園」、「游沈道士館」。由
此可知：題文之異同，乃《文選》區別作品之最基本單位。

循此「題－人－時－類」四層，則《文選》詩篇之編排可謂櫛次鱗比、
條理分明。然其「體以類分」、「類以時次」二項理雖無悖，覈之於現存版本
卻未能盡孚，實待深究以嚴明其例。

二、分類原則之辨明

《文選》總集詩文而細予類分，此乃開總集分類之先例，爲前出文集所
無，於體例上具創制之功。惟其體制初創，思慮未周，一旦細究類目，乃不
免分類瑣細之譏。〔註12〕加以歷代版本傳抄疏漏，分類數目不一，益使《文

〔註11〕一般論《文選》文體區分者，多謂其體分三十七，如駱鴻凱《文選學》義例
　　　第二所論。而游志誠先生據今存宋代明州本目錄所載，以爲當分作三十九：「其
　　　目錄文體標類，獨有移、檄、難之目，乃各本所漏者，是以可見文選標類凡
　　　三十九目。是此本可證昭明所分文體實三十九，非如後世據漏刻者而之三十
　　　七類也。」（見《文選學新探索》第一章三節 78 頁）王春茂《文選》產生的
　　　背景和條件〉一文亦以文選所收作品分爲三十九類（見趙福海等：《昭明文選
　　　研究論文集》頁 99，吉林文史，1998 年）。

〔註12〕參見章學誠《文史通義・詩教下》評其多立名目曰：「《七林》之文，皆設問
　　　也，今以枚生發問有七，而遂標爲七，則〈九新〉、〈九章〉、〈九辨〉亦皆可

選》詩分類予人體系零亂，基準模糊之印象。當務之急，宜先考定其類目總數，次及各類義涵之確定，而後始可論及分類原則之擬測。

會予人分類數目混亂之印象，主要源於版本類目之分歧。今日習見之文淵閣四庫全書本、胡校本李善注及四部叢刊本六臣注《文選》，其詩卷多分廿三類，故學者多以此爲定數，〔註13〕殊不知歷代善本中仍存有類目歧異之現象，有待辨明：

1. 四庫全書本及古迂書院本六臣注卷二十二中，王康琚「反招隱詩」一首乃歸屬「招隱」一類而不分。

2. 陳八郎本五臣注僅分二十二類。卷二十一無「百一」、「游仙」二類之分，卷二十三中歐陽建「臨終詩」一首獨立爲「臨終」類。

首先，自分類格式上查證：四庫全書本及古迂書院本「招隱」類之混同，僅存在於卷內格式之無類別區分，考其目錄（《四庫全書》本無目錄，由《四部薈要》本補之），則類目標示不明顯，卷二十一下，仍有「招隱、反招隱」之區別；再溯自其版本源頭，四庫全書本源出明州本，〔註14〕古迂書院本最早始出贛州本，其二者亦均將反招隱詩別出一類。可見此種格式上之混同無別，恐爲傳鈔者之疏失，而非編者設立類別之不同。

至於陳八郎本分類之異，亦須由其編目格式細究：其全書目錄與分卷目錄標類格式本不相同（參見正文前附書影）。總目錄中每類類目必空行標示於上端；分卷目錄則僅以小字註於詩題上端。故此此種格式本身，僅有漏鈔類目之可能，而不致增列類目。現考其目錄及卷目中「百一」、「遊仙」二部分詩篇，均併於「詠史」類中，無小字標注之類目，似當合爲一類。但就「百一詩」、「遊仙詩」下李善注文而觀，其詩體獨特、詩涉時事及山林仙逸，本

標爲九乎？《文選》者，辭章之圭臬，集部之准繩，而淆亂蕪穢，不可彈詰。」而《文選學》義例二亦條列四家訾議，以爲《文選》分析煩雜。又見：周紀彬《〈文選〉五題》一文中對「編輯體例」之討論，評其「分類淆亂，多立名目」，並以其詩、賦二體之細分「這對文體的區分已近于瑣細。」（見趙福海等《昭明文選研究論文集》138～141頁，吉林文史，1988年。）

〔註13〕參見駱鴻凱《文選學》義例第二，及周紀彬《文選五題》一文、王國瓔〈昭明文選祖餞詩中的離情〉均可見二十三類之說，多爲一般學者認同。

〔註14〕據《四庫全書總目提要》，《六臣注文選》提要：「此本爲明袁褧所刊，朱彝尊跋。謂從宋崇寧五年廣都裴氏本翻雕，諱字闕筆尚仍其舊，頗足亂眞，惟不題鏤版訖工年月，以是爲別耳。」而游志誠《文選學新探索》考定明州本內容、格式後以爲：明州本詳於五臣注之例，乃宋開慶咸淳間（西元1359～1265）廣都裴宅刊六臣本之所從出。可見明州本乃四庫全書本之最早源始。

不與「詠史」近似，故極可能爲鈔者漏列之過。而「臨終」類之區分，非僅自目錄格式可證其爲原始即獨立一類，且據詩篇內容分析，其本爲絕命之辭，與一般之述志詠懷乃有不同，應予區分；再按編排體例而觀，爲西晉時人之歐陽建（西元 265～300 年）亦不當序於劉宋謝惠連（西元 397～430 年）之後（詳見「類以時次」討論）則「詠懷」一類之區別，似已頗具成立之理。然此類常爲學者忽而不察，實有必要加以澄清。

而由劉申受《八代文苑敘錄》所列，亦可參證：

> 《文選》綴緝，有三善焉。……若乃類聚乖舛、棄置失當，亦有可識者焉……郊祀不采漢志，僅及延年；樂府止涉五言，未遑曲調；冊令勸進之作，視獎亂爲故常；詩序史論之收，顯違例而彌陋……臨終、百一，徒受嗤於後人。

由其論述所列，多就一體或一類而評，其中以臨終、百一同論，可見其乃以《文選》二類之設立，過於零碎分歧，然基本上其已肯定有此二類之分而後評之。足見「臨終」「百一」本爲獨立之類別。姑不論此種分類法之優劣，綜觀前述現存論據可知：《文選》詩卷分類總數共爲二十四。

至於各類間區別有模糊、範圍亦似見重疊者，乃因類目過於簡要、義界不明之故。〔註15〕選編者提供之線索貧乏，令後世學者僅能就類目詞義揣測，或自詩篇題文中自行歸納，疑義於焉而生。〔註16〕更因其類目之涵義概括性較大，詞性復未能統一，遂予人分類基準歧異之整體印象。今遍觀詩篇內容、細審題文，參照注疏，合三者所得，嘗試爲各類解題，期稍有俾益於類別區分：

補亡：錄六首，共一家。乃惜周詩之不備，有其義而亡其辭。遂遙想既往，存思在昔以補其文。〔註17〕故凡擬古意以補綴亡詩者，入於

〔註15〕各類類目之下，如能附注界說，則其涵義當更明確。如元《瀛奎律髓》中各類之下所釋：「登覽類：登高能賦則爲大夫，於傳識之。名山大川絕景，極目能言者眾矣，拔其尤者以充雋永，且以爲諸詩之冠。」則其一類所錄，選編緣由皆瞭然可知。

〔註16〕參見王國瓔〈昭明文選祖餞詩中的離情〉一文，即謂「其所選錄「祖餞」詩，即後世習稱之「送別」詩……這八首祖餞詩之共同特色是，每首皆送別場合之作，皆抒發一分送別時的離情依依。」乃爲研究者自行據題文及詩意所歸納之結論。

〔註17〕〈補亡詩六首〉下注，善曰：「補亡詩序束晢與同業疇人肆脩鄉飲之禮，然所詠之詩或有義而無辭，音樂取節闕而不備，於是遙想既往、存思在昔，補著其文，以綴舊制。」翰曰：「……賈謐請爲著作，嘗覽周成王詩，有其義亡其

此類。

述德：錄二首，共一家。述先人濟世隆民之業，功成退處之行，以彰祖
　　　德並勵來人。〔註18〕故凡述先祖德業以勵繼志者可屬於此。

勸勵：錄二首，選二家。出則作詩以勸無道，入則勉志以脩德業，此借
　　　詩以達風諫者屬之。〔註19〕

獻詩：錄三首，選二家。凡人臣應詔而作，或獻詩以美皇恩、頌德業；
　　　或藉以表誠衷，存諫言者。〔註20〕

公讌：錄十四首，選十三家。多爲人臣侍讌公家，受命制作，或賦詩各
　　　抒己志，或作詩述美餞行，總爲讌會上應興之作。〔註21〕

辭，惜其不備，故作辭以補之。」

〔註18〕謝靈運〈述祖德詩〉曰：「達人貴自我，高情屬天雲。兼抱濟物牲，而不縈垢
　　　氛。……拯溺由道情，龕暴資神理……高揖七州外，拂衣五湖裡……」均在
　　　述其當仁不讓，功成不居之德行。故〈述祖德詩二首〉下注，善曰：「……靈
　　　運述祖德詩序曰：『太元中王父龕定淮南，負荷世業……逮賢相徂謝，君子道
　　　消，拂衣蕃岳，考卜東山，事同樂生之時，志期范蠡之舉。』銑曰：「述其祖
　　　謝安謝玄之德。」

〔註19〕「勸勵」下注，善曰：「勸者進善之名，勵者勗己之稱。」〈諷諫詩序〉曰：「孟
　　　爲元王傅子夷王及孫王戊，戒荒淫不遵道，作詩諷諫。」「張茂先」下注，銑
　　　曰：「勵，勉也，謂勉志以脩德業。」

〔註20〕卷二十五〈西陵遇風獻康樂〉下注，善曰：「鄭玄禮記注曰：『獻猶進也。』
　　　又曰：『古者致物於人尊之曰獻。』」「上責躬應詔詩表」中有曰：「……不圖
　　　聖詔，猥垂齒召，至止之日，馳心輦轂……不勝犬馬戀主之情，謹拜表并獻
　　　詩二篇，詞旨淺末，不足采覽，貴露下情，冒顏以聞。」其下注，善曰：「黃
　　　初四年植朝京都，上疏並獻詩二首。」翰曰：「植嘗與楊脩、應瑒等飲酒，醉，
　　　走馬於司禁門。文帝即位念其舊事，從封鄄城侯。後求見帝，帝責之置西館，
　　　未許朝，故子建獻此詩也。」按：由詩表查證，並非鄄城侯自求見，及受詔
　　　而朝，此注未切實情。且應詔詩首句「肅承明詔，應會皇都」。亦可見其乃應
　　　詔而至。〈應詔詩〉題下注，翰曰：「言應詔命而來，於道路中所見，對詔而
　　　作。」〈關中詩〉題下注，善曰：「岳上詩表曰：『詔臣作關中詩，輒奉詔竭愚
　　　作詩一篇。』案：漢記孝明時護羌校尉竇林上降羌……爲日久矣而死生異辭，
　　　必有詭繆，故引證喻以懲不恪也。」翰曰：「晉惠帝元康六年，氐賊齊萬年與
　　　楊茂於關中反亂，人多疲敝，既定，帝命諸臣作關中詩。」由此可見此類獻
　　　詩乃人臣應詔而進詩於上，非自行制作呈獻者。

〔註21〕曹子建〈公讌詩〉曰：「公子敬愛客，終宴不知疲，清夜遊西園，飛蓋相追隨。」
　　　乃點題之作。其下注，善曰：「公讌者，臣下在公家侍讌也。」王仲宣下注，
　　　銑曰：「此侍曹操讌，時操未爲天子，故云公讌。」陸士衡之作，題曰：「皇
　　　太子宴玄圃宣猷堂有令賦詩」濟曰：「衡時爲太子洗馬，應令作此詩。」陸士
　　　龍之作，題曰：「大將軍宴會被命作詩」〈晉武帝華林園集詩〉下注，善曰：
　　　「晉武帝與群臣射於此園，賦詩觀志。」〈九日從宋公戲馬臺集送孔令詩〉

祖餞：錄八首，選七家。朋友遠行相送，或飲酒以餞，並賦詩而贈，以寄離愁別緒者入於此類。〔註22〕

詠史：錄廿一首，選九家。因觀史書而詠其行事得失，或藉史事以寄志抒懷、詠事刺人者，均屬此類。〔註23〕

百一：錄一首，僅一家。命名源於「譏切時事，以救在位者百慮之一失」意。故凡欲借詩喻世，風規治道者，多題曰百一詩一類。〔註24〕

下注，善曰：「沈約宋書曰：孔靖字季恭，宋臺初建以爲尚書令，讓不受，辭事東歸，高祖餞之戲馬臺，百僚咸賦詩以述其美。」

〔註22〕〈祖餞〉下注，善曰：「崔寔四民月令曰：『祖，道神也。黃帝之子好遠游，死道路，故祀以爲道神，以求道路之福。』張景陽〈詠史詩〉「群公祖二疎」下注，善曰：「毛詩曰：『仲山甫出祖。』鄭玄曰：『祖者，行犯軷之祭也。』」濟曰：「祖，祭也。凡送行而飲酒者，假道祭爲名。」〈荊軻歌序〉：「丹祖送於易水上」其注，善曰：「崔寔四民月令曰：『祖、道神、祀以求道路之福。』」銑曰：「祖者，將祭道以相送。」曹子建〈送應氏詩〉曰：「親昵並集，置酒此河陽……山川阻且遠，別促會日長，願爲比翼鳥，施翮起高翔。」孫子荊、征西官屬送於陟陽候作詩：「晨風飄歧路，零雨被秋草……傾城遠追送，餞我千里道。」潘安仁，金谷集作詩，有曰：「親友各言邁，中心悵有違，何以敘離思，攜手遊京畿」。其注善曰：「石崇金谷詩序曰：『余以元康六年從大僕卿出爲使……時征西大將軍祭酒王詡當還長安，余與眾賢共送澗中，賦詩以敘中懷。』如此類之線索多不勝列，但可知此類篇制多爲親友同僚餞別，賦詩相贈，故有送者之作，亦有被餞者自作。

〔註23〕王仲宣〈詠史詩〉下注：向曰：「謂覽史書詠其行事得失，或自寄情焉。曹公好以巳事誅殺賢良，粲故託言秦穆公殺三良自殉以諷之。」曹子建下注，良曰：「亦詠史也，義與前詩同。植被帝責黜，意者是悔不隨武帝死而託是詩。」左太沖下注：向曰：「是詩之意多以喻己。」張景陽下注，善曰：「恊見朝廷貪祿位者眾，故詠此詩以刺之。」翰同善注。盧子諒下注，濟曰：「徐廣晉紀云：『諶……嘗覽史籍至藺相如傳，觀其志；思其人，故詠之。』五君詠五首下注，善曰：「沈約宋書曰：『顏延年領步兵，好酒，疎誕不能斟酌……出爲永嘉太守，延年甚怨憤，乃作五君詠以述竹林七賢……詠嵇康曰：『鸞翮有時鎩，龍牲誰能馴。』；詠阮籍曰：『物故不可論，途窮能無慟。』；詠阮咸曰：『屢薦不入宮，一麾乃出守。』；詠劉伶曰：『韜精日沈飲，誰知非荒宴。』；此四句蓋自序也。』向同善注。又「途窮能無慟」下注：銑曰同善注，此延年自託以爲途窮者……「深衷自此見」下注：向曰：「伶好飲，爲居亂代，欲晦其才，延年自解將同此美。」

〔註24〕〈百一詩〉下注，善曰：「張方賢、楚國先賢傳曰：『汝南應休璉作百一篇詩，譏切時事，徧以示在事者，咸皆怪愕，或以爲應焚棄之，何晏獨無怪也。』然方賢之意，以爲百一篇故曰百一。李充翰林論曰：『應休璉五言詩百數十篇，以風規治道，蓋有詩人之旨焉。』又孫盛《晉陽秋》曰：『應璩作五言詩百三十篇，言時事多有補益，世多傳之。』據此二文，不得以一百一篇而稱百一也。今書七志曰：『應璩集謂之新詩，以百言爲一篇，或謂之百一詩，

遊仙：錄八首，取二家。遊仙之詩多託言玄虛、寓身遠游，欲以高蹈塵
　　　外，超脫俗事，正足見其不能忘情。〔註25〕
招隱：錄五首，取二家。以招隱爲名，明羨隱者閑靜，實譏天下溷濁，
　　　令志士投簪退居。〔註26〕
反招隱：錄一首，僅一家。反對矯情之隱居，持推分安命之觀以混俗自
　　　處，故曰反招隱。〔註27〕
游覽：錄廿三首，選十一家。以山水記遊爲題材，但寫山水而寄情志，
　　　覽物色而抒懷抱。〔註28〕

然以字名詩，義無所取。據〈百一詩序〉云：『時謂曹爽曰「公今聞周公巍
巍之稱，安知百慮有一失乎？」』百一之名蓋興於此也。』向曰：「意者以
爲百分有一補於時政。」案：由此可知「百一」之名，乃有四說：一以篇數
名之；一以字數名之；一取「百慮一失」之意；一謂百分有一補益。今據善
注引張方賢之說，及《文章錄》「璩……歷官散騎侍郎，見曹爽多違法度，
璩爲詩以諷焉。」可知當以第三說爲是。
〔註25〕何劭〈遊仙詩〉：「吉士懷貞心，悟物思遠託……長懷慕仙類，眇然心縣邈。」
其名下注：銑曰：「……以處亂朝，思游仙去世，故爲是詩。」郭璞〈遊仙
詩〉：「京華遊俠窟，山林隱遯棲，朱門何足榮，未若託蓬萊。」又曰：「逸
翮思拂霄，迅足羨遠游……長揖當塗人，去來山林客。」其名下注，善曰：
「凡游仙之篇，皆所以滓穢塵網，錙銖纓紱，飡霞倒景，餌玉玄都，而璞之
制文多自敘，雖志狹中區而辭無俗累，見非前識，良有以矣！」黃侃《文選
平點》，注曰：「據此，是前識有非議是詩者，然景純斯篇，本類詠懷之作，
聊以據其憂生憤世之情，其於仙道，特寄言耳。……首章七章俱有山林之文，
然則遊仙，特隱隨之別目耳。」
〔註26〕左太冲〈招隱詩〉曰：「策杖招隱士，荒塗橫古今。」其名下注，良曰：「思
苦天下溷濁，故將招尋隱者，欲以退不仕。」陸士衡〈招隱詩〉曰：「……
至樂非有假，安事澆淳樸，富貴苟難圖，稅駕從所欲。」《文選平點》，注曰：
「招隱之名，出於淮南之招隱士。然彼文正此中所云「反招隱」耳，故謂招
其來隱爲招隱者，殊爲士衡輩之誤也。」
〔註27〕王康琚下注：向曰：「康琚以爲混俗自處，足以免患，何必山林，然後爲道，
故作反招隱之詩，其情與隱者相反。」據黃氏注文，知今由其詩文：「……
周才信眾人，偏智任諸己，推分得天和，矯性失至理。歸來安所期，與物齊
終始。」可知其情並非完全與隱者相反，祇是先反求自身安命閑適，不重隱
居山林之外行。
〔註28〕賦類亦設「游覽」類。其〈登樓賦〉下注，善曰：「……時董卓作亂，仲宣
避荊州依劉表，遂登江陵城樓，因懷歸而有此作，述其進退危懼之情。」〈從
游京口北固應詔〉詩曰：「曾是縈舊想，覽物奏長謠。」其題下注，濟曰：「……
靈運從宋高祖上此山樓，望江而應制也。」〈晚出西射堂〉詩曰：「節往感不
淺，感來念已深……含情尚勞愛，如何離賞心。」其題下注，善曰：「……靈
運獨處常不得意，作是詩也。」〈登池上樓〉詩曰：「薄宵愧雲浮，棲川怍淵

詠懷：錄十八首，選五家。平生遭逢、身世亂離積鬱難抒，乃藉詩以詠憂思，故辭多幽深。〔註29〕

臨終：錄一首，選一家。臨終之際，回首生平，感慨殊深。或自述遺志，慷慨凜然；或懸念親族，殷殷留言；絕命之辭，情深言切，乃有別於抒詠之作。〔註30〕

哀傷：錄十三首，選九家。生離死別，本人情之至哀。故凡追悼親故、感時亂離、自敘幽怨，代抒離情者，皆可入於此。〔註31〕

贈答：錄七二首，選廿四家。人情酬作，藉詩贈答，往返唱和，以抒情表志，遂成定體。〔註32〕

沉。進德智所拙，退耕力不任，徇祿反窮海，疷病對空林……池塘生春草、園柳變鳴禽，祁祁傷幽歌，萋萋感楚吟」其題下注，翰曰：「靈運被譖出，時有疾，起而作是。」

〔註29〕〈詠懷詩十七首〉下注，顏延年曰：「阮籍在晉文代、常慮禍患，故發此詠耳。」善曰：「詠懷者，謂人情懷，籍於魏末晉文之代，常慮禍患及己，故有此詩。多刺時人無故舊之情，逐勢利而已，觀其體趣，實謂幽深，非夫作者，不能探測之。」向注同。〈秋懷詩〉下注，銑曰：「感秋而述其所懷。」其詩曰：「耿介繁慮積，展轉長宵半，夷險難預謀，倚伏昧前筭……因歌遂成賦，聊用布親串。」

〔註30〕〈臨終詩〉曰：「咨余冲且暗，抱責守微官。潛圖密已構，成此禍禍端……真偽因事顯，人情難豫觀，窮達有定分，慷慨復何歎……不惜一身死，惟此如循環，執紙五情塞，揮筆涕汍瀾。」其題下注，銑曰：「收崇、建及母妻少皆斬，建臨刑而作是詩也。」

〔註31〕〈幽詩〉下注，善曰：「魏氏春秋曰：『康及呂安事，爲詩自責。』向子期，思舊賦：『然嵇志遠而疎，呂心曠而放，其終各以事見法。班固史遷述曰：幽而發憤，乃思乃精。』向曰：『叔夜爲呂安事連罪收繫，遂作此詩。憤、怨也。言幽怨者人莫能見明也。」〈七哀詩〉下注，向曰：「七哀，謂痛而哀、義而哀、感而哀、怨而哀，耳目聞見而哀，口歎而哀、鼻酸而哀。子建爲漢末征役別離婦人哀歎，故賦此詩。」按：此「七哀」之說雖嫌附會牽強，形其百感交織、哀痛至極則可也。〈悼亡詩〉下注，善曰：「風俗通曰：『慎終悼亡。』鄭玄詩箋曰：『悼，傷也。』」銑曰：「悼，痛也。安仁痛妻亡，故賦詩以自寬。」

〔註32〕〈答何劭二首〉下注，良曰：「贈答之體，則贈詩當爲先，今以答爲先者，蓋依前賢所編，不復追改也。」足見「贈答」詩已成爲當時定體。由下引各注文可證。〈於承明作與士龍〉下注，良曰：「與士龍別於長林亭，作詩與士龍述相思之意。」〈贈尚書郎顧彥先二首〉下注，翰曰：「顧彥先同爲尚書郎，遇雨不相見，故贈此詩。」〈答張士然〉下注，良曰：「機從駕出游，士然贈詩，故有此答。」〈答傅咸〉下注，善曰：「傅咸集曰：『余雖心知之，此屈非復文辭所了，故直戲以答其詩』云」

行旅：錄卅四首，選十一家。羈旅辛苦、客途多憂，故作詩抒懷解鬱、
　　　歷記感慨。

軍戎：錄五首，僅一家。從師軍旅，記敘見聞，頌其行伍壯盛、戰功彪
　　　炳。〔註33〕

郊廟：錄二首，僅一家。郊廟者，本祀天地、祭宗廟所舉之樂章，其聲
　　　雍雅正大爲尚，故與樂府有別。〔註34〕

樂府：錄四十首，選九人。其名源自漢初采詩之專署，故凡漢代樂府古
　　　辭、後依樂府古題所作之歌詩，皆可入於此類。〔註35〕

挽歌：錄五首，選三人。挽歌乃挽柩者所歌之辭。遠溯田橫從者之哀歌，

〔註33〕〈河陽縣作二首〉下注，翰曰：「旅，舍也。言行客多憂，故作詩自慰，次
　　　於贈答也。」〈在懷縣作二首〉下注，翰曰：「岳自河陽令遷懷令，有思京之
　　　意。」〈赴洛〉詩有曰：「惜無懷歸志，辛苦誰爲心。」又「羈旅遠宦游、託
　　　身承華側……載離多悲心，感物情悽惻。」其下注，銑曰：「故歎息不得有
　　　懷歸之志，辛苦羈旅，誰堪爲此心也。」餘如「初去郡」「道路憶山中」等
　　　詩文、題文、注文皆可見。

〔註34〕郊祀歌，《漢書・樂志》曰：「武帝定郊祀之禮，祠太乙於甘泉，祭后土於汾
　　　陰，乃立樂府，采詩夜誦，有趙、代、秦、楚之謳，以李延年爲協律都尉，
　　　多舉司馬相如等數十人造爲詩賦，略論律呂，以合八音之調，作十九章之歌，
　　　以正月上辛用事甘泉圜丘，使童男女七十人歌之。時新得神馬，因次爲歌，
　　　汲黯曰：王者作樂，上以承祖宗，下以化兆民，今陛下得馬詩以爲歌協於宗
　　　廟，先帝百姓豈能知其音邪，觀黯之言，則是歌宗廟亦用之矣。然其辭亦多
　　　難曉云。」按：汲黯之言，乃以天馬之歌非乎雅樂，不宜薦宗廟。「顏延年」
　　　下注，翰曰：「宋文帝時郊祀天地，使延年作詞。」《宋書・樂志》曰：「文
　　　帝元嘉二十二年，詔顏延之造天地郊夕牲、迎送神、饗神雅樂登歌三篇。」
　　　可知「郊廟」之章雖亦爲合樂舞之歌詩，然其聲與樂府雅俗有別。

〔註35〕〈樂府上〉下注，善曰：「漢書曰：『武帝定郊祀之禮，而立樂府。』」濟曰：
　　　「漢武帝定郊祀，乃立樂府，散採齊、楚、趙、魏之聲，以入樂府也。」
　　　又見：崔豹《古今注》曰：「短簫鐃歌，軍樂也，黃帝使岐伯作，所以建武
　　　揚威德，風勸戰士也，周禮所謂王大捷，則令凱樂，漢樂有黃門鼓吹，天
　　　子所以宴樂羣臣也，短簫鐃歌，鼓吹之一章爾，亦以錫有功諸侯。」《古今
　　　樂錄》曰：漢鼓吹鐃歌十八曲，字多訛誤，又有務成、玄雲、黃爵、釣竿，
　　　亦漢曲也，其辭亡，或云漢鐃歌二十一，無釣竿，擁離亦曰翁離。《宋書・
　　　樂志》曰，漢鼓吹鐃歌十八篇補，按古今樂錄，皆聲、辭、艷相雜，不復
　　　可分。沈約云：「樂人以音聲相傳，訓詁不可復解，凡古樂錄，皆大字是辭，
　　　聲辭合寫，故致然耳。」〈怨歌行〉下注，善曰：「歌錄曰：『怨歌行古辭，
　　　然言古者有此曲，而班婕妤擬之。』〈短歌行〉下注，濟曰：「凡樂府詩，
　　　古皆有辭，此則擬而作之，已下盡類此。」驗之所錄諸作，亦多依古題擬
　　　作之文士樂府。

近源自漢蒿里薤露之歌。魏晉文士多自作挽歌以寄衷情。〔註36〕

雜歌：錄四首，選四家。隨遇而感、合樂高歌，以喻胸中慷慨之歌辭。
〔註37〕

雜詩：錄九四首，選廿六家。其體不拘，故上自古詩、下迄齊梁雜體，凡
　　　興時感物、即事而書者《文選》選詩研究，皆可入於此類。〔註38〕

雜擬：錄六三首，選十家。多傚前人詩篇而作，以擬其體度氣韻，得神
　　　髓而出新意者爲尚，體不拘一，故曰雜擬。〔註39〕

　　以上提要內容，多自一類詩篇內容、題文形式、六臣注解歸納而出，故
義涵或因切合選入現況而較類目原義詞爲狹，卻適足以詮釋選編者對該類詩
篇之理想、突顯該類之義旨，釐清各類間之界限。

　　如「游覽」「行旅」二類，詩篇大抵藉景抒情，若從詩題形式上視之，實

〔註36〕〈挽歌〉下注，善曰：「譙周法訓曰：『挽歌者，高帝召田橫至乃鄉，自殺，
　　　　從者不敢哭，而不勝哀，故爲此歌以寄哀音焉。』翰曰：「魏志云：『繆襲……
　　　　故爲悲歌以寄其情，後廣之爲薤露萬里歌以送喪也。至李延年分爲二等，薤
　　　　露送王公貴人，萬里送士大夫庶人，使挽柩者歌之，因呼爲挽歌。』又見：
　　　　崔豹《古今注》曰：「薤露、萬里、並哀歌也，本出田橫門人，橫自殺，門人
　　　　傷之，爲作悲歌，言人命奄忽如薤上露，易晞滅也，亦謂人死魂魄歸於萬里，
　　　　故有二章，至孝武時，李延年乃分二章爲二曲，薤露送王公貴人，萬里送士
　　　　大夫庶人，使挽柩者歌之，亦呼爲挽歌。」

〔註37〕〈雜詩〉王仲宣下注，善曰：「雜者，不拘流利，遇物即言，故云雜。」〈荆
　　　　軻歌〉序曰：「丹祖送於易水上。高漸離擊筑、荆軻歌，宋如意和之。」〈漢
　　　　高祖歌〉序曰：「高祖還，過沛，當置沛宮。酒酣，上繫筑、自歌曰」。〈扶風
　　　　歌〉下注，良曰：「扶風、地名。蓋古曲也，琨擬而自喻。」〈陸韓卿〉下注，
　　　　翰曰：「漢書曰：『詔賜中山靖王會及孺子妾并未央才人歌四篇，厥作是歌以
　　　　刺人情變移也。』」

〔註38〕〈古詩十九首〉下注，善曰：「並云古詩，蓋不知作者，或云枚乘，疑不能明
　　　　也。……」「王仲宣」下注，翰曰：「興致不一，故云雜詩，此意思故人。」〈朔
　　　　風詩〉下注，翰曰：「時爲東阿王在藩，感北風思歸，故有此詩。」〈時興詩〉
　　　　下注，翰曰：「時興，感時物而興喻情也，亦雜詩之類。」〈圜葵詩〉下注，
　　　　善曰：「晉書曰：趙王倫篡位……齊王同譖機爲倫作禪文，賴成都王穎救之，
　　　　免死，故作此詩，以葵爲喻謝穎。」餘如此類，隨時物而起興之作者多謂
　　　　之「雜詩」，魏晉時已習用其名。

〔註39〕〈擬古詩十二首〉下注，良曰：「雜謂非一類，擬、比也。比古志以明今情。」
　　　　〈擬魏太子鄴中集詩八首〉下注，濟曰：「魏太子、曹丕也；鄴、魏都也。此
　　　　代當時諸賢之意。」〈袁陽源〉下注，濟曰：「白馬篇述游俠不分義之事。傚，
　　　　象也。」王僧達〈和琅邪王依石〉下注，濟曰：「依，亦擬也。」故其名雖有
　　　　「擬古」「依古」「傚古」之異，實皆爲模擬前人之作。

不易強爲歸類。以謝靈運山水詩篇爲例：其〈富春渚〉、〈七里瀨〉等篇，命題與寫作方式上與玩賞紀遊之作幾無二致，故後世選編者多將之與游覽諸篇混同無別。〔註40〕現藉解題之觀察，乃可見其詩中旨趣本異：前類多攬山水而興曠懷、嘆死生，多寓情於景，旨意隱微；後者乃旅客途而抒鄉愁、苦宦游，故因景興情、意志舖陳。殆因「覽物之感」與「行客之思」其情懷各異而作法有別，故區爲二類。

此外，尚有「樂府」與「雜歌」、「樂府」與「雜擬」等類別之混淆，〔註41〕除當深究其詩歌理論以解析其分類觀點外（詳見第六章），經由解題，亦可初步明瞭其「樂府」之涵義較狹，故不概括隨興吟詠、題無定制之「雜歌」；「樂府」雖可舊題新作，卻與同題習作，神韻盡襲之「雜擬」有別。

以前述諸項討論爲基礎，綜觀《文選》詩卷中二十四類目之區分，或可撮舉其分類之原則，略別爲三：

1. **依詩旨歸類**：僅由類目名稱瀏覽，「哀傷」、「詠史」、「樂府」、「贈答」等類目，雖予人依詩篇情致、題材、體裁、功用等不同基準分類之錯覺，造成分類層次混淆之評價。實則詳較各類範域、深味詩作旨趣，皆井然有別。此可由各類解題研究中明確體會者，亦透過相似類別之辨析再度驗證之

2. **重分亦重合**：自分類解題中約計：二十四類中，僅取一家詩篇獨立成類者有七，取二三家詩篇成類者有六，〔註42〕已佔類目之大半。此種因少數詩家、詩篇之特色獨具，便予分立別類之現象，顯示選編者在詩篇分類上似較重視「分」，以突顯詩體之變化。且由聲歌之分立爲郊廟、樂府、挽歌、雜歌四類，亦可見其強調分化演變之標類法則。

然細察整體，卻又有「贈答」、「雜詩」二類分錄二十四家、二十六家，由此薈萃眾家，朋比群篇之類別，以綜觀詩體流變、歷代風格。足見《文選》

〔註40〕 《謝康樂集》、《古詩紀》、《全漢三國魏晉南北朝詩》等詩總集，及《古詩選》、《古詩源》等詩選集中，此兩類詩篇多混同編列，並無任何區別，其餘「公讌」、「樂府」、「贈答」等類之詩篇，則常類聚排列。

〔註41〕 《文選》所錄「荊軻歌」、「高祖歌」等雜歌作品，《樂府詩集》中乃歸屬於樂府之「雜歌謠辭」、「琴曲歌辭」之類；而「雜擬」中之「傚白馬篇」、「代君有所思」等作，其題本沿自樂府；又如鮑照之樂府諸作，均名曰「代東武吟」、「代苦熱行」等，與「雜擬」實難區辨。

〔註42〕 今由各類中統整小計：僅取一家成類者，有補亡、述德、百一、反招隱、臨終、軍戎、郊廟等七家。取二、三家成類者，有勸勵、獻詩、遊仙、招隱、詠懷、挽歌等六家。

詩卷類別之設立，乃併用分合之法以呈現演變之勢，而不著意於各類均衡之務。

　　3. 隨詩文命名：《文選》文體之區別，每隨文命名，故有「七」、「連珠」、「彈事」等文類之分立。〔註43〕於詩卷分類中，亦時見此作法之線索，如因束皙〈補亡詩〉，而命「補亡」之目；因應璩〈百一詩〉而立「百一」一類；因謝靈運〈述祖德詩〉，而有「述德」之名。此皆取一家之詩題而成類者，故因其名而命類，本無可厚非，但於其他彙眾篇成類者，其類目之所沿用之詩題，則有可待斟酌者。如「招隱」一類，所錄之二家雖皆以「招隱詩」名詩，但其詩旨在「招其來隱」與淮南「招懷天下俊偉之士」原旨有異，〔註44〕編者逕以「招隱」歸類，若未細察，乃易生誤解。或曰其誤用始於作詩者，不必歸咎於《文選》，然選編者類目之選定亦應負審慎明確之責。餘如：「樂府」「詠懷」等隨詩所命之類，似亦有此類未能明確、允洽之憾，此乃「隨詩文命名」法使用浮濫之弊！

　　由此三項原則之歸納，得見《文選》詩卷中「體以類分」之分類原則，除具體例上之開創性外，更深寓其編排上層次井然之用心，故當作全書編輯結構之重要基礎，認識其組成，且可據之研探其詩歌理論。

三、排序原則之釐清

　　文選序雖明示其作品排序為：「類分之中，各以時代相次」，然其「時代」一義，實曖昧不明。首先，未知其「時代」之準據為何？究以人為準，抑或以詩為準？次者，未知其「時代」之涵義層次？究竟是概以同代作者排列，或細就作者生卒年排序？凡此皆須通過《文選》本身蒐尋線索查證。

　　在「時代」準據方面，其線索較明顯容易掌握。只待進一步考察其目錄之編排，則見其一類中同代之作，多以人為歸屬而序列（即前述之「時以人序」），足見其較偏重以人為主。另外，由贈答詩篇之編排，亦可見其「作者」因素之重要。張華〈贈何劭詩〉二首下注：

〔註43〕周紀彬於《《文選》五題》一文中，提出蕭統編撰《文選》的諸多體例，其一為「隨文命名」。並舉「七」體，百一詩為例證（參見《昭明文選研究論文集》第141頁）。

〔註44〕參見王逸〈招隱士〉序曰：「招隱士者，南小山之所作也。昔淮南王安，博雅好古，招懷天下俊偉之士。自八公之徒，咸慕其德而歸其仁。各竭其才，著作篇章。」

良曰：何劭字敬祖，贈華詩則此詩之下是也。贈答之體，則贈詩當

爲先，今以答爲先者，蓋依前賢所編，不復追改也。

由注文可知，此處贈詩、答詩排序先後乃違反贈答之體，劉良莫知其故，遂以「前賢之誤不復追改」說之。究其實，乃因選編者之排序實以「人」爲主，因張華之生卒皆先於何劭，故不以違體例爲意，仍先列其詩篇。類此之例又見於劉琨「答盧諶」及盧諶「贈劉琨」二詩編排。據此二例，乃知《文選》詩篇編排，乃以人之時代爲次。

然而《文選》作者之時代排序，歷來學者爭議頗大，自唐·常寶鼎之後，編撰者繼踵，〔註45〕始終未能明確釐清，根究緣由，乃因「時代」義涵未明，《文選》本身排序紛亂所致。

《文選》作者編次失當，率先揭竿疵議者，乃李善注疏，駱鴻凱《文選學》已條列詳述之。〔註46〕今以卷十九－三十一之詩卷爲主，參以他類文體之詮次，實則繆誤甚夥，非僅李注所舉「前後矛盾」之類顯見失誤而已：

1. **前後矛盾**：此乃指《文選》各卷作者編次，有互相矛盾之謬，如「公讌」、「贈答」二類中子建、仲宣排次先後不一；「招隱」、「雜詩」二類太沖、士衡編次之淆亂……諸如此類編詩之舛誤，經李注校正者有五，不及一一詳析（可參見《文選學》30頁）。

2. **穿插之誤**：李注指正「前後矛盾」之編次，多針對少數一二位詩家之排次比較，實則有多處編次之混淆，乃肇源於部分作家穿插次序失當，致前後作者次序大亂。如《文選》卷二十四、二十五「贈答」類中，陸士衡至陸士龍間作者次序之混淆，乃源於潘正叔、傅長虞、郭泰機之穿插錯誤；而卷二十九「雜詩」類中，陸士衡至張景陽排次之紛紜，乃由於「何敬祖」「棗道

〔註45〕自《新唐書·藝文志》史部著錄：「常寶鼎《文選著作人名目》三十卷。」《宋史·藝文志》集部總集類，亦有「常寶鼎《文選名氏類目》十卷」，二者當即一書。現其書亡佚。而後清·周松靄嘗撰《選材錄》一書補之。其後清·汪師韓《文選理學權輿》中亦曾臚列百三十家，並分隸所撰篇目，以檢其著述。民國·駱鴻凱《文選學》書中專列「撰人」一章，並分列「撰人事跡生卒著述考」爲另一章，詳列其序，並考辨之。民國、逯欽立《先秦漢魏晉南北朝詩》一書亦以作者時代編次，並據卒年先後排序，其範圍涵括《文選》各家，亦可供參考。

〔註46〕參見駱鴻凱《文選學》一書「義例第二」40頁論文選「敘次之失」，其舉李注之校正六處，其中五處見於詩卷；劉良注一處，此另有原因，前文已辨之；何焯瞻注一處，駱氏自按一處。但析其性質，多爲「前後矛盾」一類之誤，亦有部分爲穿插之失當。

彥」二人之穿插次序有誤。此例尚多，不備詳述。

3. **時代錯置**：《文選》六十卷中，作家作品之編次雖見紛歧，然其大體均循各代先後排次，幾無時代錯置者，惟「詠懷」詩一類，宋謝惠連〈秋懷〉敘於晉歐陽堅石〈臨終詩〉之前。今由陳八郎本五臣注《文選》中，考見「臨終」當別立一類，則此時代錯置或恐爲傳鈔漏類所致，而非編者體例之失。

歸結上述目前所見《文選》排次之錯誤，遑論其爲編者屬意或鈔者無心，此類繆失之共同特徵：乃以發生於曹魏、西晉間者爲多。或因此時文士繁盛，史傳載錄未能詳備，使後人考訂無據，致繆誤紛出。而劉宋以後諸家，則排序穩定，甚少編繆，可見年代遠近、傳記詳略乃爲影響詩家排序之主要原因。

因此，如改以宋齊梁近代之詩家編排爲主，綜觀《文選》詩卷之排次方式，約有三點原則可循：

1. 先以詩家之時代爲基準，依周、漢、魏、晉等先後排列，同代者並列（論證見於前文）。此乃文選全書盡符之體例，亦「類以時次」一義最寬泛之解釋。

2. 同代詩家，則以卒年之先後排序：如宋顏延之（西元 384～456 年）本生於范曄（西元 398～445 年）之前，而卒年較晚，故於「公讌」類乃序於其後；又如沈約（西元 441～513 年）之於丘遲（西元 464～508 年），江文通（西元 444～505 年）之於范彥龍（西元 451～503 年）；鮑照（西元 416～466 年）之於王僧達（西元 423～458 年）皆可爲明證。而李善注枚叔〈上書諫吳王〉曰：「乘之卒在相如之前，誤也。」駱鴻凱評〈運命論〉列〈養生論〉後，曰：「叔夜後卒於魏常道鄉公景元三年……前後倒置，亦誤。」其二人亦以作者卒年爲排次之據，《文選》之編排原則由此可證。

3. 凡卒年相同者，則以生年先後爲憑：同代詩家除依卒年先後排列外，遇卒年相同者，則再參酌生年之順序編列。如晉陸機（西元 261～303 年）、陸雲（西元 262～303 年）昆仲二人皆於晉惠帝泰安二年（西元 303 年）遇害，而士衡生年在前，故《文選》中「公讌」、「贈答」二類詩，陸機作品皆列於前；又如「雜擬」類劉宋袁淑（西元 408～453 年）作品列於劉鑠（西元 431～453 年）之前；贈答類齊代謝朓（西元 464～499 年）詩先於陸厥（西元 472～499 年）詩篇；以及贈答類晉代張華（西元 232～300 年）詩篇序於潘岳（西元 247～300 年）之前。

經此蒐證、條理之過程，《文選·序》中各以「時代」相次之「時代」涵

義，實具廣、狹層次：廣義之「時代」，乃指作者卒年所屬之朝代。故如「勸勵」、「獻詩」等類小人簡之類，只須依作者時代先後序列即可，此亦爲《文選》全書嚴密遵循之基本體例。狹義之「時代」，則指作者之生卒年代（先卒年，後生年）。故如「贈答」、「雜詩」等作家齊聚之類別，須將同代詩家依卒年、生年區別先後。然或因齊梁時代史傳資料不足，考證工作未臻詳備，致使魏、晉兩代詩家排次頗多繆失，甚至出現體例上前後舛誤之處。然正如唐·劉良所云：「前賢所編，不復追改。」今除將其排次狀況、原則詳加研究外，並試據其編排原則、參酌周氏、汪氏之列表、今人之考證，將《文選》詩卷中選入詩家作如下排序：

表二：（一）、《文選》詩卷選入各家字號、生卒年排序

編號	時代	姓名	字號	生卒年	壽	傳記資料	備註
1	先秦	荊軻	荊卿	（？～BC227）秦始皇二十年		見史記刺客列傳	荊軻於秦始皇二十年受使刺秦王不中，被殺，故以是爲卒年。
2	漢1	劉邦	漢高祖	秦昭王五十一年（BC254～BC195）漢高祖十二年丙午	53	見史記漢書高祖本紀	又漢書臣瓚注云：「帝年四十二即位，即位十三年，享壽五十三」與史記注異，駱書殆從漢書，今從史記注。文學年表據其本傳「卒于鄒及在鄒」詩：「微，小字既萌且陋……務我髮齒」而推測。疑而待考。
3	2	韋孟		（？～BC152）漢景帝五年	？	附漢書韋賢傳	
4	3	李陵	少卿	（？～BC74）漢昭帝元平元年丁未	60餘		
5	4	蘇武	子卿	漢武帝建元初年（BC140～BC60）漢宣帝神爵二年辛酉	80餘	附漢書蘇建傳	※依漢書本傳，蘇武卒於宣帝神爵二年，壽八十餘，故前推八十年，暫定於此。
6	5	班婕妤		（？～BC7）漢成帝綏和二年	？	見漢書外戚傳	※漢書外戚傳：「成帝卒，倢伃充奉園陵，卒、葬園中。」
7	6	張衡	平子	漢章帝建初三年戊寅（78～139）漢順帝永和四年乙卯	62	見後漢書本傳	
附		蔡邕	伯喈	漢順帝陽嘉二年癸酉（133～192）漢獻帝初平三年壬申	60	見後漢書本傳	※〈飲馬長城窟〉今考定爲蔡邕所作，故附錄之
8	三國1	劉楨	公幹	漢靈帝建甯三年（170～217）漢獻帝建安二十二年丁酉	？	附三國魏志王粲傳	※劉、應、王三人皆卒於建安二十二年之疫疾。文選中以王粲先於劉、應二子。今依中古文學繫年之考定，劉、應二人或生於西元一七○年，故依駱書之次，以劉楨先於應、王
9	2	應瑒	德璉	漢靈帝建甯三年（170～217）漢獻帝建安二十二年丁酉	？	附三國魏志王粲傳	

編號	時代	姓名	字號	生 卒 年	壽	傳 記 資 料	備 註
10	3	王 粲	仲 宣	漢靈帝嘉平六年 （177～217） 漢獻帝建安二十二年丁酉	41	附三國魏志本傳	
11	4	曹 操	魏武帝	漢桓帝永壽元年乙未 （155～220） 漢獻帝建安二十五年庚子	66	見魏志本紀	
12	5	曹 丕	魏文帝	漢靈帝中平三年丙寅 （186～226） 魏文帝黃初七年丙午	41	見魏志本紀	
13	6	曹 植	曹子建	漢獻帝初平三年壬申 （192～232） 魏明帝太和六年壬子	41	見魏志本紀	
14	7	繆 襲	熙 伯	漢靈帝中平三年丙寅 （186～245） 魏齊芳王正始六年	60	附魏志劉劭傳	
15	8	應 璩	林 璉	漢獻帝初平元年 （190～252） 魏齊芳王嘉平四年	63	附魏志王粲傳	
16	9	阮 籍	嗣 宗	漢靈帝建安十五年 （210～263） 魏元帝景元四年	54	附魏志王粲傳見晉書本傳	
17	10	嵇 康	叔 夜	魏文帝黃初四年 （224～263） 魏元帝景元四年	40	附魏志王粲傳見晉書本傳	※中古文學繫年，嵇康卒年向有景元二年、景元三年二說今陸侃如詳辨二說，以爲當作「景元四年」，故與阮籍同年，而生年稍後，故次之。
18	晉 1	應 貞	吉 甫	漢獻帝建安二十五 （220～269） 晉武帝秦始五年		附三國魏志王粲傳見晉書文苑傳	※文學年表：「生年不詳」。※中古文學繫年亦謂生年無考但由其卒年及父璩之生年推測，約在二二〇年左右。
19	2	傅 玄	休 奕	漢獻帝建安二十二年 （217～278） 晉武帝咸寧四年	62	見晉書本傳	
20	3	棗 璩	道 彥	魏明帝太和四年 （230～285） 晉武帝太康五年	50餘	見晉書文苑傳	△中古文學繫年，由其「太康中卒年五十餘」前推其生于二三〇年左右。卒年不詳，則推測在二八五年左右。
21	4	孫 楚	子 荊	漢獻帝建安二十五年 （220～293） 晉武帝元康三年	60餘	見晉書本傳	※駱書作元康三年，文學年表作永康三年，乃據本傳所記。※中古文學繫年據其「惠帝初始爲馮翊太宗」考其卒年當爲元康三年，並引用周家祿《晉書校勘記》爲證。而其生年則由「四十餘參石苞軍事」推測約在建安、黃初間。
22	5	傅 咸	長 虞	蜀後主延熙二年 （239～294） 晉惠帝元康四年	56	附晉書傅玄傳	
23	6	郭泰機		蜀後主延熙十三年 （250～295） 晉惠帝元康五年	？	善注引傅咸集	※文學年表：「生卒未詳」繫與傅咸相近。※中古文學繫年考其於傅咸次年卒，而年代則在二五〇－三〇〇年間。

編號	時代	姓名	字號	生　卒　年	壽	傳　記資　料	備　　註
24	7	張華	茂先	魏明帝太和六年（232～300）晉惠帝永康元年	69	見晉書本傳	
25	8	潘岳	安仁	蜀後主延熙十年（247～300）晉惠帝永康元年	54	見晉書本傳	
26	晉9	石崇	季倫	蜀後主延熙十二年（249～300）晉惠帝永康元年	54	附晉書何苞傳	
27	10	歐陽建	堅石	蜀後主秦始元年（265～300）晉惠帝永康元年	30餘	見晉書本傳	※文學年表由其卒年及享壽推測。
28	11	何劭	敬祖	蜀後主建興十四年（236～301）晉惠帝永寧元年	66	附晉書何曾傳	△傳曰「劭字敬祖少與武帝同年，有總角之好。」故繫於此與司馬炎同年。
29	12	張載	孟陽	蜀後主延熙十三年（250～302）晉惠帝永寧二年	約53	見晉書本傳	△中古文學繫年由其仕宦推測生年約在二五〇年左右。△本傳以其晚年稱疾篤告歸，卒于家故定於三〇二左右陸侃如推其在三一〇年，似有不妥。
30	13	陸機	士衡	吳景帝永安四年（261～303）晉惠帝泰安二年	43	見晉書本傳	
31	14	陸雲	士龍	吳景帝永安五年（262～303）晉惠帝泰安二年	42	見晉書本傳	
32	15	左思	太沖	蜀漢後主延熙十三年（250～305）晉惠帝永興二年	56	見晉書文苑傳	※中古文學繫年據其「悼離妹詩」推測約在二五〇年左右。※本傳云：「齊王冏命為記室辭疾不就，及張方蹂暴都邑，舉家適冀州，數歲以疾卒。」
33	16	束晢	廣微	晉世泰始元年（265～305）晉惠帝永興二年	40	見晉書本傳	※《世說新語》引文學傳作三九歲。今已無可考。但《中古文學繫年》考其卒年約在三〇五年左右，生於二六五年前後。
34	17	司馬彪	紹統	魏齊王芳正始元年（240～306）晉懷帝光熙元年	60餘	見晉書本傳	※本傳云：「惠帝末年卒，年六十餘。」故《文學手表》繫於光熙元年，並上推生年於正始元年。今由其享壽推測，當在正始八年（二四七）較妥。
35	18	張協	景陽	蜀後主延熙十八年（255～367）晉懷帝永嘉元年	約	附晉書張載傳	※本傳云：「永嘉初復徵為黃門侍郎，託疾不就，終於家。」《中古文學繫年》推其生於二五五年左右，而謂其卒於三一〇年似有不妥。
36	19	曹攄	顏遠	蜀後主延熙十八年（255～308）晉懷帝永嘉二年	約64	見晉書良史傳	※《文學年表》生年未詳，《中古文學繫年》則由其受王衍器重及初仕久年推測其生於二五五年左右。
37	20	王讚	正長	蜀漢後主延熙八年（245～311）晉懷帝永嘉五手	約67	善注引臧榮緒晉書	※《文學年表》謂其生年未詳。《中古文學繫年》由晉書《石勒載記》推其約在三一一年遇害，而生年則可推定在二四五年左右。

編號	時代	姓名	字號	生 卒 年	壽	傳記資料	備 註
38	21	潘尼	正叔	蜀漢後主延熙十二年（249～311）晉懷帝永嘉五年卒	60餘	附晉書潘岳傳	文學年表由潘尼卒年享壽考測其生年約在二四九年。
39	22	劉琨	越石	晉武帝秦始六年（270～317）晉懷帝建武元年	48	見晉書本傳	
40	23	張翰	季鷹	魏景帝甘露三年（258～319）晉懷帝建武三年	57	見晉書文苑傳	※《文學年表》曰：「生卒未詳。」駱書附之於東晉未詳者之刻，疑卒於東晉初。
41	24	郭璞	景純	晉武帝咸寧二年（276～324）晉明帝太寧二年	49	見晉書本傳	
42	25	盧諶	子諒	晉武帝太康五年（281～351）晉穆帝永和六年	67	附三國魏志盧毓傳晉書盧欽傳	
43	26	殷仲文		？（？～407）晉安帝義熙三年		見晉書本傳	※《文學年表》：「生年未詳。」
44	27	謝混	叔源	？（？～412）晉安帝義熙八年		附晉書謝安傳	※《文學年表》曰：「生年未詳。」將其卒年繫於此。
45	28	王康琚		？（？～？）		善注：爵里未詳	※《文學年表》曰：「爵里，生卒未詳。」
46	宋1	謝瞻	宣遠	晉烈示太元十二年（387～421）劉宋武帝永初二年	35	見宋書本傳附南史謝晦傳	※駱書生年未詳，據《文學年表》補。
47	2	陶潛	淵明	晉簡文帝咸安二年（365～427）劉宋文帝元嘉四年	56	見晉書宋書南史隱逸傳	
48	3	謝惠連		晉安帝隆安元年（397～430）劉宋文帝元嘉七年	37	附南史宋書謝方明傳	※駱書中生年未詳據《文學年表》補。卒年二者稍異，今據《文選》排次而採駱書之說。
49	4	謝靈運		晉烈宗太元十年（385～433）劉宋文帝元嘉十年	49	見宋書南史本傳	※駱書中年未詳據《文學年表》補。
50	5	王微	景玄	晉安帝義熙十一年（415～443）宋文帝元嘉二十年	29	見宋書本傳附南史王弘傳	※駱書未記生年享壽，僅記「劉宋孝武帝時卒。」※據《文學年表》補：「弟僧謙，哀痛過甚，後四旬而終，年二十九。」
51	宋6	范曄	蔚宗	晉安帝隆安二年（398～445）劉宋文帝元嘉二十二年	48	見宋書本傳附南史范泰傳	
52	7	袁淑	陽源	晉安帝義熙四年（408～453）劉宋文帝元嘉二十年	46	見宋書本傳附南史袁湛傳	

編號	時代	姓名	字號	生 卒 年	壽	傳記資料	備 註
53	8	劉鑠	休玄	劉宋文帝元嘉八年（431～453）劉宋文帝元嘉二十三年	23	見宋書文九王傳附史南宋文帝諸子傳	※本傳：「鑠爲人負才狡競，與帝不和，食中遇毒卒，年二十三。」
54	9	顏延之	延年	晉孝武帝太元九年（384～456）劉宋孝武帝孝建三年	73	見宋書南史本傳	
55	10	王僧達		宋營陽王景平元年（423～458）劉宋孝武帝大明二年	36	見宋書本傳附南史王弘傳	※《文學年表》：「大明二年孝武帝因事下之獄，賜死，年三十有六。」
56	11	鮑照	明遠	晉安帝義熙十二年（416～466）劉宋明帝秦始二年	50餘	附未書南史臨川王道規傳	※駱書：「劉宋武帝永初年中生明帝泰始中卒，年四十餘。」今據史云：「子頊爲亂，照爲兵所殺，時年五十餘。」而改其誤。
57	齊1	謝朓	玄暉	劉宋孝武帝明八年※（464～499）齊建武先永明間	36	見南齊書本傳附南史謝裕傳	※《文選學》未定生年，據《文學年表》定於此。
58	2	陸厥	韓卿	劉宋明帝秦豫元年（472～499）齊東昏侯永元元年	28	見南齊書文學傳附南史陸慧曉傳	
59	梁1	范雲	房龍	劉宋文帝元嘉二十八年（451～503）梁武帝天監二年	53	見梁書、南史本傳	
60	2	江淹	文通	劉宋孝武帝元嘉二十一年（444～505）梁武帝天監四年	62	見梁書、南史本傳	
61	3	虞羲	子陽	?（?～506）梁武帝天監五年		見善注引虞集	李善注僅云：「天監中卒」《文學年表》繫其卒於天監五年（五〇六）。
62	4	任昉	彥升	劉宋孝武帝大明金年（460～508）梁武帝天監七年	49	見梁書、南史本傳	
63	5	丘遲	希範	劉宋孝武帝大明八年（464～508）梁武帝天監七年	45	見梁書文學傳附南史邱靈鞠傳	
64	6	沈約	休文	劉宋文帝元嘉八年（441～513）梁武帝天監七年	73	見宋書自序、梁書、南史、本傳	
65	7	徐悱		齊帝永明八年（487～523）梁武帝普通五年	37	附南史、梁書徐勉傳	
							共65人

圖表說明

1. 本表所列人物，係以《昭明文選》卷十九～三十一所錄詩之詩人有名可考者爲準。

2. 各家排序仿《文選》體例，以時代相次，同代中以作者卒年先後排序。遇卒年相同者，則以生年先後次之。凡生卒年不詳者，依交遊考其年代，置於同代之末。

3. 各家字號係以《文選》所錄爲主，並參照史傳校正之。

4. 各家生卒年史傳所錄未能詳盡，今表所錄，乃以駱鴻凱先生《文選學》〈撰人事跡生卒著述考〉爲主，並據《文學年表》、《中古文學繫年》二書所考補正所闕，並參照《古詩紀》、《全漢三國晉南北朝詩》、《先秦漢魏晉南北朝詩》之排序而斟酌。惟晉代郭泰機、張載、束皙、張載、王瓚、張翰諸人著錄甚少，考定不易，今暫記如此，仍待考究翔實。

5. 各家時代之畫分，乃以文學活動與交遊爲依歸，故劉楨、應瑒、王粲、阮籍、嵇康皆入「三國」一期而陶潛則依《文選》當代之作法，及生卒年之排次，畫歸宋代。

參考資料

1. 《文選學》，駱鴻凱著·華正書局·民國 76 年。

2. 《中國文學年表》，敖士英纂輯，文海書局，民國 65 年 5 月初版。

3. 《中古文學繫年》，陸侃如編，人民文學出版社，1985 年。

4. 《中國歷史人物辭典》，廖惠美、左秀雲合編，名山出版社，民國 78 年元月初版。

5. 《歷代名人生卒錄》，錢保塘撰，廣文書局（民國 25 年海寧錢氏清風室刊、中研院存）。

6. 《歷代名人生卒年表》，梁廷燦編，台灣商務印書館（民國 19 年 10 月初版～68 年 11 月台二版）。

四、內容呈現之格式

　　選集內容之呈現格式，雖不直接影響詩篇選錄之結果，看似無關於詩學研究之價值，其實正爲詩篇編排、選集體例之所出，足以驗證編輯者之獨特用心、考察選集之體例淵源。

　　首自全書結構而觀，歷代各《文選》版本，除主體之目錄、選文、注文六十卷（或三十卷）相同外，習見之前文序錄有四：《文選·序》、〈李善上文選注表〉、〈呂延祚進集註文選表〉、〈高力士宣口勑〉。但四者之編排次序、載錄詳略，則各本不一。大體而言，由明州本六臣注一系傳刻刊印者（如韓國章奎閣本、及廣都裴氏本、朝鮮活字本等）多四者兼收；由贛州本六臣注一系傳刻翻雕者（如茶陵本、叢刊本等）則常略李善表不錄；而今存尤刊胡校李注單行本雖自六臣本刊落，略五臣集注表及宣口勑不錄，亦屬合理。然自各

版本附錄情況而觀，亦有三點值得留意者：

　　1. 歷代諸本結構紛歧，但題署「梁、昭明太子撰」之《文選・序》則爲諸本俱同，其眞實性、代表性由此可知。〔註47〕

　　2. 今存陳八郎本五臣注《文選》雖號稱「孤本鴻寶」、「能存原貌」，〔註48〕其正文前卻僅見桃鐙題記，而無「呂延祚進集註文選表」及「高力士宣口勑」，於理未孚，究爲資料可疑抑刊版缺漏，須再深究。

　　3. 現存韓國之章奎閣本，朝鮮活字本，其雖體承明州本之注例（詳於五臣注，略於李注）但正文前皆多錄述雕造李善註文選經過的「國子監准勑節文」，及正文後附錄沈巖〈五臣本後序〉、「李善本刻印始末暨校勘、雕造者官職姓名」。另有二跋，一爲說明宋元祐間秀州州學編印六臣注之經過；一跋爲朝鮮職司文選刊刻之臣卞季良所撰，均爲明州本所無，獨具價值。

　　此三者本爲版本研究上之發現，卻具《文選》纂集結構之意義：可由諸本結構之共通處，推測《文選》編纂原貌；因各本收錄之歧異，區別序錄材料之參考地位。

　　次就分卷方式而觀，現存《文選》中作品之編排可謂「卷帙條貫、體類分明」，充分顯示編纂之縝密、體例之周延。以六十卷本詩篇爲論，除依錄次將詩分入卷十九～卷三十一之十三卷，並二卷一帙地採天干爲文體編註（如「詩甲」至「詩庚」）。且視各類詩篇豐瘠，因散布之卷數而附題：

標註方位者：多爲分別於二、三卷者。如詩體之「行旅」上下、「樂府」
　　　　　　上下、「雜詩」上下「雜擬」上下等類。又見賦體之「京都」
　　　　　　上中下。

標註數字者：乃分散於四五卷者。如詩體之「贈答」一～四，文體之「論」
　　　　　　一～五。

　　然而，經版本對勘、校讎異同，此一詳切之卷帙編排，僅能溯源至南宋紹

〔註47〕各本之正文前載錄〈文選序〉雖爲共通之現象。但由各六臣注本考察，其序文中均僅見五臣注解，而無李注於其中。此或因二家注疏偏重不同（善注徵引博贍、五臣注詳於釋義），故對序文亦處理有別。

〔註48〕參見陳八郎本五臣注文選現行影印刊本之「跋」，鄭騫先生爲之詳述源流，考辨版本，並評：「此書不僅爲宋刊宋印宋讀之佳槧，且爲全帙具存之孤本，洵鴻寶也。」又見，游志誠《文選學新探索》論文、第一章「文選版本學」101~114頁，考證陳八郎本內容後以爲：「一是本鈔配之卷非據原文。二獨有注文，爲各合併本所無。三證是本非由六臣合併本出。陳八郎本五臣注能存五臣原貌，殆無可疑。」

興二十八年，明州州學刊行之六臣注本，其餘各本雖同遵其例，諒非《文選》本具體之例原貌。何以知之？據《隋書・經籍志》載錄，梁、昭明太子所撰《文選》本爲三十卷。由李善〈上文選注表〉、呂延祚〈進集註文選表〉、暨〈四庫全書・李善註文選提要〉〔註49〕所述，可知《文選》六十卷本，乃李善附入註言後所分，故與原編體殊。

　　但藉助三十卷五臣注本之比對，則見類分之中標注「上下」之例則五臣注本已具。但於全書卷帙中，僅見「行旅」、「贈答」區分上下二類，此或近於原書篇卷。殆因五臣注本乃自李善注本〔註50〕試復原貌，其時無注原本尚存，〔註51〕體例所承，當不致偏離。故知《文選》卷分類別之條理最早於唐代刊本已見，而宋代後繼者〔註52〕乃得以發揚光大愈求精詳。草創之功，實不可沒。

　　再由標目規格而觀之，《文選》現存各本之標目類別，約可區別「目錄」、「卷目」、「題目」三種，試就其參考價值分辨如下：

1. 目　錄

　　即選錄內容之編次總目。由劉孝綽〈昭明太子集序〉所述：「歌詠不足，敢忘編次。謹爲一帙十卷，第目如左」確知齊梁當代纂集，已有目錄之體例。同出於劉孝綽編輯之《文選》，採行「目錄」列次之方式，本極自然。今觀

〔註49〕李善〈上文選注表〉曰：「臣蓬衡蕞品、樗散陋姿……故勉十舍之勞，寄三餘之暇，弋釣書部，願言注緝，合成六十卷。」呂延祚〈進集註文選表〉曰：「臣覽古集，至梁昭明太子所撰文選三十卷……往有李善，時謂宿儒，推而傳之，成六十卷。」〈四庫全書・李善註文選提要〉曰：「案文選舊本三十卷，梁昭明太子蕭統撰，唐文林郎守太子右內率府錄事參軍事崇賢館直學士江都李善爲之註，始每卷各分爲二。」

〔註50〕又見呂延祚〈進文選集註表〉自述著作曰：「往有李善，時謂宿儒，推而傳之成六十卷……記其所善，名曰集注，并具字音，復三十卷，其言約，其利博」。

〔註51〕查證《舊唐書》卷四十七〈經籍志下〉著錄：「文選，三十卷，梁昭明太子撰。文選，六十卷，李善注。又六十卷，公孫羅注」《唐書》卷六十〈藝文志四〉著錄，「梁昭明太子，文選三十卷，李善注，文選六十卷，公孫羅注，文選六十卷」

〔註52〕此「後繼者」若自現存版本推論，可指并李善注入五臣注本之明州本六臣注編者，或并五臣注入善注本之贛州本六臣注編者，其分卷格式均已成今見體例。若由游志誠《文選學新探索》文中對尤本之考證，則此後繼者亦可能爲北宋國子監本李善注編者，甚或李善本身，對《文選》分卷格式的細分與體例化。

《文選》諸本，除文淵閣《四庫》本刪去總目外，皆具備目錄，可資佐證。

至於目錄之格式，頗見紛歧，大抵以卷別標示爲先（如卷數、文體、天干），次明類別（如各類類目、方位或數字分注），再條列作者、詩題。且前二者皆獨立一行、標於上端，而後列題。亦有異於此者，但爲後出別體，故不較論。〔註53〕

2. 卷　目

乃分列於各卷之始，序明所錄之簡目。由版本格式考察，現存較早之善本《文選》多具備卷目，後刊之版本則少見（僅胡校本李善注有）殆因刊印技術進步、卷帙精簡，卷目已失引得功效之故。卷目格式多循目錄之例，以作者爲先。但比較目錄及題目，則又分別簡略許多；如其「卷別標示」僅列卷數，省略目錄之文體、天干。（例見贛州本卷二十一、二十三……之卷目。）而詩題較卷中題目簡要（例均見五種善本卷二十六、任彥昇「贈郭桐廬詩」，原題作「贈郭桐廬谿口見候余既未至郭仍進村維舟久之郭生方至」。又見卷二十五謝靈運「登臨海嶠與從弟惠連」……等例）或詩篇數量、序錄不明（例見贛州本、卷二十六潘岳「河陽縣作」、「在懷縣作」二詩未標注「二首」，此例甚多；另詩卷內所附錄之詩序、表、書，於目錄、卷目中亦常見省略），則又略於題目格式，自成特色且諸本格式不一。由此可知，目錄，類目之設置，雖爲《文選》原先具備之標目形式，其呈現格式則已隨時世遷變，已難自現存資料中窺測原貌。

3. 題　目

係指卷中每一詩篇前之標題。《文選》諸本中目錄格式雖時見歧異，惟卷內作品前之題目格式眾家一致，足見多循原制，具相當程度之可靠性。其特點之一是以作品爲主，故先列詩題，再署詩家。同爲一家之作，則分隨詩題重覆署名，惟同題組詩者，僅視一作，連錄數首而標題於第一首前。此乃題目與其他標目格式最基本之差異；特點之二是詩家署名均稱字號、諡號，而不直書其名。僅殷仲文、謝靈運、謝惠連、韋孟、郭泰機、荊軻等家不知字號而署其全名，餘皆避呼字號以示敬意。參考齊梁重要文論，雖亦常見字號

〔註53〕目錄格式上有異者二本：一爲摛藻堂四庫全書薈要本六臣注文選，一爲宋陳仁子增註補編古迂書院本六臣注文選，兩本皆將各類類目，以小字註於卷次行下，而不另行明之。因其皆輾轉源出於贛州本六臣注，而竟與祖本不符，故視爲後人改制，不論述之。

之稱，但多與姓名兼用，全用字號以成體例，殆《文選》襲自《翰林論》之匠心；〔註54〕特點之三則題目中之詩題載錄較爲詳備，除前述之題文翔實完整外，並歷記詩篇數量、有無序、表、書之附錄等。〔註55〕

　　至於題文中「○○詩一首」，詩字用法則相當混亂。爲根究其實，考校諸本可知：雖則諸版本援用不一，甚至一本中各種標目間即詳略不一，但諸本卷內題目所標大都一致，略可歸其慣例：即「游覽」、「贈答」、「行旅」及部分「哀傷」類之詩篇，通常不標「詩」字，餘則多附「詩」、「歌」以稱之。足見此一字之用法雖無關詩旨，卻具標明詩體之功用，亦值得注意。卻易爲一般輯詩、標目者所輕忽。〔註56〕

　　經此處編目格式之辨析，乃可就《文選》紛歧之版本現象中，尋繹出較關鍵之編排規格。其中有沿用當代習尚之序文編撰、目錄和題目之標列、及以字號稱人等作法，可見出編纂者沿襲時風、遵循體制之態度；更有分立卷目、以類繫卷、由題寓體等格式，亦足以顯現編纂者不避新創，力求周贍之用心。除有助瞭解《文選》選編詩篇之形式結構，亦能考察編輯匠心與詩學觀念。以下僅附表明示各版本編排格式之詳略，以驗證前文。

〔註54〕考察齊梁重要之文論，發現：劉勰《文心雕龍》中論文體各篇，稱引作家雖常稱字號，但偶亦有直書其姓名者。鍾嶸《詩品》品評詩家，則多以官銜全名稱之，論述中則字、名互見。沈約《宋書》〈謝靈傳〉後論，則全引字而稱之，江淹〈雜體詩〉亦全引字而稱。任昉〈文章緣起〉、裴子野〈雕蟲論〉則又皆引全名而論。故齊梁當代或有引字號之習，然未成定例。溯其較早之源用者，當以〔晉〕李充《翰林論》爲先。今其書殘佚，但由輯文所見「孔文舉、陸士衡、潘安仁、應休璉」等，凡評論其文者，多引字號而稱。

〔註55〕除「贛州本六臣注本」詩題略稱一首者外，其餘各本題目均詳記數量。如「挽歌詩一首、繆熙伯」、「答盧諶一首，并書，劉越石」

〔註56〕如近人逯欽立輯校《先秦漢魏晉南北朝詩》上冊中其凡例十六，即曰：「詩紀各詩題目，有出詩字者，有不出詩字者標題殊不一致。今一律綴以詩字，其無題或失題之殘篇，今只標曰詩，以求體例之統一。」此種爲求格式統一而一律添字，無論詩篇原貌之作法，無異削足適屨，輕忽此詩體之辨（木鐸出版社，民國71年。）

表二：(二)、《文選》常見版本中呈現格式分析表

版本名稱	全書結構							分卷			標目格式						
	正文前				正文後			以天干聯卷成帙	用方位數字標類	分類格式	標目種類			標目格式			
	序文	李表	五臣表宣	其他	五臣注後序	雕造經過	其他				總目	卷目	題目	詩題在前	字號稱人	詳列數目	詩字區體
陳八郎本五臣注	✓	✗	✗	題記	✗	✗		✓	✓行旅上下贈答上下	分爲廿二類類目或空行或注於上	✓	✓	✓	✓	✓	✓	部分歧誤
明州本六臣注	✓	✓	✓	日文解題	✗	✗	✗	✓	✓四類上下贈答上下	廿三類類目上書空行	✓	✓	✓	✓	✓		✓
章奎閣本六臣注	✓	✓	✓	李注本節勑文		✓	卞良文跋	✓	✓同右	同右	✓	✓	✓	✓	✓	✓	
韓國古活字本六臣注	✓	✓	✓		✓	✓	卞良文跋	✓	✓同右	同右	✓	✓	✓	✓	✓	✓	
贛州本六臣注	✓	✓	✓		✗		✗	✓	✓同右	廿三類類目小字列卷次下	✓	✓	✓	✓	✓	✗	目錄、題目不注數量
日本寬文本六臣注	✓	✓	✓	作者姓氏表	✗			✓	✓同右	廿三類類目小字列卷次下	✓	✗	✓	✓	✓	✓	✓
四部叢刊本六臣注	✓	✗	✓	封面表	✗			✓	✓同右	廿二類類目上書空行	✓	✗	✓	✓	✓	✓	✓
四庫薈要本六臣注	✓	✓	✓	提要	✗			✓	✓同右	廿三類類目小字列卷次下	✓	✗	✓	✓	✓	✓	✓
古迂書院本六臣注	✓	✗	✓	出版序	✗			✓	✓同右	廿三類類目小字列卷次下	✓	✗	✓	✓	✓	✓	目錄：先詩後人。同作者詩題省略署名。
尤本李善注	✓				✗			✓	✓同右	廿三類類目上書	✓	✓	✓	✓	✓	✓	
胡校本李善注	✓	✓	✗	胡校序	✗		考異十卷	✓	✓同右	廿三類類目上書	✓	✓	✓	✓	✓	✓	

第三章 《文選》選詩之分析

就整體背景而觀，《文選》係出於政治初定、文集豐盛、體制分明之梁代初期；即個別條件而論，「選詩」之編者、材料均具備慎重之選錄態度、縝密之編輯經驗。此由前章研討獲致之結論，確定了《文選》詩篇之選錄，乃奠基於穩固之基礎上，可推測編纂者之選詩觀點，應富詩學之批評意識與研究價值。

因此，無論自編排體例研究、或由詩篇選取分析，均為研究《文選》選詩時較直接而有效之方式。然而此種捨棄旁枝，直探核心之作法，雖可就材料主體尋求詩學觀點之呈現，卻也不無主觀取向、詮釋失當之危機。故在深入研究材料之先，擬由《文選》序例、目錄之概覽，作一整體趨向之觀察，歸納詩篇選錄之原則。藉此大角度之鳥瞰，為研究方向定位，以避免「見樹不見林」之缺弊。

第一節 詩篇選錄之原則

在探究《文選》選錄詩篇之原則前，首先，值得標明的是「先選後編」之選詩觀點。此所謂「先、後」，並非程序上之時間先後，而是觀念上之偏重次序。意謂《文選》選錄詩篇較偏重「選」，次及於「編」。由序言所述、類別分布皆可查證。

《文選·序》自述其編纂緣由及體例，曰：

1. 自姬漢以來，眇焉悠邈，時更七代，數逾千祀……自非略其蕪穢，集其清英，蓋欲兼功大半，難矣。

2. 若夫姬公之籍、孔父之書……豈可重以芟夷，加以剪截；老莊之作，

管孟之流……今之所撰，又以略諸；若賢人之美辭，忠臣之抗直，謀夫之話，辨士之端，……今之所集，亦所不取，至於託事之史，繫年之書……方之篇翰，亦已不同；若其讚論……序述……故與夫篇什，雜而集之。遠自周室，迄于聖代，都爲三十卷，名曰文選云耳。

3. 凡次文之體，各以彙聚，詩賦體既不一，又以類分，類分之中，各以時代相次。

如對上列引文再加省察，則分別可得如下發現：

1. 本書編旨，主在「選萃汰繁」。亦即以「選」文爲要，故名曰《文選》。

2. 由其不選經史子書之述例，略可見其「選」文之法，有摘錄（芟夷、剪裁）、選取、彙集等方式。

3. 其自述選錄之順序，則爲：「選」→「集」→「次」。而其編次，則是由雜集之中，依文體彙聚，再將詩賦二體類分，依時代排次。

由此可知，其序言中已明白自述其編纂之重心偏於「選」而後「編」。且其詩卷中類別之分布，亦具有兩點特徵，足與之參照印證：

1. 類目名稱與詩篇內容之契合度甚高，故時見一家或一作獨立成類者，甚至類目逕以詩體、詩題命名。如百一、詠史、補亡、述德等類之設立。

2. 各類詩收錄範圍寬狹差距甚大，分類結構不平均。顯示其類別之編立未預作規劃，故由其類別大小、分合得以反映詩篇實況或選詩取向。

此兩點線索指明《文選》詩篇之分類，乃在選詩之標準已定、或事實既成後，配合「選」之趨勢而詳予編排，以利呈現。故捨棄「義界分明、分類平均」之基本分類要求，而以顯現入選詩篇、詩家特色爲前提。

由此「先選後編」原則之辨明，突顯出選詩標準在《文選》全書集成上之關鍵地位。且與前章「編纂目的」相互印證，爲後續之詩篇研究指明方向。

其次，在具體之選詩原則上，則應分選取、和刪汰兩層次探討。前者偏重在選編者理念之正面顯示，故由序文內容，分類結果可尋求例證，名曰「選錄標準」；後者嘗試擴充評選之涵義，嘗試對何以落選作一解釋，爲未入選詩篇探求被捨棄不錄之緣由。故名曰「刪汰原則」。

一、詩篇之選錄原則

（一）沉思翰藻

昭明太子於《文選·序》中自敘其選文標準爲「事出於沉思，義歸乎翰藻」，

對體近《文選》四分之一篇幅，囊括集中多數作家之詩體，〔註1〕亦不失爲一明確的選錄方向提示。然因其地位顯著，自清、阮元後，即爲廣受爭議之焦點，〔註2〕然其論述或專探字義、徵引廣博，或概取文意，衍論深入，文理燦然卻時見偏離，未切實心。筆者以爲：如欲恰得文義，把握文理，似當由此文中用法、作者之行文習慣著手，辨明其基本詞義，再由文義推擴引申，與文學觀念銜接，方不致騁意失旨。

由《文選・序》中上下文意考察，此「沉思翰藻」說法之提出，乃序文中承上自述其不錄經子史書後，轉而闡明收錄「史論」、「史述贊」二體之緣由。因此，其文詞涵義乃針對「讚論之綜緝辭采、序述之錯比文華」而發，而其篇章地位正處於「凡……皆不錄」與「若其……則可集」之關鍵位置，雖具正面說明之效果，卻以前述申論對象（讚論、序述）之前提爲限制，與獨立之自述選文標準自有不同，不當作爲絕對、唯一之標準。一般學者爲凸顯其重要性，則往往割捨上下文，進而誇大其文中地位而賞讚不已，〔註3〕恐

〔註1〕以《文選》六臣注六十卷而言，詩體所占卷數（卷十九之半－三十一）爲十二卷多，超過五分之一。以葉數計，全書約二二○六葉，詩卷占495頁，亦超過五分之一，近四分之一，且詩篇精簡，所占篇幅本較少。如以篇數統計，全書六七六篇，詩即佔四四二篇，超過五分之三之比重。全書作家一二九位，入選詩家（有名可計者）即佔六五位。由此四端，皆可證「詩」體在文選中地位之顯要。故其關諸全書之序文、體例，對詩均有極高之相關性。

〔註2〕清・阮元有〈書昭明太子文選序后〉、〈文言說〉二文論及「翰藻」之釋，隨後引起翁方綱〈杜詩精熟文選理、理字說〉一文之繼議。民國・朱自清有〈文選序事出沉思，義歸翰藻說〉之後，凡評述《文選》之文論或語及〈文選序〉者，多有或詳或略之闡述，其要者有：小尾郊一〈昭明太子的文學觀，以〈文選序〉爲中心〉；饒宗頤〈讀文選序〉；趙福海〈試論文選理——以《選、賦》爲例〉；劉樹清〈事出于沈思、義歸乎翰藻——論《文選》對文學主體性的肯定〉（以上四篇分見趙福海著《昭明文選研究論文集》第13、19、43、11頁，吉林文史出版社，1988年）。清水凱夫〈昭明太子〈文選序〉考〉（見清水凱夫《六朝文學論文集》第48～60頁，重慶出版社，1989年）。

〔註3〕如阮元〈書昭明太子文選序後〉中曰：「昭明所選名之曰文，蓋必文而後選也。……故昭明序後三段特名其不選之故，必沈思翰藻，始名之爲文以入選也。」（見阮元輯《文選樓叢書》第三冊，藝文印書館，民五十六年）。又如錢穆〈讀文選〉一文：「（引陸機文賦）此所謂思即沈思也。言即翰藻也。文學既有獨立之體性，斯必有其獨特之技巧，此亦昭明文選所獨具之標準也。」（見《新亞學報》三卷二期，民四十七年）。又見孫克寬〈昭明文選導讀〉一文中「昭明選文標準與文學見解」部分，亦詳述於此（見《書目季刊》，五十六年春季號）。按：以上諸家所論，皆有過分擴彰此二句在序中之地位，專據之以《文選》評選文標準之病。

失之偏頗。

　　若推究其文義，則「事……義……」之用法，與「沈思」、「翰藻」之詞義尤須予辨明。首先由《文選·序》本篇中探尋，其論述諸國史策列傳時曰：「……蓋乃事美一時，語流千載，概見墳籍，旁出子史……而事異篇章。」其「事」之用法雖有對稱、有單用，但大抵皆指「客觀記錄之事實」，即「文章內容」之謂，並無「事義」或「古事成辭」之涵義，〔註4〕而昭明本人〈答湘東王求文集及詩苑英華書〉一文，更有一「事……義……」對稱之目近用法：

　　　得疏，知須《詩苑英華》及諸文制，發函伸紙，閱覽無斁。雖事涉
　　　烏有，義異擬倫，而清新卓爾，殊為佳作。

　　此文中「事」「義」均針對湘東王之疏中敘述而言，概言之，皆指文中之「內容」，析言之，則「事」較偏重「敘述之事實」，「義」則指「文章內涵之思想情感」，〔註5〕詞義相近而對列之，以成整飭之美。此用法與《文選·序》可謂極似，以之釋義亦頗貼切。而當代受昭明太子尊崇之諸多文士（如王筠、沈約、任昉）亦多此用例，〔註6〕足見此用法本為常見。

　　而「翰藻」一詞，阮元「在聲為宮商、在色為翰藻」〈文言說〉之說，已頗契其義；而小尾郊一溯張衡〈歸田賦〉中「揮翰墨以奮藻，陳三皇之軌模」，

〔註4〕朱自清〈文選序事出于沈義歸乎翰藻說〉一文詳辨「事、義」，以為事義連文，並謂：「事、人事也，義，理也。引古事以證通理，叫做事義」，且引王充《抱朴子》一例、劉勰《文心雕龍》五例為證，並推劉勰與昭明之關係，而謂「事」有與《文心雕龍》事類，事義相同之用法（見朱自清《朱自清古典文學論文集》上冊39頁）。此說看似例盛理直，實則在詞義把握上已有偏差，故論雖詳而不切。

〔註5〕參見小島郊一〈昭明太子的文學觀〉一文，曰：「在這句中（事）與（義）終究是指同一件事，即是直接指『贊論』、『序述』文而言，是指所說的文章內容。若硬要把『事』與『義』字分開來，則『事』主要表示文章包含的內容，而『義』字主要表示貫穿于文章中的思想感情，總而言之，二者都是指文章的內容，說的是同一事情。」（見《昭明文選研究論文集》第17頁）。清水凱夫〈昭明太子文選序考〉一文則曰：「從以上事例可知，在《文選》編輯的當時，作為『對舉』使用的『事』和『義』，一般是表示事實、事情、內容和貫穿其中的道理、思想、意義。」（見清水凱夫《六朝文學研究論文集》第55頁）

〔註6〕參見註5文中，清水凱夫所舉例證，有：王筠〈答湘東王示忠臣傳箋〉、〈上太子極殿表〉共二例、沈約〈內典序〉四例，及任昉〈為武帝初封功臣詔〉一例。

更爲其點竄前人成詞之用法妥爲說明。〔註7〕「沈思」之說，則論辯甚多：朱自清鑑於序前「屈原……深思遠慮」之文，而以「深思」釋之〔註8〕；小尾郊一同其說，而爲之詳釋溯源〔註9〕；趙福海以「藝術構思」比同於《文心雕龍》「神思」之用〔註10〕；雖各具其理，然皆不若清水凱夫「沈郁之思」於文義最爲貼切，〔註11〕用以表明經作者「深刻思辨」之過程。其實與小尾郊一、趙福海之說並不矛盾。

至此，「事出於沈思，義歸乎翰藻」二句，乃可謂：文章之敘述內容，乃出乎作者深刻的思辨；文章之思想義涵又透過華麗的詞藻表現，表明其品賞之角度，乃兼重思想內容、與文辭形式兩層次，標舉「文質兼重」、並強調「文自己作」獨創性的評價標準，〔註12〕對其選錄詩篇，自具相當之影響性。但由其行文可知，此言並非絕對標準之揭櫫，故當與其他線索參合而觀。

〔註7〕 參見註5小島郊一之文。其中乃歷舉：晉潘岳〈射雉賦〉李善注「翰有華藻」，以爲「翰藻」乃由「揮翰墨以奮藻」點竄而來。點竄之作法，本出自宋江西詩派之標榜，有所謂「換骨脫胎、點石成金」等作法，以轉換前人詩句，造自己意境。然此處僅爲詞語之濃縮、簡化。

〔註8〕 參註4、朱自清一文中曰：「沈思就是深思。《南史》六十九〈傅緯傳〉說緯爲文『未嘗起草，沈思者無以加甚』可證。」並謂深思一語出於〈文選序〉之前段文字。

〔註9〕 參見註5、小尾郊一之文：其第四段乃追溯「沈思」之用法源自趙至〈與嵇茂齊書〉、陸機〈赴洛道中作〉詩，並釋其意爲：「從這個例子來推論，這是思想感情非常痛苦時使用的一種表現方法。作者寫作時，集中精神、深思苦索，也不妨用這個來表現。〈文選序〉中的『沈思』恐怕就是這個意思。」

〔註10〕 參見註2所列趙文：其先舉卞蘭〈贊述太子賦〉作『沈思』之最早出處，並謂：「『事出于沈思』的『沈思』就是以想像爲軸心的藝術構想，與《文心雕龍》的『神思』同意。」

〔註11〕 參見註2所列清水凱夫之文，第六段、曰：「『沈思』是表示什麼概念的詞呢？從結論上說是『沈郁之思』的意思，是表示文人深刻思辨的詞。」並辨其出自劉歆〈與揚雄求方言書〉、任昉〈王文憲集序〉、鍾嶸〈詩品序〉等例證，且明述其乃「采用引申或簡化成語，以使句子音節流暢的作法」，而將沈郁之思簡化爲「沈思」。

〔註12〕 「事出于沈思，義歸乎翰藻」二句，由文句結構上言，可簡化爲「文出乎質」與「質歸乎文」二層，且文義互相補足、緊密連繫；由前後文意貫穿，則謂讚、序本爲述史者之評論，較能抒發個人沈思，而見其形式亦能「綜緝辭采、錯比文華」已有其「質」，並兼備「文」，選而集之。故謂其評選兼具思想內容（質）、文辭形式（文）二角度。若與南朝文重藻飾之時風相較，蕭統提出「沈思翰藻」之論以與史傳之據事實陳述有所分別，主要乃在於讚論「文自己作」的創造性。故具有強調作者「深刻思辨」之獨創價值的傾向。

(二) 同視古今〔註13〕

　　在文學批評上分析評論者對作品時代性之主觀態度，有所謂「貴古賤今」「以今衡古」等，〔註14〕而此所謂「同視古今」，乃相對於前述之偏差，強調《文選》選詩態度之客觀持一，無預存時代評兵於其間。

　　《梁書‧昭明太子傳》記其論文之勤，曰：

　　　……引納才學之士，賞愛無倦。恆自討論墳籍。或與學士商榷古今，

　　閒則繼以文章著述，率以爲常。（《梁書》卷八〈昭明太子傳〉）

由此可見其對文學之興趣深厚，述作無輟，並在文章品評上與東宮學士相互切磋討論，不斷思索、斟酌之結果，其於詩篇選評之時代觀點，自當分外審慎周延。《隋書‧經籍志》載其第一部詩篇選集曰：「古今詩苑英華　十九卷　梁昭明太子撰」此可謂其早期評詩觀點之具體呈現，今其書雖佚，但據昭明自述及時人旁證，〔註15〕當亦爲搜采古今，選集英華之作。至於《文選》編纂之時，其評詩觀點已更臻圓融，由《文選‧序》一文，可以展現無遺：

　　1. 由「式觀元始，眇覿玄風」一段，昭明歷觀文字、文籍而至文章之演變，以爲「文」之涵義隨時代演變而各具「時義」，現象雖異，其源流則一。

　　2. 「若夫椎輪爲大輅之始」一段，則更切論文體之演變，以爲「踵事增華」、「變本加厲」乃文體變遷之本然。

　　3. 「自炎漢中葉、厥塗漸異」以下，乃論述詩體流變，其雖謂四、五言分爲二途，但亦曰「少則三字，多則九言，各體互興，分鑣並驅」於詩體句式，並無特別之偏向。

　　歸結而論，則可知：《文選》選編者在時代因素上，乃秉持較客觀之立場，

〔註13〕「古」「今」二字本爲相對名稱，其區別界線，當以立論者之時空視野而定。今考昭明太子生於齊末梁初（齊和帝中興元年，西元 501 年～梁武帝中大通三年，西元 531 年）之時代，故其所謂，「今」，當指齊梁時期（或上溯至劉宋），除此者，皆可謂「古」。非必以姬漢之時，乃可謂之「古」。

〔註14〕劉勰於《文心雕龍‧知音》篇首先提出知音之難在於有「貴古賤今」、「崇已抑人」、「信僞迷眞」三蔽。近人，方孝岳《中國文學批評》一書，則於「導言」中針對文學批評常犯錯誤，提出「信僞迷眞」、「以今衡古」、「眼高手低」等三種。

〔註15〕昭明太子〈答湘東王求文集及詩苑英華書〉：「往年因暇，搜采英華，上下數十年間，未易詳悉。」（案此當作「上下數千年」於意爲當。）而《顏氏家訓‧文章篇》則以《詩苑》爲劉孝綽所撰：「又撰詩苑，止取何遜兩篇，時人譏其不廣。」今查隋書經籍志中無錄「詩苑」一書，恐即爲《古今詩苑英華》同書，而爲劉孝綽助編。

著重其「變」之現象，並不持獨特之標榜。故其施之於實務，則可能著重呈現演變之階段代表性，而非品選時代之高下，故近人有謂《文選》採近詳遠略之作法，〔註16〕並據以推論昭明具今勝於古之文學進化思想，覈之序文理論，即已知其未符原意。

再概就選詩內容查證，以選錄詩家、詩篇最多之「贈答」、「雜詩」二類而觀：

贈答類：共廿四家		72 首	雜詩類：共廿六家		93 首
			兩漢：可計者三家		30 首
三國	四家	22 首	三國	五家	13 首
西晉	九家	26 首	西晉	十家	22 首
東晉	二家	5 首	東晉	二家	5 首
劉宋	五家	11 首	劉宋	四家	9 首
齊代	二家	5 首	齊代	一家	8 首
梁代	二家	3 首	梁代	一家	6 首

其詩篇分布，雖歷代迭有起伏，乃與詩家多寡、詩風盛衰、國祚短長有關聯，更與詩體（不含《詩經》作品在內）之發展息息相關。故三國、西晉、劉宋三代為盛，實有其反映各代創作實況、表明詩風評價之用心，非單純以古今評價其高低。

如以《文選》全書之收錄為驗，則全書七五三篇作品中，周秦廿四篇、兩漢一○二篇、三國一二七篇、西晉二二三篇、東晉廿七篇、劉宋一二四篇、齊

〔註16〕參見駱鴻凱《文選學》〈義例第二〉34～35 頁，乃將「近詳遠略」舉為《文選》去取之準，並曰：「何焯《讀書記》謂『此書於嬴劉二代，聊示椎輪、當求諸史集。建安以降，大同以前，眾論之所推服，時士之所鑽仰，蓋無遺憾焉。』按登選之文，雖甄錄楚辭與子夏詩序，上起成周，其實偏詳近代，由近代視兩漢略已，先秦又略之略已。」其後且舉「令」、「教」「策秀才文」、「啟」、「彈事」、「墓詩」、「行狀」、「祭文」等為例證。按：其舉各體之例，其實於文體之漸趨分化甚有關係，《文選》錄列一類，乃為記其「變」，非必因為時代之考量。而顏智英《昭明文選與玉臺新詠》一文乃沿其說：並就各代年祚與作品多寡統計比較，而謂：「《文選》詳近略遠之選錄特色，非惟反映文學發展自無至有之歷程，如〈文選序〉，亦且反映蕭統今勝於古之文學進化思想矣。」（見第三章 203 頁）

代卅八篇、梁代八八篇。〔註17〕亦呈各代互見盛衰消長之勢。今不論年代久遠、文集散佚之選錄條件，不諳編者古今之時代觀念，不辨文體發展之盛衰實況，而逕以八代均分，謂先秦、兩漢年祚極長，而所錄甚少，齊梁年祚甚短而所錄不少，乃《文選》偏詳近代之證，實易流於表面論斷，僅能撮取大體之偶合，無法得察《文選》選錄之實象。

（三）尊重詩篇發展上之成就

　　由《文選・序》所述，可知昭明乃據「演變」之觀點論文，以為「文」之內涵各具時義，詩（文）之體裁亦隨時代改，故在選錄作品的時候，既收各個歷史時期代表的代表作，也收只在某個方面有獨創意義的作品。〔註18〕因此，《文選》詩篇選錄之基準，雖仍在薈集詩英，其「詩英」之義函，則非僅限於創作成就之高低，亦兼及於體裁、風格上具有獨創價值的作品；非僅指各期相對排名前茅之詩篇，亦擴及各代絕無僅見之傑作。亦即鑑別標準，主要取決於詩篇成就本身，不受詩家聲名鬱隆影響，現由詩篇選編上之三項特徵，亦可獲印證：

　　1. 體裁風格獨具之詩篇，可自成一類，不因詩家位卑人微見詘：如束皙「補亡詩」，旨在補風雅之亡佚，以綴舊制、復禮文，且明述緣由，不假僞託，故其體裁、作法別具新義，雖然作者束皙不以詩才擅場，卻仍為之設類、推崇倍至。又如應璩「百一詩」，李善注引張方賢謂其「譏切時事」、李充評其「風規治道，蓋有詩人之旨焉。」見其詩旨在規諷、以救時弊，詩涉時俗、風格直截，《文選》亦為之獨立一類。類於此者，又有歐陽建「臨終詩」等例。

　　2. 各類之佳篇，雖出於聲名卑微者之手，亦優予擢錄，有「不以人廢言」之旨，不遜於名家：此乃針對一類中之選錄地位衡較。如「雜詩」中張景陽

〔註17〕據劉樹清〈事出于沈思，義歸乎翰藻──論《文選》對文學主體性的肯定〉一文粗計（以每題一篇計）：周秦廿篇、兩漢九六篇、三國魏一二〇篇、西晉二〇六篇、南北朝二三四篇，共六七六篇。而顏智英論文中（202頁）之統計結果，則為：先秦廿三篇、兩漢不及二百篇、兩晉二百五十篇、宋七十八篇、齊三十九篇、梁八十七篇。合計約一百二十九位作家，七百餘篇作品。按：因二者不同，未得其解，故自行依《文選》目錄合計，一題而有多首表，依其數計之，共得如正文所列結果。

〔註18〕此觀點雖為《文選》選詩狀況中歸納可得之結論，但始於劉樹清文章之啟發。請參見其〈事出于沈思，義歸乎翰藻〉一文中「蕭統很注意接受對象的主觀能動性」一段。

（協）詩名遠在子建、仲宣、士衡之下，而錄其雜詩十首，殆因文辭典雅、旨意深摯，善於抒寫興致；而曹顏遠作詩未多，卻以感深情切見錄二篇，允為西晉第三，而超邁陸士衡、左太冲、何敬祖等大家之前。「雜擬」中袁淑、劉鑠皆以二首見長，亦較同類張載、陶潛等家地位顯要。

3. 凡自成結構、風格獨特之組詩，亦常常選錄全篇。如江淹〈雜體詩〉三十首，謝靈運〈擬鄴中集詩〉八首、張協〈雜詩〉十首、左思〈詠史詩〉八首等。

由此可知《文選》選詩並不專尚名家。雖則「大家」之名，本成於佳篇累積，但聲名微者，亦不當掩其瑜作。此種尊重詩篇本身之創作成就或發展意義，而不以單一標準評選之作法，亦可見《文選》選詩獨到之處。

（四）表現詩家專擅

詩體流布，衍變多方，而才性天成，本有短長，兼善備體之資，非人盡可求。故曹丕論「文非一體，鮮能備善」（《典論‧論文》）劉勰謂「詩有恆裁、思無定位、隨性適分、鮮能圓通。」（《文心雕龍‧明詩》）乃皆以才情之殊異，廣泛地品賞詩家之所專擅，《文選》發揚其說，以「詩體分類」落實之。故依類別呈現詩篇，不惟利於編排之條理，實肇基於此種「兼體為難、專擅足美」之品選原則。

因之，由詩篇類別之呈現，即可顯示詩家專擅。如左思和顏延之「詠史詩」為該類最多，故知其以該體擅場；謝靈運之山水游覽類詩篇，選入者遠較他家為多，顯示其乃以此類為長，而其行旅類作品亦然，可見其乃兼長此二體；餘如郭景純之遊仙詩、阮籍詠懷詩等，及陸機、王粲、子建之兼具各類重要地位等，皆以一類中所佔作品多寡，顯示其於此體詩之專擅程度；並集各類詩篇之分布，以見各家詩才之廣狹。

另外，由各家組詩之選錄，亦可表現其專擅所在。自《文章流別論》後，即可見評詩者多對詩家成組創作、體貌獨俱之作品特別偏愛。《文選》對此類展露詩家才華所專擅之「代表作」，亦特予優渥選別。有錄其全數者：如江淹〈雜體詩〉三十首，陸機〈擬古〉十二首、謝靈運〈擬鄴中集詩〉八首等〔註19〕亦有錄其中多數者：如阮籍〈詠懷詩〉、郭景純〈遊仙詩〉、嵇叔夜

〔註19〕《文選》中對各家組討之處理，約略可依「錄其全體」、「錄其多數」、「僅錄其一」三層次考察，現列表以示其要者：

〈贈秀才入軍〉等作品。然亦非盡如此褒揚其美,有僅擇錄其一者,或以其佳作罕得,或意謂其詩未臻善,而別具體度風格。如應璩之〈百一詩〉、陶淵明〈讀山海經〉、〈擬古〉、〈詠貧士〉諸作、鮑照〈學劉公幹體〉等。此皆可表明對其組詩成就作不同程度之評價。且其於同一詩家之組詩作品,亦常有不同層次之選錄作法:如對陸〈擬古詩〉、〈贈顧彥先詩〉等錄其全作;而於〈園葵詩〉、〈招隱詩〉則僅取其一;於張華〈情詩〉選其全體,而〈雜詩〉之作則刪汰過半。(以上詳見註 19)可知其評選之重點,乃在詩篇本身之價值,並尊重各家詩才專擅,不隨詩家聲譽而抑揚。

二、詩篇之刪汰原則

(一) 不錄生存

所謂「不錄生存」之原則,乃如詩品序所謂:「其人既往,其文克定,今

《文選》對各家組詩之處理		
錄其組詩全體者	錄其組詩之多數者	僅錄其組詩之一者
束廣微補亡詩 6 首	左太冲詠史 8 首 (8/9)	應休璉百一詩一首 (1/23)
謝靈運述祖德詩 2 首	郭景純游仙詩 7 首 (7/19)	陸士衡園葵詩一首 (1/2)
曹子建送應氏詩 2 首	阮嗣宗詠懷 17 首 (17/82)	陶淵明詠貧士一首 (1/7)
顏延之五君詠 5 首	王仲宣七哀詩 2 首 (2/3)	陶淵明讀山海經一首 (1/13)
左太冲招隱詩 2 首	劉公幹贈從弟 3 首 (3/4)	王景玄雜詩一首 (1/2)
張孟陽七哀詩 2 首	嵇叔夜贈秀才入軍 5 首 (5/18)	張孟陽擬四愁詩一首 (1/4)
潘安仁悼亡詩 3 首	王仲宣從軍詩 5 首 (5/7)	陶淵明擬古詩一首 (1/9)
劉公幹贈五官中郎將 4 首	陸士衡挽歌詩 3 首 (3/4)	張茂先雜詩一首 (1/3)
張茂先答可劭 2 首	陶淵明雜詩 2 首 (2/20)	傅休奕雜詩一首 (1/5)
陸士衡 贈尚書郎顏彥先 2 首	劉休玄擬古詩 2 首 (2/5)	陸士衡招隱詩一首 (1/2)
陸士衡 為顏彥先贈婦 2 首	鮑明遠擬古詩 3 首 (3/8)	鮑明遠學劉公幹體一首 (1/5)
張平子四愁詩 4 首		張季鷹雜詩一首 (1/3)
張茂先情詩 2 首		陶淵明挽歌詩一首 (1/3)
張景陽雜詩 10 首		
陸士衡擬古詩 12 首		
謝靈運 擬魏太子鄴中集詩 8 首		
江文通雜體詩 30 首		

所寓言，不錄存者。」基於文學批評上之公平原則，必待其身歿筆歇，方予蓋棺定論。《文選》全書，雖無任何線索顯示其遵循此例，但《郡齋讀書志》卻引述鑿鑿：

> 實常謂統著文選，以何遜在世，不錄其文。蓋其人既往，而後其文克定，然則所錄皆前人作也。（晁公武《郡齋讀書志》，卷第四下，國學基本叢書四百種第二）

其後論《文選》選例者，多遵此說而定為體例。〔註20〕然今人考定何遜乃卒於梁武帝天監十六、七年（西元 517 年～518 年），實常之說己顯見誤。則晁公武「不錄生存」之說仍否成立？

　　今據梁初論文風尚及《文選》體例所循二方面考察，以為其沿用「不錄生存」之可能性甚高：

　　《文選》未結集前，劉勰《文心雕龍》與鍾嶸《詩品》乃梁初論詩文之鉅著，體大慮周、思深圓備，而《文心雕龍》論諸文體時，凡「原始以表末、選文以定篇」之處，多僅及於宋初，〔註21〕雖託辭曰：「世近易明、無勞甄序」（才略）「短筆敢陳……請寄明哲」（時序），其實乃為嫌於標榜，務求杜絕世情、用彰公道。而《詩品》之體例乃明著於序文（如前引），足見在梁初文壇，此種「不錄生存」、「論不及生者」之作法，本為謹於論文者相沿互用。由《文選》編纂規模、選詩原則既已驗知其選詩之嚴謹，於此論文常例當不致輕忽。

　　另外，從考察《文選》前之文集研究得知，《文選》諸多體例、作法均受《文章流別集、論》之影響。今據《文章流別論》、《文章志》之佚文推測，

〔註20〕如駱鴻凱《文選學》義例第二，第 34 頁。即引晁氏之文，將「不錄生存」定為「去取之準」且曰：「蓋論人以蓋棺為允，談藝亦以歿世為公。自昭明首創斯例，記室《詩品》亦不錄存者，後來選家，大都準此，以錄同時人為嫌於標榜矣。」按：其「不錄生存」之例雖具其理，然以昭明首創其例，並謂後世選家大都準此，則未必然。今據王叔岷〈鍾嶸詩品概論〉考《詩品》成書於梁武帝天監十七、十八年左右（西元 518 年～西元 519 年）而《文選》結集於普通年間，較《詩品》尤為晚出，僅可謂承其體例，何來開其先？而後世選家雖有遵《文選》之例者，但亦多「存歿皆錄、不嫌標榜」者，如梁《玉臺新詠》，唐《河岳英靈集》、《國秀集》等，皆不準《文選》體例。

〔註21〕據王師更生《文心雕龍讀本》前〈文心雕龍總論〉一文所述：《文心雕龍》卷二～卷五之二十篇，可謂劉勰的「文學體裁論」。且此二十篇之基本架構，多依「原始以表末、釋名以章義、選文以定篇、敷理以舉統」四大綱領而行文。今綜觀各篇敘論文體流變、評述各代作品之「原始以表末」、「選文以定論」二項所論，多僅及於宋初，且宋初各家多籠統概述，亦未詳析。

此「不錄當代作家」之體例已大體成形，〔註22〕《文心雕龍》、《詩品》及《文選》，是爲循其體例逐漸改進者。稍後之《玉臺新詠》〔註23〕則未遵此法，存歿皆錄，亦反映出當代論文風尚已漸轉變，而結集主旨與論文態度亦有不同。

（二）不錄僧侶

東晉以來，釋道漸興，梁天監以後，高祖以國君之尊大弘佛教、親自講說，並三度捨身同泰寺。公卿以下，多染其風習。昭明太子亦篤信三寶，徧覽眾經，乃於宮內別立慧義殿，專爲法集之所，招引名僧，自立三諦法義（參見：周貞亮〈昭明太子年譜〉）。佛教於當世可謂煊騰極盛，高僧勝士受延講座，弘道護法，書記文述、雅論亦豐，〔註24〕然《文選》選詩六十五家、四百餘首，竟未稍取之；遍覽全書，非僅作者必無沙門中人，所錄篇章旨涉玄虛者，亦僅〈頭陀寺碑文〉一作。今審主編者意不拒佛理、選材亦無匱乏，而選集竟鮮少涉及，諒必有意區隔之，恐非無心之闕。且其序文辨經書子學之異曰：

> 若夫姬公之籍、孔父之書，與日月俱懸、神鬼爭奧，孝敬之准式、
> 人倫之師友，豈可重以芟夷、加以剪截；老莊之作，管孟之流，蓋
> 以立意爲宗，不以能文爲本，今之所撰，又以略諸。（《文選·序》）

可知編者乃以經書義深思精，不宜截取，子書以論理爲本，旨異文翰，故不雜揉於文集。以此標準衡諸於佛經內典、僧侶詩文，何嘗不然？講論經理者，尊其體大思深、不可刪芟；詩出沙門者，皆理寄浮屠，與夫篇翰本不相類，故毅然別出。非謂沙門無文，釋典不可取，乃謹守「文」之範圍，使不相雜而已。故錢大昕推美昭明識見曰：

> 梁世崇尚浮屠，一時名流詩文，大半佞佛之作，昭明一概不取。唯
> 錄王簡栖〈頭陀寺〉一篇，以備斯禮。簡栖名位素卑，不爲時所重，

〔註22〕參見王運熙、楊明合著《魏晉南北朝文學批評史》第三章、第三節「總集的編纂和摯虞的《文章流別》論」，121頁曰：「《文章流別集》中所錄作家的年代，據《文章流別論》〈文章志〉的佚文所涉及者推測，大體上屬於兩漢曹魏，也就是不錄當代作家。這一體例上的特點對於後人有所影響。」

〔註23〕據興膳宏《玉臺新詠成立考》及顏智英《昭明文選與玉臺新詠之比較》一文之考證，《玉臺新詠》約成立於梁武帝中大通六年（西元534年）約較文選晚出十年。

〔註24〕參見《弘明集》所錄篇章，亦沛然有十四卷之豐。故釋僧祐之序曰：「遂官藥疾微間，山棲餘暇，撰古今之明篇，總道俗之雅論。其有刻意翦邪、建言衛法：製無大小，莫不畢采。又前代勝士、書記文述，有益三寶，亦皆編錄。類聚區分，列爲十四卷。」

而特取之，明非勝流所措意也。〔註25〕此等識見，遠出後世詞人之
上。（《十駕齋養新錄》卷十六）

雖據李善注，知〈頭陀寺碑文〉亦有其足取之處，非因王中（簡栖）卑微而
特取，然《文選》嚴明於文學、釋道之異域，不錄僧侶之選錄原則，則頗當
此讚譽。

（三）不錄民歌、俗諺

西晉永嘉之亂，伶官樂器，多沒於戰禍，雅樂不復可陳，適民間謳歌風
盛，流寓江南之王侯貴族，沈溺逸樂，對浪漫輕柔之民歌曲調，尤爲喜愛。
讙集謳歌、文士試作，乃蔚成風氣。〔註26〕南朝以來，諸君主皆好委巷歌謠，
君臣吟詠模擬，亦稍變其情調。《文選》論文固已綜觀時義、歷述體變，選詩
亦宜古今同視、尊重創新，然於此閭里傳唱、君臣酷愛之新聲，《文選》竟未
曾稍錄，恐有其原委，而非偶然之疏漏。今由《文選》選詩情況，亦可見二
處線索：

1. 《文選》詩卷體分二十四，樂府歌詩即得其四，〔註27〕共錄五十二首，
其地位甚顯著，然其中絲毫未錄吳歌、西曲之新聲。

2. 自歌詩分類而觀，其所立爲郊廟、樂府、挽歌、雜歌，大抵爲朝廷雅
樂、漢魏舊曲。如細較樂府分類，〔註28〕則「樂府」多選相和歌辭、雜曲歌
辭、及少數鼓吹曲辭，而無清商曲辭、舞曲歌辭中之江南謳謠；「郊廟」僅取
宋郊廟祀歌而略燕射歌辭；「雜歌」則多出雜歌謠辭、琴曲歌辭中久古調，而
未收謠諺。

〔註25〕《文選》卷五十九「王簡栖」下注：「善曰：姓氏英賢錄曰：「王中字簡栖，
　　　　瑯琊臨沂人也，有學業。撰頭陀寺碑，文詞巧麗，爲世所重，起家郢州錄事、
　　　　征南記室。」可見其本以文詞巧麗爲世所重，亦非卑微無名者。

〔註26〕上述「樂府」流變，乃參考《宋書‧樂志》及汪中老師《樂府詩紀‧前言》
　　　　曰：「永嘉之亂，伶官樂器，沒於劉石，雅樂不可復睹，而民間謳歌之風大起，
　　　　商賈貿遷，荆楚西聲，亦鄭曲之遺乎。」《晉書》卷八十四亦載謝尚於宴集歌
　　　　謳謠：曰：「會稽王道子，嘗集朝士，置酒於東府，尚書令謝石因醉，爲委巷
　　　　之歌。」《南史》卷十八〈蕭惠基傳〉曰：「自宋大明以來，聲伎所尚多鄭衛，
　　　　而雅樂正聲，鮮有好者。」

〔註27〕此四類乃爲「郊廟、樂府、挽歌、雜歌」。而王粲〈從軍詩〉於郭茂倩《樂府
　　　　詩集》，則題爲〈從軍行〉而收入相和歌辭—平調曲中，「雜擬」類中亦多擬
　　　　前人樂府之作，但皆以昭明本意未及，故從嚴計之。

〔註28〕此樂府分類，因已無南朝、隋唐之著作可參照，故據宋、郭茂倩《樂府詩集》
　　　　之十二類討論。

由此可知，《文選》選詩於樂府歌詩並無輕忽，但其所選則偏重雅樂正聲及文士樂府，對民間謠諺俗曲確有捨棄未錄之事實。然稍覽昭明太子以下東宮諸文士之篇製，亦多不避俗體，偶或試作：

昭明太子：〈三婦艷〉、〈將進酒〉、〈長相思〉、〈上林〉等四首。

劉孝綽：〈夜聽妓賦得烏夜啼〉、〈三婦艷〉等二首。

王筠：〈三婦艷〉、〈雜曲二首〉等三篇。

乃知《文選》諸編者，於江南民歌、小詩新體亦非全然排斥，何至捨棄不錄？殆因其時民歌謠諺雖盛，但多為遊宴寢居之娛，席間嬉戲之作，文士雖隨興摛文炫采，始終未以嚴肅態度改製；遇君臣公讌，命題製作，則難登雅堂〔註 29〕；此其一也；再就民歌、新曲之內容觀之，之大抵為男女相思、歌詠情愛之辭，此種狹猥之「抒情」作品，本非昭明等編者所尚。〔註 30〕且其詩風淺易直訴、樸質俚俗，而《文選》纂集，明揭略除繁蕪、選集清英之旨，以使士子卷無瑕玷、覽無遺功。若錄此民歌俗吟，將無益於製作，而有違編旨（詳參前章 40 頁）。經此正反辨證，遂可確認「不錄民歌謠諺」，乃《文選》選編者為孚編旨、順應時尚之既成條例，實非有意之排拒，亦非偶然之疏漏。

同時值得附論者，乃漢樂府敘事長詩之受冷落。如辛延年〈羽林郎〉、宋子侯〈董嬌嬈〉、蔡琰〈悲憤詩〉、無名氏〈古詩為焦仲卿妻作〉等篇，皆為隨後之《玉臺新詠》所選，故《文選》選篇亦當有所見。且其體製較長、偏重敘事，乃詩體別具者，何以不受青睞？根究其由，亦因其主抒情愛、詩淺語近而篇幅甚長，與《文選》編旨不符，囿於選集規模之限，自然需予捨棄。而此類樂府，雖具刻畫人物、記敘事件之專長，〔註 31〕卻非「詩主情志」、「推

〔註 29〕《南史》卷六十〈徐勉傳〉則紀梁武帝之好吳聲西曲，並以為賞賜：「普通末，武帝自擇後宮聲樂，吳聲西曲女妓各一部，並華少賚勉。」足見梁代君臣平素閒居，亦多愛謳歌女樂。然其公讌文集，則必陳雅頌論詩之義。如《武帝集序》曰：「暨於設籧靈囿、愷樂在鎬；鹿鳴四牡。皇華棠棣之歌，伐木采薇，出車杕杜之讌；皆詠志摛藻，廣命群臣；上與日月爭光，下與鍾石比韻；事同觀海，義等窺天」。姑不論其序文是否有溢美之夸辭，亦可見其時皇室對江南民歌之態度乃公私有別。

〔註 30〕昭明太子〈陶淵明集序〉雖盛讚其文，而以為「白璧微瑕，惟在閒情一賦。揚雄所謂勸百而諷一者，卒無諷諫，何足搖其筆端。」乃因其既以兒女之情為題，而不能意存諷諫（如神女賦、登徒子好色賦），以寓教化，衹流於私情描抒，故無足取。由此以觀民歌內容，其理亦同。

〔註 31〕如王運熙〈從文論看南朝人心目中的文學正宗〉一文中第二部分，例舉漢樂

崇風雅」（〈文選序〉）之選編者所激賞，亦無改例擢取之可能。此乃因緣於時代詩觀與選集體旨之限囿，千載之下，雖讚嘆民歌真摯生動，亦僅能如沈德潛般自增選例，〔註32〕而不能苛求古人。

（四）少錄詠物、雜體〔註33〕

詠物之作，源於荀卿《賦篇》，因景興情、借物寓意。至太康諸人，始多命題專詠之作；宋初文詠「情必極貌以寫物、辭必窮力而追新」（《文心雕龍‧明詩》）見於雕鏤山水外，詠物之工亦盛，遂成齊梁諸家習見之作。〔註34〕如齊‧王融〈詠縵詩〉：

> 幸得與珠綴、冪麗君之楹。月映不辭卷，風來輒自輕。
>
> 每聚金爐氣，時駐玉琴聲。但願置樽酒，蘭缸當夜明。（《玉臺新詠》
> 卷四）

又如謝朓〈同詠坐上一物一席〉曰：

> 本生潮汐池，落景照參差。汀洲蔽杜若，幽渚奪江蘺。
>
> 遇君時採擷，玉座奉金巵。但願羅衣拂，無使素塵彌。（本集第五卷、
> 《玉臺新詠》卷四）

此二首乃文人宴集，座上即興之詠。二人均為一代文壇鉅擘，故雖信手拈成，亦文采粲然、情意婉切，然其定題而吟詠務求工巧，競夸詞采，已失比興之致、漸露雕琢之痕。至於沈約〈十詠〉之〈腳下履〉：

府民歌之受鄙薄於南朝，曰：「在內容方面，他們不滿意漢樂府民歌的敘事性，特別是反映下層社會的生活，這種題材在他們看來是粗鄙的。在藝術方面，他們認為漢樂府民歌的語言太質樸而缺少文采。」（見《中國古代文論管窺》，頁176）。

〔註32〕參見沈德潛《古詩源‧原選例言》：「廬江小史妻、羽林郎、陌上桑之類，樂府體也，昭明獨尚雅音，略於樂府。然措詞敘事，樂府為長。茲特補昭明未及，後之作者，知所區別焉。」

〔註33〕「雜體」之名義，本雖因論詩者義界而異：徐師曾《詩體明辯》之「雜體詩」及涵：回文體、拗體、蒿砧體等。並與「雜數詩」、「雜名詩」平行區別。王闓運《八代詩選》則總括迴文、離合、五雜俎及雜數詩、雜名詩等為一類，名曰「襍體詩」。今則採王說之義為論。

〔註34〕今由歷代全詩所輯，可以考見具詠物詩篇者甚多（詳參逯欽立輯校《先秦漢魏晉南北朝詩》上、中冊）。如齊之齊高帝、王融、丘巨源、謝朓、虞炎、劉繪等名家。又見梁武帝、高爽、范雲、王暕、任昉、虞羲、沈約、柳惲、吳均等名家。另有《文選》編者昭明太子、殷芸、劉孝綽、到溉等人亦有詠物詩篇。由此見詠物詩在齊梁風行之盛。

> 丹墀上颯沓，玉殿下趨鏘。先表繡桂香，袖拂繞歌堂。所歡忘懷妾，
> 見委入羅牀。（《古詩紀》卷七十四）

其同則更繾綣於艷情之抒寫、彩詞之雕刻，可謂「綺縠紛披」、「雕繢滿眼」，足為宮體詩之先聲、花間麗詞之遠祖。此類詩篇並非毫無價值，然其寫作技巧之繁複、吟詠題材之狹隘，對詩體發展而言皆為阻力，而非助益。尤切要者，乃是文士抒寫之態度，仍不脫遊戲文字息氣，毫無抒情寫志之謹重，故諸編者雖多此詠，而其纂集《文選》僅取「園葵詩」、「詠湖中雁」等不失古意、寄詠清新之作，亦聊可示其風尚。

而雜體諸作，源起各殊，《文心雕龍》簡述其要者，曰：「離合之發，則萌於圖讖；回文所興，則道原為始；聯句共韻，則柏梁餘製。」（《文心雕龍·明詩》）驗諸歷代全詩所集，則尚有雜名詩、褲組詩、大言、細言等雜體類型。然綜歸其製作，多不外閒暇寄趣、主客遊戲之作，雖可排抑抑鬱、琢磨文思，終屬雕蟲小技，非言志緣情之詩篇。齊梁時君主好文，讌會每以吟詩助興，或效柏梁，或和雜名，或群臣聯句，以寄風雅，時尚所及，文士亦互為唱和，然其作雖多，皆不足為論詩之憑，故《文心雕龍》僅附於篇末，以備其體；《文章緣起》則僅述離合一類；《詩品》評詩，則全然摒棄不論。足見其於當代之評價原即不高。

自此而觀，昭明太子君臣平日讌集，雖不免雜體唱和，編纂《文選》，卻僅及鮑照〈數詩〉一首，亦不足為怪。

《文選》纂成迄今已近一千四百餘年，哲人已萎，無緣執卷就教，然由書中諸多線索，仍可大體蠡測其「選」與「不選」之原則。然此僅為初步歸納所見，《文選》選詩方面尚有許多現象須待進一步作有條理地分析研究；選錄標準方面亦頗多值得深入比較研究。經此，乃可由點至線、而面，將《文選》選詩之數據、現象，抽離為有意義之詩學概念。

第二節　詩篇選錄之統計

秦漢以下，雅頌浸頹，古詩繼作，至於齊梁，乃蔚然呈凌駕之勢。然其間時更七代、數逾千祀，名篇佳作蠭出。《文選》所錄詩卷，果為蕪穢略盡、孔翠畢集之詩中清英？抑僅為鞏固集團、標明好惡之詩選？乃後世學者爭議不絕之論題。惟其所論，或就《文選》所錄鑒析其美，或舉《文選》所遺以

疵其陋，或因《文選》流傳之盛，推證其公允，雖亦各俱條理，然恐非執中、周備之說，不免有陷於主觀，求備古人之嫌。

　　意以為：欲考察《文選》選詩之成敗，當以詩篇本身為研究主體，「讓作品自己發言」。然詩篇鑑賞選輯，實受主觀心靈與慧見之影響，非有卓識，難有洞見，而主觀心靈本不可測亦不能言說，今暫舍主觀之進路不因，而以可見之時代、數量等明確易見之客觀條件分析之，並與當代詩篇輯全後之存詩內容參照比較，以歸納《文選》選詩之主要傾向與特色，再進一步研究其理論架構、評論其選錄得失。以下即據「作者時代」、「作品數量」、「作品句式」、「作品類別」四項變因，試析《文選》選詩之狀況。〔註35〕

一、自作者時代分析

　　「文變染乎世情，興廢繫乎時序。」（《文心雕龍‧時序》）文學發展與時代風尚本即休戚相關、密不可分。故各代詩家、詩篇選錄數量之多寡、比例之高低，可視為編者評價之呈現，用以詮釋其對歷代詩風流變之觀點。

表三：（二）、《文選》選詩中歷代詩家入選狀況分析

時代	入選詩家數	當代詩家入選比例		排次	文選詩家入選比例		排次	入選與未入選詩家舉要	備　　　註
		比　例	百分比		比　例	百分比			
先秦	1				1／65	1.54%	9	荊軻一人	
								未入選有堯、舜、孔子等	△當代詩作作者僅為史傳載述，未易確認，故不計
西漢	5	5／31	16.13%	5	5／65	7.69%	6	入選有劉邦、韋孟、李陵、蘇武、班婕妤…等五人	（BC206～25）共二一五年
								未入選有劉徹、司馬相如、東方朔、劉向…等廿六人	△含「蘇武」在內，卓文君
東漢	1	1／32	3.13%	8	1／65	1.54%	8	入選張衡一人	（25～220）共一九六年
								未入選班固、秦嘉、蔡邕、孔融等卅一人	△蔡邕不計

〔註35〕《文選》選詩狀況研究中可分析討論之變因甚多，但此變因之選定，一則須具備「意義性」—即分析結果對編者之詩學理念有詮釋、澄清之價值；一則須具有「客觀性」。故如「主題」、「風格」等難以區別明確之變因，囿於學力，暫不討論，待來日研究。

時代	入選詩家數	當代詩家入選比例		排次	文選詩家入選比例		排次	入選與未入選詩家舉要	備註
		比例	百分比		比例	百分比			
三國	10	10／39	25.64%	2	10／65	15.38%	3	入選有巢籍、嵇康、曹操、曹丕、曹植、應璩等十人	（220～264）共四五年
								未入選有繁欽、曹叡、陳琳、徐幹、阮瑀等廿九人	△卅九人中含繆襲在內，爲逸書所遺
西晉	21	21／71	30%	1	21／65	32.31%	1	未選有應貞、傅玄、張華、陸機、陸雲、左思、潘岳等廿一人	（265～316）共五二年
								未入選有嵇喜、夏侯湛、王濟、鄭豐、摯虞等五〇人	△全漢三國一多了「棗嵩」
東晉	7	7／126	5.56%	6	7／65	10.77%	4	入選有劉琨、郭璞、盧諶、殷仲文、王康琚等七人	（317～419）共一〇三年
								未入選有李充、庾闡、楊方、曹毗、袁宏……等一一九人	△張翰依近年分，當入東晉。一一九人中含僧道。
宋	11	11／60	18.97%	4	11／65	16.92%	2	入選有謝瞻、謝靈運、陶潛、王粲、范曄等十一人	（420～478）共五九年
								未入選有范泰、何承夫、劉駿、湯惠休、謝莊等四九人	△全漢三國多「丘泉之」
齊	2	2－43	4.65%	7	2／65	3.08%	7	入選有謝朓、陸厥二人	（479～502）共廿三年
								未入選有王融、王儉、劉繪、孔稚圭等四一人	△釋寶月未計
梁	7	7／32	21.88%	3	7／65	10.77%	4	入選有范雲、江淹、任昉、丘遲、虞羲、沈約等七人	（502～526）共廿五年
								未入選有高爽、宗夬、虞騫、何遜、吳均等廿五人	△「神鬼」「仙道」者不計入「詩家」、不計入作品

圖表說明

1. 「當代詩家」之數係參考《古詩紀》、《全漢三國魏晉南北朝詩》、《先秦漢魏晉南北朝詩》、《古詩選》、《八代詩選》等書所選錄，確切可考之個別作家（除釋、道二家外）而合計。

2. 備註欄中各代國祚之長短，僅供作各代詩家總數多寡之對照參考，以明一代詩風之盛衰。

3. 各時代詩家之區別，除王粲、劉楨、應瑒等考慮詩體發展之實際，入三國一期，餘皆依作者之卒年而區分。

4. 「先秦」時期之詩家總數目，因今輯之古逸歌辭，作者僅爲史傳載述，未易確定故不予推算。

5. 「蘇武」詩今人考定爲後人僞作，而《文選》中以蘇武署名之，故沿其編者觀點計爲一家。古樂府「飮馬長城窟行」今考證作者爲蔡邕，但因《文選》未署作者，故仍未計入。

6 「梁」之詩家，爲符〈文選〉之選錄斷限，以普通七年（西元 526 年）即陸倕之卒年爲準，以陸倕爲梁代入選之最末一位作家，由此前推共約七人。

7. 晉以後有「鬼神」一類，所見詩篇、作者均由志怪小說中蒐羅，因其或爲虛構，故不計入。

經上表統計排比，可知《文選》編者對其前出詩人之評價，約有以下傾向：

一、僅以《文選》選錄詩家總數爲基準，比較各時期入選詩家之多寡，而觀選編者之好尙。則三國西晉、東晉、宋、梁、五代較受青睞，故獲選詩家較多，所佔份量亦多。

二、若以目前可考之各代詩家總數爲基準，衡較其詩家入選比例高低，分析選者之取捨趨勢。則知三國、西晉、宋、梁四代分居前列。與前項《文選》中所佔比例次第稍異，而前四者俱同，足見其評價確實較其他時期爲高。

三、詳析各代而言，其中尤以西晉最醒目，無論「入選詩家數」、「入選比例」，「當代入選比例」，均爲各代之冠。鍾嶸謂其：「勃爾復興，踵武前王，風流未沬，亦文章中興也。」（〈詩品序〉）實無過譽。而宋、梁二代入選詩家雖多，若參考詩家總數以比較其入選比例，則殿前四者之末，亦可見《文選》對此近代之汰選或較嚴，不能僅由總數多寡即論斷優劣。

表三：（三）、《文選》選詩中歷代詩人作品入選狀況分析

| 時代 | 入選詩篇數 | 佔選詩詩篇比例 | | | 當代詩篇總數 | 當代作品入選比例 | | | 詩風分期 | 入選作家數 | 入選詩家數 | 備 註 |
		比例	百分比	排次		比例	百分比	排次				
先秦	1	1／442	0.23%	8								
兩漢	36	36／442	8.14%	5	651	36／651	5.53%	6				
三國	82	82／442	18.6%	3	660	82／660	12.42%	2	建安	6	60%	56	68%	含劉楨、王粲、應瑒、曹操、曹丕、曹植六人
									正始	3	30%	26	32%	含應璩、阮籍、嵇康、司馬彪四人

朝代	入選詩家數	比例	次序	當代詩篇總數	入選詩篇數	比例	次序	時期	家數	比例	篇數	比例	備註
西晉	122	122／442	27.6%	1	888	122／888	13.74%	1	太康	17	81%	117	96%	含棗據、孫楚、傅咸、郭泰機、張華、潘岳、石崇、歐陽建、何劭、張載、陸機、陸雲、左思、束晳、張協、曹攄、潘尼十七人
									永嘉	1	40%	1		含王讚一人
東晉	19	19／442	4.3%	7	834	19／834	2.28%	7						
宋	105	105／442	23.8%	2	920	105／920	11.41%	3	元嘉	9	82%	89	85%	含謝靈運、謝惠連、王微、范曄、袁淑、劉鑠、顏延之、王僧達、鮑照九人
齊	23	23／442	5.2%	6	363	23／363	6.34%	5						
梁	54	54／442	12.2%	4	787	54／787	6.86%	4						

圖表說明

1. 作品分期，依作者卒年為準，作者不確定之古樂府，古詩，即以〈文選〉之排列為準，故計入兩漢之作品中。

2. 蘇武、李陵詩今考其僞，但爲從〈文選〉選詩之原始作法，故仍計入。

3. 如依詩風分期，即王粲、劉楨、應瑒入建安，陶潛入義熙。

由列表排比中，顯然可知《文選》選詩時，對各代作品之取捨傾向：

一、以《文選》詩卷中「入選詩篇數」比較，西晉、宋、三國、梁依序領先，與「入選詩家數」恰可呼應。

二、若以「當代詩篇總數」參照，比較各代詩篇入選比例，以見評詩之優劣，則以西晉、三國、宋、梁四期較高。其間或有因年代遠近、詩篇存佚造成之比例未能精準，〔註36〕但由此亦可窺見《文選》對前代詩篇評價之次第。

三、若據《文心雕龍》、《詩品》之評述，將「三國」、「西晉」、「宋」三期依詩風細分，〔註37〕則見：三國詩風以建安爲盛，晉世詩才齊聚太康，劉

〔註36〕「兩漢」一期因其年代逸遠，散佚較多，加以古詩十九首、古樂府三首等作品依《文選》考辨之誤，歸入其中，故其詩篇入選比例較高；而「劉宋」、「蕭梁」二代，則因詩篇繁盛，顯出其去舍較嚴。然因各代間比例差距甚大，此種誤差雖無可避免，其影響卻不大。

〔註37〕此處僅擇此三期概分，乃因其詩家、詩篇均受《文選》評之前列，歷代論詩者亦多評析，故詩人之風格較易確定，畫分不致含混。如：《文心雕龍・明詩》敍歷代詩風演變曰：「暨建安之初，五言騰踊……乃正始明道，詩雜仙心……

宋詩壇以元嘉標美。由此可明此三期詩篇頗具直追兩漢古詩之勢。並知《文選》選歷代詩，雖同視古今，無所預設，但於兩漢、西晉、三國、宋等四期之詩篇，顯然評價較高；而對於東晉、齊梁詩作則刪汰較嚴。

　　透過上述時代因素之比較分析，我們或可比較肯定地說：《文選》選錄詩篇時，的確對各代詩篇評價不同有所偏重，依序為：晉‧太康、三國‧建安詩、宋‧元嘉詩及梁初諸作，此排名可作各代詩學地位之指數。而由詩家、詩篇入選總數與入選比例之歧異，亦可見：僅以《文選》中選入詩家、詩篇數量彼此比較，試圖區別其評價高低之作法，是未能全面而客觀的。〔註38〕

　　同時，綜觀各代「詩家總數」、「詩篇總數」、「國祚長短」等數據之關聯，亦得見歷代詩之創作風尚，由兩漢至齊梁，莫不是逐代發展，愈見蓬勃。而《文選》選詩之多寡，亦與之呈現相應之勢，遂使學者有「近詳遠略」之錯覺。〔註39〕若能統觀當代詩壇之全面發展，參照詩家總數、詩篇總數推算其入選比例，比較其選錄傾向，則非但《文選》選擇歷代詩之重點得以突顯，「近詳遠略」之說亦可不攻自破，《文選》對詩體流變、詩風評價之觀點，更循此可探其消息。

二、自作品數量分析

　　詩家創作數量之多寡，雖未必可直視為詩篇成就之指標，然以彙萃詞人才子、選集詩文清英為標榜之選集，於詩篇豐盛，樹立宗風之大家，勢不能輕易忽略。故據作品數量為變因，實可藉以評析《文選》選詩之客觀性。

　　《文選》全書中，雖無具體之文字評騭，但其選取與否，即表明編者對詩篇所持之態度。故「入選與否」，可視為正反面評價之分別；「入選詩篇數」則代表編者對詩家肯定之程度，亦同時呈現選者之評價與詩學主張。此二層

　　　　晉世群才，稍入輕綺……宋初文詠體有因革。」《詩品序》則概述五言詩之流
　　　　變曰：「降及建安，曹公父子篤好斯文……迄於有晉，太康中，三張二陸兩潘
　　　　一左，勃爾復興……永嘉時稍尚虛談……爰及江表，微波尚傳傳……逮義熙
　　　　中……元嘉中有謝靈運。」

〔註38〕歷來分析《文選》評價高低者，多就收錄之作品數量直接比較多寡。如袁行霈〈從昭明文選所選詩歌看蕭統的文學思想〉、及趙福海〈試論文選理──以選賦為例〉、劉樹清〈論文選對文學主體性的肯定〉等。以上三文均具《昭明文選研究論文集》第27頁、43頁、115頁。

〔註39〕探討《文選》選錄作品原則者，盛行有「近詳遠略」之說。參見：駱鴻凱《文選學》義例第2、第34頁，《昭明文選與玉臺新詠之比較研究》第五章第一節、第202頁。

次之考察，已爲當前學者研究選集時普遍認同並採行之判定標準。〔註40〕除此而外，如能參照各家詩篇全貌，推算其「詩篇入選比例」，觀察其「各類作品入選情況」當可比較各家錄取標準之趨勢，發現選者對各家專擅之詮釋。以下，即依此三層次，將各家詩篇數量列表分析：

表三：（四）、各代詩家作品數量與入選狀況分析（以各時代入選作者作品最少數爲基準）

編次	作者	詩篇總數	入選與否	入選作品數	入選比例	當代排名	各類作品入選情況		備註
先秦1	荊軻	1	ˇ				雜歌 1/1		
2	堯	1	×				雜歌（大唐之歌）	按：「大唐之歌」文心雕龍明詩曾引論	
3	舜	2	×				雜歌（卿雲歌、南風歌）	按：「南風歌」詩品序、文心雕龍明詩均引論	
漢1	劉邦	2	ˇ				雜歌 1/2		
2	韋孟	2	ˇ				勸勵 1/1 詠懷 0/1		
3	李陵	12	ˇ		25%	3	雜詩 3/3 祖餞 0/8 歌 0/1		
4	蘇武	6	ˇ		67%	1	雜詩 4/4 贈答 0/1 祖餞 0/1		
5	班婕妤	1	ˇ				樂府 1/1		
6	張衡	12	ˇ		33%	2	雜詩 4/5 雜歌 0/6 歎 0/1		
平均		6		較低	平均值	2	（故 2 首以下者皆不討論）		

編次	作者	詩篇總數	入選與否	作品研究		未入選原因推測
7	劉徹	7	×	瓠子歌、天馬歌等「雜歌」5 秋風辭及柏梁台詩		1 文選已表明評價不高
8	司馬相如	3	×	琴歌（二）、美人歌（附於美人賦前）		1 文選已表明評價不高
9	東方朔	4	×	歌（一），嗟伯夷，七言、六言		1 文選已表明評價不高
10	韋玄成	2	×	自劾詩、戒子孫詩		？
11	劉向	6	×	七言（六）殘（皆輯自文選注）		2 多殘篇
12	班固	8	×	詠史詩、明堂詩、雲臺詩等		1 文選已表明評價不高
13	秦嘉	8	×	述婚詩、贈婦詩（三）及答婦詩（殘）		2 半數爲殘篇
14	蔡邕	7	×	飲馬長城窟行，翠鳥等殘詩六首		1 文選已表明評價不高
15	孔融	6	×	臨終詩，臨合作郡姓名詩殘篇共四		1 文選已表明評價不高

編次	作者	詩篇總數	入選與否	入選作品數	入選比例	當代排名	各類作品入選情況		備註
三國1	劉楨	27	ˇ	10	10/27 37.03%	2	公讌 1/1 贈答 8/10 雜詩 1/3 餘 13		

〔註40〕參見以下三項資料：楊松年著《文學評論史編寫問題論析》一書第三章 134 頁，袁行霈撰〈從昭明文選所選詩歌看蕭統的文學思想〉見《昭明文選研究論文集》第 27 頁及王基倫〈歷代歐陽修古文的抽樣分析〉一文（民國 80 年，《中國學術年刊》十二集）。

編次	作者	詩作總數	入選與否	入選作品數	入選比例	當代排名	各類作品入選情況	備註
2	王粲	31	✓		13/31 41.93%	1	公讌1/1 詠史1/1 哀傷2/4 贈答3/5 軍戎5/7 雜詩1/5 郊廟1 樂府4 餘3首	
3	應瑒	6	✓	1			祖餞0/2 公讌1/2 贈答0/1 雜詩0/1	
4	曹操	23	✓	2			樂府2/23	
5	曹丕	54	✓	5	5/47 9.26%	6	公讌0/1 游覽1/3 行旅0/7 樂府2/26 雜詩2/8 雜歌0/1 餘8首	
6	曹植	137	✓	25	25/125 18.25%	3	獻詩2/2 公讌1/4 祖餞2/7 詠史1/1 遊仙0/2 游覽0/1 哀傷1/3 贈答6/6	
							樂府4/73 雜詩8/21 雜歌6 餘11	
7	繆襲	13	✓	1			挽歌1/1 樂府0/12	
8	應璩	34	✓	1			百一1/23 雜詩0/2 餘9	
9	阮籍	98	✓	17	17/97 17.35%	4	詠懷17/95 雜歌0/3	
10	嵇康	63	✓	7	7/63 11.11%	5	詠史0/10 遊仙0/2 詠懷0/2 哀傷1/2 贈答5/23 樂府0/8 雜詩1/16	
	平均數	46		較少數平均19			（故未及19首者皆刪除）	

編次	作者	詩作總數	入選與否	作品研究		未入選原因	備註
12	曹叡	19	×	樂府19（善哉行（五）、短歌行、步出夏門）		3同爲樂府、祖餞	
附	陳琳	8	×	樂府1，詩7。（殘篇4首）		1文選本身表明評價不高	
	阮瑀	14	×	樂府2，詩。（殘篇6首）		1文選本身表民評價不高	
	繁欽	8	×	定情詩，詠蕙詩等8首（殘篇3首）		1文選本身表民評價不高	
	徐幹		×	定思詩、情詩等5首（殘篇一首）		1文選本身表明評價不高	

編次	作者	詩篇總數	入選與否	入選作品數	入選比例	當代排名	各類作品入選情況	備註
晉1	應貞	2	✓	1			公讌1/1 餘1首	
2	傅玄	160	✓	1			公讌0/2 哀傷0/1 贈答0/2 雜詩1/20 樂府0/39 挽歌0/3 郊廟0/59 雜擬0/5	
3	棗據	9	✓	1			雜歌0/19 餘10首	
4	孫楚	8	✓	1			贈答0/1 雜詩1/1 餘9首	
5	傅咸	20	✓	1			贈答1/9 雜詩0/7 餘4首	
6	郭泰機	1	✓	1			贈答1/1	
7	張華	81	✓	6	6/55 7.41	9	勸勵1/1 讌0/2 祖餞0/2 遊仙0/4 招隱0/2 贈答2/4 樂府0/45 雜擬0/1	
							雜詩3/10 餘9首	
8	潘岳	25	✓	9	9/25 36	5	勸勵0/1 獻詩1/1 祖餞1/3 哀傷3/5 詠懷0/1 贈答1/1 行旅3/4 雜歌0/1	
							雜詩0/5 餘3	
9	石崇	10	✓	1			樂府1/5 贈答0/4 雜詩0/1	
10	歐陽建	2	✓	1			詠懷1/1 贈答0/1	
11	何劭	5	✓	3	3/5 60	3	遊仙1/1 贈答1/1 雜詩1/1 祖餞0/1 餘1首	

編次	作者	詩作總數	入選與否	入選作品數	入選比例	當代排名	各類作品入選情況	備註
12	張載	21	✓	3	3/21 15	6	祖餞0/1 游覽0/3 招隱0/1 詠懷0/1 哀傷2/2 贈答0/3 雜詩0/1 雜擬1/4	餘5首
13	陸機	124	✓	52	51/124 41.12	4	公讌1/2 祖餞0/4 招隱1/3 游覽0/1 贈答12/24 行旅5/5 樂府17/35 挽歌3/10	
							雜詩1/7 雜擬12/12 雜歌0/10	餘殘詩8首
14	陸雲	37	✓	5	5/37 13.5	8	公讌1/3 祖餞0/2 贈答3/20 雜詩0/4	餘殘詩6首
15	左思	15	✓	11	11/15 73.33	1	詠史8/9 招隱2/2 哀傷0/2 雜詩1/2	
16	束皙	6		6	6/6		補亡6/6	
17	司馬彪	8	✓	1			贈答1/2	餘詩6首
18	張協	15	✓	11	11/15 73.33	1	詠史1/1 遊仙0/1 雜歌0/1 雜詩10/12	
西晉19	曹攄	11	✓	2	2/11		贈答0/9 雜詩2/2	
20	王讚	5	✓	1			公讌0/2 祖餞0/1 雜詩1/2	
21	潘尼	30	✓	4	4/30 13.33	7	獻詩0/1 公讌0/5 祖餞0/2 遊覽0/2 贈答3/12 行旅1/1 雜歌0/2 雜詩0/3	餘詩2
	平均數	26		較少平均數5			（凡五首以下者略而不論）	

編次	作者	詩作總數	入選與否	作品研究	未入選原因推測
西晉22	成公綏	5		中宮詩（二）（仙詩、詩、五言（一））皆殘篇	1 文選本身表呈詩評價不高
23	夏侯湛	10		周詩（山路吟、江上泛歌、春可樂、秋可哀）9首	1 文選本身表明詩評價不高
24	摯虞	6		答伏武仲詩等「贈答」三首、答杜育詩等殘篇三	2 存詩多殘篇

編次	作者	詩篇總數	入選與否	入選作品數	入選比例	當代排名	各類作品入選情況	備註
東晉1	劉琨	5	✓	3	3/5 60	1	贈答2/2 雜歌1/2	餘詩7首
2	張翰	6	✓	1			贈答0/1 雜歌0/1 雜詩1/4	餘詩3首
3	郭璞	31	✓	7	7/31 22.58	3	遊仙7/19 贈答0/6 雜詩0/1	
4	盧諶	11	✓	5	5/11 45.45	2	詠史1/1 贈答3/6 雜詩1/1	
5	殷仲文	3	✓	1			遊覽1/1 祖餞0/1 行旅0/1	
6	謝混	5	✓	1			勸勵0/1 祖餞0/1 游覽1/1 雜詩0/1	餘詩1首
7	王康琚	2	✓	1			招隱1/1 反招隱0/1	
	平均數	9		較低平均值4			（凡4首以下者略而不論）	

編次	作者	詩作總數	入選與否	作品研究	未入選原因推測	備註
東晉8	李充	5	×	嘲友人詩（七月七日詩（三）、送許從詩）殘篇4	2 存詩多殘篇	
9	楊方	5	×	合歡詩（五）	△風格不符合3多同類作品	
10	庾闡	20	×	遊仙詩（十）、雜詩4哀傷詩1殘篇2	？	
11	曹毗	8	×	夜聽擣衣詩（黃帝贊詩、詠冬）殘篇7	2 存詩多殘篇	

東晉12	張翼	7	×	詠懷詩（三）贈沙門等詩顯（三）、答庾僧淵	△其作見於釋家集，恐不收入	
13	孫綽	12	×	表哀詩、贈答四、蘭亭詩等10首及殘篇2	1	
14	袁宏	6	×	詠史二首（採菊詩等）殘篇4	1	
15	趙整	6	×		△趙仕宦於北朝，不爲南朝人	

編次	作者	詩篇總數	入選與否	入選作品數	入選比例	當代排名	各類作品入選情況	備註
宋1	陶潛	125	✓	8	8/125 6.34%	5	勸勵 0/2 詠史 0/3 游覽 0/3 詠懷 0/7 哀傷 0/1 贈答 0/9 祖餞 0/2 行旅 2/5	（問來使、四時、榮木）考
							挽歌 1/3 雜詩 4/80 雜擬 1/9（聯句1）	證爲僞
2	謝瞻	6	✓	5	5/6 83.33	1	公讌 1/1 祖餞 1/1 詠史 1/1 遊覽 0/1 贈答 2/2	
3	謝靈運	107	✓	40	42/107 39.25	3	述德 2/2 公讌 1/2 祖餞 1/3 遊覽 7/19 哀傷 1/1 詠懷 0/1 贈答 3/9 行旅 10/23	
							樂府 1/18 雜詩 4/14 雜體 3 雜擬 8	餘3首殘詩
4	謝惠連	35	✓	5	5/37 13.51	4	祖餞 0/21 公讌 0/2 遊覽 0/2 詠懷 1/1 樂府 0/14 雜詩 2/7 贈答 1/1（離合2）	
							雜擬 0/1	餘殘詩4
5	王微	5	✓	1			哀傷 0/1 雜詩 1/4	
6	范曄	2	✓	1			公讌 1/1 詠懷 0/1	
7	袁淑	9	✓	2			遊覽 0/1 雜詩 0/6 雜擬 2/2	
8	劉鑠	1	✓	2			行旅 0/1 樂府 0/2 雜詩 0/1 雜擬 2/5	失題歌詩1
9	顏延之	37	✓	21	21/37 56.75	2	公讌 2/4 詠史 6/6 遊覽 3/5 哀傷 1/1 贈答 4/4 行旅 3/3 郊廟 2/3 樂府 0/1	
							挽歌 0/1 雜詩 0/6	殘詩3首
10	王僧達	5	✓	2			贈答 1/1 雜詩 0/2 雜擬 1/1 公讌 1	
11	鮑照	209	✓	13	13/209 6.22	6	公讌 0/2 詠史 1/2 遊覽 1/12 贈答 0/11 祖餞 0/8 樂府 8/43 挽歌 0/1 雜歌 0/21	
							行旅 1/12 雜詩 2/37 哀傷 0/5 雜擬 5/47（聯句0/5）（字謎0/3）	

編次	作者	詩篇總數	入選與否	作品研究	未入選原因推測	
西晉12	范泰	6	×		?	
13	何承天	15	×	鼓吹饒歌15首	3 多同類作品	
14	劉駿	27	×		?	
15	湯惠休	11	×	樂府10首、贈鮑侍郎詩	? 或因惠休爲沙門中人	
16	劉義恭	3	×	艷歌行、遊子吟及殘篇11	2 存詩序殘篇	
17	謝莊	17	×	侍宴蒜山等「公讌」詩（三）、應詔而作（二）山夜憂、瑞雪吟等	1 文選本身表明評價不高	
18	鮑令暉	7	×	擬古（二）、贈今人（一）、寄行人（二）……共7首	?	

編次	作者	詩篇總數	入選與否	入選作品數	入選比例	當代排名	各類作品入選情況	備註

齊1	謝朓	149	✓	21	149 14.09%	1	公讌 0/4 祖餞 1/9 游覽 1/8 哀傷 1/1 贈答 4/9 行旅 5/8 樂府 1/29 雜詩 8/72	△加「和……」三首
							（聯句 0/1）郊廟 0/8	△去「同……」樂府 3
2	陸厥	11		2	18.18		贈答 1/1 樂府 0/3 雜歌 1/7	
平均數		81			較少平均數 11			

編次	作者	詩作總數	入選與否		作品研究		未入選原因推測
齊3	王融	72	✗		遊仙類 5、詠史 5 擬古 2 樂 31（五雜組詩一、奉和纖纖詩）		文選本身表明評價不高

編次	作者	詩篇總數	入選與否	入選作品數	入選比例	當代排名	各類作品入選情況	備註
梁1	范雲	43	✓	3	3/43 6.98	2	祖餞 0/5 游覽 0/1 贈答 2/7 樂府 0/4 行旅 0/4 雜詩 0/18 雜擬 1/4	
2	江淹	132	✓	32	32/132 24.64	1	遊覽 1/5 祖餞 0/3 贈答 0/6 行旅 1/10 樂府 0/3 雜詩 0/12 哀傷 0/11 雜擬 30/46	
							公讌 4 雜體（讚 4）郊廟 5	餘殘詩 3
3	繁義	13	✓	1	1/13		詠史 1/1 祖餞 0/2 贈答 6/2 樂府 0/2 雜詩 0/6	
4	任昉	22	✓	2	2/22		公讌 0/2 祖餞 0/1 游覽 0/4 哀傷 1/1 贈答 1/8 雜詩 0/5（聯句 1）	△「苦熱詩」殘作、苦熱行入「樂府」
5	丘遲	11	✓	2	2/11		公讌 1/2 贈答 0/2 行旅 1/2 雜詩 0/5	
6	沈約	234	✓	14	14/234 5.98	3	公讌 1/12 祖餞 1/4 游覽 4/11 贈答 0/9 行旅 2/5 哀傷 0/9 樂府 0/9 郊廟 0/22	
							雜歌 0/10 雜詩 6/79 遊仙 0/4 雜擬 0/27	
7	徐悱	4	✓	1	1/425		贈答 1/1 樂府 0/1 雜詩 0/2	
平均數		59	✓		最少平均數 15			

編次	作者	詩作總數	入選與否		作品研究		未入選原因推測
梁8	柳惲	18			樂府 6 首詩 12 首，作品多為玉口新詠選錄		○風格不類
9	何遜	116			樂府 6 首詩 112 首，作品多為玉台新詠選錄		○風格不類
10	吳均	142			樂府 6 首詩 105 首，作品多為玉台新詠選錄		○風格不類
11	王僧孺	39			樂府 6 首詩 33 首		○風格不類

　　首先，自「入選與否」一層，探討《文選》選詩時是否「作品多者方可入選？」

　　由表列中檢視歷代入選詩家，未必詩篇量多者始可獲選（如漢之班婕妤、韋孟；晉應貞、郭泰機、王康琚；宋范曄諸家，詩篇僅一二，依然入選）；而由未入選者反觀：詩篇多者亦未必獲選（如漢班固、秦嘉皆存詩八篇；三國

曹叡存詩十九篇、晉夏侯湛十篇、庾闡二十篇、孫綽十二；宋劉駿二十八篇、謝莊十七篇、湯惠休十一篇；齊王融七十二篇；梁何遜一一六篇、吳均一四二篇，諸家論較於同代各家，詩篇可謂豐碩，卻未入選）。然綜觀全面，則入選者確已涵蓋當代篇豐盛、足稱大家之多數。得見：《文選》選詩並非以「量」作唯一條件，必兼採詩篇內容、風格等「質」之審核，及「作家專擅」、「作品殘全」等必要權衡，必致作品數量與入選可能間，雖非緊密對應，卻也已涵蓋多數，可視爲重要影響因素之一。

此殆因前人詩篇之流傳，必經時間淬煉、後人汰選。存詩多者，已非純然創作勤奮之故，亦兼具後世推崇、蒐集流傳之評價性。《文選》選詩有此數量上之關聯，乃爲自然而合理的現象。至於部分吟詠不輟、傳篇頗多之詩家（如劉徹、孫綽、何遜、吳均諸家，詳見表四各代所附）何以未獲青睞，獨遺選列，頗受後人爭議，值得深究。

今研究《文選》全書之選錄與該作者存詩內容後，推測其未入選原因或有五類，試爲作解：

一、《文選》已選錄其別體作品者，意謂編者已有審閱其全集之可能，但對其詩篇評價不高，或不以其專擅詩才，故不選其詩。如：班固、陳琳、阮瑀、謝莊等人。

二、其存詩雖多，但半數以上爲殘篇，顯示其吟作未豐、傳存不全，可供選錄者甚少。如劉向、秦嘉、摯虞、曹毗等人。此類情況多爲魏晉以前詩家，故於齊梁時作品或已散佚過半，致使選者無法盡窺全貌、擇取精華。

三、作品多集中於一類者，因其供選取性較小，如無佳作，極易落選。如曹叡作品多樂府，而成就遠在前出之三曹父子之下，自然不易被選入；宋何承天作品全爲鼓吹鐃歌十五首，而成就不及謝朓，相較之下，故亦未能獲選。

四、作品多樂府民歌、或閨怨抒情之類者，與《文選》選詩之原則有違。如：曹叡、楊方、劉駿、湯惠休、何遜、吳均等人，其吟作甚豐而《文選》未錄，僅見錄於《玉臺新詠》，可見其民歌風格與詩篇題材，乃不符《文選》選旨。

五、作者身份特殊，爲《文選》所不選者，如僧侶、北人之作，《文選》中均未選入，故湯惠休、張翼、趙整或因此而未入選。

以上，僅依據「詩篇數量」與「入選與否」之層面，對《文選》選錄詩

家作品之情況作初步分析，並透過詩篇數目之平均值，將歷代詩家全面篩選，試圖參考選錄原則，爲落選者找尋可能而合理之原因，〔註41〕藉以明瞭《文選》選詩之標準。

其次，其「入選詩篇數量」一層，探討《文選》選詩時是否「作品多者選取亦多？」

由〈表四〉選入各家「詩篇總數」與「入選詩篇數」之相互關係粗略考察，可發現：各代中詩篇總數排於前列者，其入選詩篇數亦爲同代之相對多數（如漢李陵、蘇武、張衡、三國曹植、阮籍、嵇康、王粲、晉陸機、陸雲、張華、郭璞、南朝陶潛、謝靈運、顏延之、鮑照、謝朓、沈約、江淹等）。其中惟傅玄一百五十三首選一例外，值得研究。（將於後文〈作品代表性〉中討論）若由入選詩篇數反觀：凡詩篇入選三首以上者，通常亦爲創作較豐品質亦精之大家（其例略同上，詳見〈表四〉）。其中僅晉何劭（五首選三）、束皙（六首選六）、宋謝瞻（六首選五）例外。考史書本傳所載，三人皆有別集傳世，今存作較少，殆因著述未豐、詩文散佚之故。〔註42〕藉此多數現象歸納可知：《文選》選詩刪汰甚嚴，選錄多者，必有其足資採摘篩選之篇章。且其取舍多寡，亦顧及存篇之腴瘠，不致冷落了各代犖犖大家。而少數例外者，亦提示出選編者並非全然無所偏重，須進一步由「入選比例」及詩篇本身，普遍探求其評選標準。

而後，自「詩篇入選比例」及「各類作品入選情況」一層，探討《文選》選詩時「哪些詩家的作品易入選？哪類詩篇易入選？」

於〈表四〉各代「入選詩篇數」較多者，比較其作品「入選比例」之高低，〔註43〕則可突顯各代中詩篇獲選率較高之大家，呈現《文選》選詩者

〔註41〕以上五類原因，一、二、三項乃站在《文選》本身及詩篇材料之基礎，由選編者之邏輯思考順序推論者；四、五項則自《文選》選詩之現象推測而出，仍待後續各章深究驗證。

〔註42〕此三家皆有別集傳世，但卷帙不多，詩作亦未必甚豐。何劭有集二卷。《晉書‧何曾傳》：「曾子劭，趙王倫篡位以劭爲太宰。」《隋書‧經籍志》注：「梁有太宰何邵集二卷，錄一卷，亡。」按：《隋書》「何邵」當作「何劭」。
△束皙有集七卷：《晉書》本傳記其著「發蒙記一卷，集七卷。」
　明‧張溥《漢百三名家集》中「束陽平集七卷」其中詩僅此六首。
△謝瞻有集三卷：《宋書》及《南史》之謝瞻本傳，均載其「有集三卷。」

〔註43〕此處僅以「入選作品數」三首以上者爲限，係因各代中每有現存作品甚少而入選者（如班婕妤、郭泰機等人）將之併入而較，則將出現100%、50%高入選比例之假象，有失客觀，故須先予有條件地刪除。

之好惡趨向。亦可調整僅以「入選詩篇數」評估之偏差：〔註44〕

各代依「入選詩篇數」之排序	各代依「入選詩篇比例」之排序
漢　蘇武、張衡、李陵	漢　蘇武、張衡、李陵。
三國　曹植、阮籍、王粲、劉楨	三國　王粲、劉楨、曹植、阮籍
西晉　陸機、左思、張協、潘岳、張華、束皙	西晉　束皙、左思、張協、何劭、陸機、潘岳
東晉　郭璞、盧諶、劉琨	東晉　劉琨、盧諶、郭璞
宋　謝靈運、顏延之、鮑照、陶潛、謝惠連	宋　謝瞻、顏延之、謝靈運、謝惠連、陶潛、鮑照
齊　謝朓、陸厥	齊　謝朓、陸厥
梁　江淹、沈約、范雲	梁　江淹、范雲、沈約

　　參合二表之內容，在排序上雖稍見出入，各代居於前列者幾乎雷同。（僅何劭、張華一處有別）得證《文選》選詩時，於各代詩家亦有其明確之推崇，故對之選入多而刪汰少。

　　配合「各類作品入選情況」一欄，則發現上述之各代名家，通常均有一二類為其所擅長（如蘇武、張衡之〈雜詩〉、劉楨之〈公讌〉、〈贈答〉、郭璞之〈遊仙〉、江淹之〈雜擬〉等），而兼擅各類詩才者，在當代排名亦往往較前（如王粲、曹植、陸機、潘岳、謝瞻、謝靈運等）反觀詩篇入選比例較低之諸家，其詩篇則或大抵集中於某一類、或眾作平平，而絕無兼才而未獲拔擢者，可見「詩才之擅長」亦為《文選》選詩之影響因素：以兼擅各類者評價為高、其次則為專擅一二類之詩家。

　　除以上將同代橫向比對外，如果縱觀各代，則亦可發現二處值得注意之現象：

　　在「詩篇入選比例」方面：漢、魏晉時期詩壇領袖之入選比例（百分之二十以上），遠較齊梁（百分之五）為高，其中或容有詩篇散佚之影響因素，但再次驗證《文選》選詩，對近期作家作品篩選可能較嚴。

　　在「各類作品入選狀況」方面：兼擅多類之詩家以晉、太康時期為多，

〔註44〕由「入選詩篇數」高低解釋評價者，係由正面肯定（選入）之多寡決定評價優劣；由「入選詩篇比例」高低解野釋評價者，則由反面之去舍（刪汰）之多寡決定評價之傾向。二者觀點相反而互補，故應兼融參照而不當偏執。

建安次之，宋初次之，齊僅一家，漢及梁初則無。此亦與前述「時代變因」
之分析結果契合，呈現歷代詩體發展之盛衰興替。

　　總結上述各層次之數據觀察暨資料分析，得知《文選》選詩時，對諸家
「作品數量」因素之權衡，或可歸納具以下傾向：

　　1. 歷代各家詩篇數量多寡，實關係《文選》選詩者評選詩篇之機會，故
爲決定入選與否之重要因素，然卻非影響評選之唯一條件。

　　2. 選入《文選》之各詩家中，通常爲同代存詩總數較多者，其獲選詩篇
亦多；選入詩篇較多者（三首以上）其創作亦豐，大致呈現正相關之趨勢。

　　3. 概觀各代詩家之詩篇入選比例，其同代、異代間之高低差異極大，察
知選詩者對某時代、某詩家確有好尙抑揚，並非全然依存詩狀況定量、等比
分配、一視同仁。可知，第二項數量之相關衹是大致之趨向。

　　4. 細較入選詩篇總數、入選比例之排次高低，各代詩壇菁英顯然可見，
重疊性甚高。但排序稍有出入，故欲研究詩家代表性或須參照其他考量。

　　5. 參照各類詩篇入選狀況，則見上述之各代詩英，多爲體擅多類之兼才、
或專精一類之專才，顯示有此成就者，普遍所獲評價亦高。

三、自作品句式分析〔註45〕

　　古謂「孔子刪詩，擷取三百」，故以雅頌體備，比興義精，足爲後世詩歌
淵藪。其後古詩成體、柏梁列韻，詩體代有流變歧分，率皆不難以詩句型式
之長短爲變化之標記，故各類詩之句式短長雖已賅括於《詩經》中，其後續
之發展分流，卻使「句式」在吟韻表情外，兼具詩體發展之意義。

　　《文選》詩卷所錄，未如《詩品》明設句式之限，亦無《文心雕龍》正
體流調之論，但其選詩所得，卻以「五言」者居多，此乃書中顯然可見之印
象，前人多已論之。〔註46〕而其選詩時「句式」因素之影響性如何？各種句

〔註45〕本處所謂「句式」，乃指一首詩中造句之形式而言。依其每句詩言數之多寡，
　　　　而有二～十一言之區分。如《詩體明辨》中，即據句式將古詩區分爲五言古
　　　　詩、七言古詩、雜言古詩三大類。此後學者論詩多沿其說，作「五言體」、「七
　　　　言體」而未名其準據爲何。黃永武先生《中國詩學》中以「句型」稱之。（見
　　　　〈鑑賞篇〉163 頁、〈設計篇〉168 頁）張夢機先生《詩詞曲賞析》一書中以
　　　　「句式」稱之（參考該書中冊、第一章 11 頁）。按：今由上下文意，見黃先
　　　　生所指「句型」，除指單句言數之多寡外，亦謂其句中「上二下三」、「上四下
　　　　三」等字面配置之型式，故從張夢機先生之說。
〔註46〕如王運熙、楊明《魏晉南北朝文學批評史》第三章第五節「蕭統和《文選》」

式之詩篇其選錄多寡、選錄趨勢何如？呈現何種意義？則未見研求者。此乃
《文選》選詩研究中值得深探處，亦為本節致力之目標。

　　首先，以歷代詩各句式之分布背景，考察《文選》選詩時，各句式詩之
數量分配與入選比例，則編者對詩體之偏重、選詩之趨勢，即可大略判別：

表三：(五)、《文選》選入詩篇之句式統計

句　式	文選選入詩		歷代詩		入　選　率	
	總　數	所佔比例	總　數	所佔比例		
四　言	33	7.5%	2	818	16.01%	2	4%	2
五　言	400	90.5%	1	3315	64.89%	1	12.07%	1
七　言	8	1.8%	3	261	5.11%	4	3.7%	3
雜　言	1	0.2%	4	494	9.67%	3	0.2%	4
三　言				147	2.88%	5	0%	
六　言				49	0.96%	6	0%	
八　言				15	0.29%	7	0%	
九　言				6	0.19%	8	0%	
不可分辨				4				
小　計	442	100%		5109	100%			

圖表說明

1. 由詩篇總數而觀：《文選》選詩確實以五言句式最多，四言次之，七言又次，雜言僅一首。

2. 以目前可見歷代詩之數量，擬測選詩前之全體素材，則當時確以五言詩居強勢、次為四言、雜言、七言。其七言、雜言排名之差別及三、六等句式之闕如，略可窺示《文選》選詩者對各句式詩之選取並非等同無別：對五言詩固推崇為主流，並專奉四言詩，偏重七言詩。對雜言、三、六、八、九等較俚俗、文士罕用之句式則未予足夠重視，僅酌取少數、甚或完全略去。

3. 另就各句式間比例關係細察：《文選》五言、四言詩之主從地位雖亦與歷代詩句式之發展相應，但其倍數關係並未全然相應：歷代詩中五言總數僅為四言之四倍，《文選》中五言久選錄卻為四言之十二倍，足見編者乃偏好五言，對各句式之選錄本執有不同之評價標準。

4. 由各句式之入選率全面衡較，則選詩者之態度明確易見，其偏重五言、四言並提昇七言，故選取率較高，相較之下，三、六雜言等句式則有相對被輕忽之可能。

一節 281 頁，又見同註 38 袁行霈〈從《昭明文選》所選詩歌看蕭統的文學思想〉一文。

　　可知《文選》選詩時，各句式詩之選錄趨勢、比例之分配，並非以歷代存詩數量作依據，而決定於選編者主觀之詩體評價或當代詩體勢力之強弱。

　　次者，自縱向發展之觀點、考察《文選》選詩時對各句式詩之處理，則須由《文選》本身分析出歷代演變，由數量增減而至選取趨勢，逐層研析，乃可蠡測《文選》編者之詩體流變觀點及歷代句式評價

　　就《文選》本身所錄，剖析其歷代詩中句式之分布，約有以下發現：

表三：（六）、《文選》入選詩篇之句式分析

歷代演變 句式	《文選》詩卷各句式總數	各時代詩句式分計一覽									備註
		周	西漢	東漢	三國	西晉	東晉	宋	齊	梁	
四　言	33		1		10	16	2	4			
五　言	400		30		71	104	17	101	23	54	
七　言	8	1	1	4	1	1					
雜　言	1					1					
三　言											
六　言											
八　言											
九　言											

圖表說明

1. 就句式間之整體消長而言，五言句式呈逐代興盛之強勢；四言詩則始終連綿不輟，至齊梁方見勢微；七言句式雖自漢初楚風衍生一支，西晉後卻未見延續。
2. 橫較各時代句式分布，則三國、西晉之詩篇句式豐富，所錄亦較多。
3. 分項檢視各句式之歷代評價，則四言詩似以西晉最優，而三國次之；五言詩則以西晉、劉宋分列前茅。

　　參照歷代詩句型式之發展，則與前述之發現頗多符合之處：

表三：（七）、歷代存詩之句式分析

句式	文選詩卷各句式總數	各時代詩各句式總數	各時代詩句式分計一覽								
			周	西漢	東漢	三國	西晉	東晉	宋	齊	梁
四言	33	818		1		10	16	2	4		
				48	102	145	236	99	81	65	42
				2.1		6.9	6.8	2	4.9		
五言	400	3315		30		71	104	17	101	23	54
				52	126	376	403	656	715	260	727
				57.7		18.9	25.81	2.6	14.1	8.8	7.4

七言	8	261	1	1 22	4 67	1 31	1 52	27	30	13	19
雜言	1	494		58	85	72	1 123	39	78	10	29
三言		147		28	30	13	38	8	11	13	6
六言		49		5	10	22	4	5	2	1	0
八言		15		2	12	0	1	0	0	0	0
九言		6		1	2	0	1	0	1	1	0
不可辨		4			2	1			2		0
合計		5109	1	216	435	660	858	834	920	363	823

※各時代欄中，第一個數字表示《文選》所選篇數，次爲存詩總數，三則爲比例

圖表說明

1. 由詩篇數量比較，五言詩確自西漢起遽增聲勢，宋齊梁後尤盛，此或爲《文選》偏重五言句式之故；而四言詩雖無法企及，仍持續各代，惟於兩晉後有漸衰之勢；七言句式則看似起伏，實則楚風於漢末轉弱，體蘊變革，而西晉始見成立發展，南朝各期卻未見延續。

2. 各代句式發展上，則兩漢時期較爲勻衡，各類句式之聲勢差距未遠，隨後逐代簡化，至梁初，則五言獨占鰲頭、懸殊甚大，與前述《文選》詩卷句式之分布應合，可見其分配準據所在。

3. 就四五言句式詳較歷代詩入選比例，則可發現：四言詩中以三國詩篇最受鍾愛，西晉、劉宋次之；五言詩則以漢初古詩崇基，西晉詩壇獨大、三國、宋分居後塵。與前述《文選》詩卷片面之觀察稍異，卻更明晰呈現選詩者之評價高低。

　　因此足見：《文選》選詩者對詩體句式之偏重，亦非全憑主觀好惡所驅，而能參酌詩體消長之發展因素。祇是其分配準據繫於「齊梁詩壇之現況」，而不繫於「歷代存詩總數、比例之多寡」，故產生各句式懸殊之選錄結果及寬嚴有別之取捨標準。

　　而其對西晉、三國、劉宋三期四、五言詩之賞鑒，亦直接影響其對各代

詩篇之評選結果，故此處所得亦與前節時代變因之研究發現遙相附合。其次，再以個別詩家作「點」的考察，除可與前述二項研析作印證，並進而可探求各家專擅之詩體，然因《文選》薈集群才、不及一一詳析，故僅以前節數量因素研究所見之各代詩英為限，臚列其作品狀況：

表三：（八）、歷代名家詩篇之句式分析

時代	作者	詩篇數		四言詩			五言詩			其他體體	
		選入	總數	選入	總數	比例	選入	總數	比例		
漢	李　陵	3	12				3	11	273	雜言 1	
	蘇　武	4	6				4	6	667		
	張　衡	4	12	0	4	0	0	2	0	七言 6 選 4	
三國	劉　楨	10	27	0	2	0	10	25	40		
	王　粲	13	31	3	8	37.5	10	22	45.5	雜言 1	
	曹　丕	5	54	1	1	9.1	3	28	10.7	七言 3 選 1	雜言 9
										六言 4	
	曹　植	25	137	3	32	9.4	22	82	26.8	七言 6	雜言 12
										六言 5	
	阮　籍	17	98	0	13	0	17	83	20.5	七言 2	
	嵇　康	7	64	2	33	6.1	5	12	41.7	七言 2	雜言 7
										六言 10	
晉	潘　岳	9	25	2	9	22.2	7	15	46.7	雜言 1	
	何　劭	3	5	0	1	0	3	4	75		
	陸　機	51	124	4	19	21.1	46	87	52.9	七言 1	雜言 15
										六言 2	首選 1
	陸　雲	5	37	1	25	4	4	12	33.3		
	左　思	11	15	0	2	0	11	13	84.6		
	張　協	11	15	0	1	0	11	13	84.6	七言 1	
	束　皙	6	6	6	6	100					
東晉	劉　琨	3	4	1	1	100	2	4	50%		
	郭　璞	7	31	0	6	0	7	25	28		
	盧　諶	5	11	1	2	50	4	9	44.4		
宋	陶　潛	8	126	0	11	0	8	113	7.1		雜言 2
	謝　瞻	5	6				5	6	83.3		
	謝靈運	42	107	0	9	0	42	94	44.7	七言 1	雜言 3

時代	作　者	詩篇數		四言詩			五言詩			其他體體	
		選入	總數	選入	總數	比例	選入	總數	比例		
	謝惠連	5	35	0	3	0	5	27	18.5	七言 1	雜言 4
	顏延之	21	37	4	7	57.1	17	29	58.6		
											三言 1
	鮑　照	13	208				13	172	7.6	七言 8	雜言 27
											三言 1
齊	謝　朓	21	149	0	4	0	21	139	15.1	七言 1	九言 1
梁	范　雲	3	44				3	43	7		三言 4
											三言 1
	江　淹	32	132	0	5	0	32	108	29.6	七言 5	雜言 14
	沈　約	14	234	0	28	0	14	182	7.7	七言 6	雜言 18

　　由各家詩篇內容分析：歷代名家之寫作重心多集中於四、五言句式，尤以五言者爲主；七言句式零星可見，齊梁後漸有試作；其餘則大體以兩晉爲區隔，晉前名家常作雜言、六言，晉後諸家習用雜言、三言。

　　分就各家詩篇入選情況比較：除張衡、束晳外，各家之五言詩入選數量，比例都遠較四言爲高，顯然可驗證選詩者對五言句式之偏重態度。同時發現，宋以下各家，除顏延之外，未見以四言獲選者，亦可知選詩者對南朝四言詩之評價不高。

　　再以四、五言句式之入選比例衡量選錄之趨勢，則可見《文選》選詩時對諸家五言詩篇均較寬容，僅劉琨、郭璞二家因四言詩創作甚少，故比例偏高；縱觀歷代比例之遞變，二種詩句型式則均因時因人而增減，大體五言以西晉、漢爲高，梁初最低，四言則散布束晳等單獨作家。

　　若欲以此句式分布窺測詩家專擅，則可知《文選》選詩者以爲：

　　體擅多方者：曹丕、陸機。

　　兼長四、五言者：王粲、曹植、稽康、陸雲、劉琨、盧諶、顏延之。

　　以五言名家者（入選率一〇％以上）：劉楨、阮籍、何劭、左思、張協、郭璞、謝瞻、謝靈運、謝惠連、江淹。

　　以四言詩成名：束晳。

　　以七言詩成名：張衡。

　　所謂「文非一體，鮮能備善」（《典論‧論文》）詩體變化多端，亦何嘗不然？實因「句式」之不同，非僅為形式長短之變化，其於摹情寫物、蘊義聲調之情緻均有別，﹝註 47﹞故吟作者罕備其長，各代詩家常隨情性、時風而競才，選詩者亦得因其詩學觀點、評價高低而取舍，此乃本節由作品句式研析《文選》選詩之基本概念。

　　而上述自數據分布，詩體流變、詩家考察三層面之分析，確也驗證此概念之合理性，並有下列之具體發現：

　　1. 歷代可見之詩句型式雖多，《文選》僅選取五言、四言、七言、雜言四種，對三言、六言、八言等句式之作品略而不取。

　　2. 《文選》選詩對各句式之詩篇數量配置懸殊、選取標準亦寬嚴不一，以致選詩結果：五言句式作品數為四言句式之十二倍、為七言句式之五十倍，與歷代存詩中各句式之作品比例並不相應。

　　3. 統觀歷代詩句型式之發展，乃由各體爭鳴之繽紛互呈漸有消長，漸趨於一體為主之單純情勢。而其主要變化有三：四言詩維持至齊梁終見勢微；五言詩聲勢壯濶、高潮迭起；雜言詩在名家倡作下，於齊梁再萌苗壯之跡。

　　4. 以詩家創作內容為考量，得以驗證：無論自詩體發展之客觀情勢或評詩好尚之主觀標準上考察，齊梁時期五言句式皆以獨特之優勢領先各體。故各代獲選前列之名家雖各具專擅，卻多以備具五言詩才為共同特徵，﹝註 48﹞且僅以「五言」一體而揚名者，亦以南朝詩人為多。

　　經由前述各點之研究可知《文選》選詩並非一律等視之客觀，無所偏重，且其詩篇配置之依據不在選詩材料（歷代存詩數量）之比例，而是因循詩體消長演變之趨勢，以「梁初當時之詩壇風尚」及編者本身之詩體評價為準據，故於各句式中獨鍾五言，選錄至多，而其詩家地位之高低，亦多隨五言詩篇之優劣有決定性之影響。

﹝註47﹞黃永武先生於《中國詩學》一書曾對此多次論述：於〈設計篇〉中以為句型變化可影響其摹寫表意功能（見 168～170 頁）；於〈鑑賞篇〉則以為詩中聲律美之講求，當自造句型式上講求（見該書第 163～167 頁）又見：劉勰《文心雕龍‧明詩》、鍾嶸《詩品‧序》、沈德潛《古詩源‧例言》中均曾論及，容於後文〈第六章〉中討論。

﹝註48﹞在歷代二十九位名家中，僅張衡、束皙二者例外，前者以七言句式之「四愁詩」四首入選，後者則因四言句式之「補亡詩」六首而成名，可見其二人均因組詩而獲列名家，其實僅為一作，故不予計入。

四、自作品類別分析

　　《文選》詩卷之分類，由今日眼光評之，雖有範圍懸殊、基準分歧、類別混淆之困擾，以編者當代之時空背景、詩學觀念而言，卻不失爲一簡明、實用之區分。爲明瞭選編者選錄詩篇、編排類別之用心，乃仍其舊制，據作品類別之變因，分類考察《文選》選詩之狀況，藉以分析《文選》各類詩篇地位、選配詩篇之基準，暨歷代同類詩之評價，並連繫前段句式之研究，討論詩篇類別與句式安排之關係。因本章之研究較偏重由選材之統計分析，掌握《文選》選詩之基本趨向，至於據類別分析詩家地位及專擅、檢討選入詩篇優劣得失等深層研究，則待後文詳析。

　　首先，自詩篇數量上考察《文選》各類詩所佔份量之高低（參見下表），則見其次第分別爲「雜詩」、「贈答」、「雜擬」、「樂府」、「行旅」、「游覽」等，此乃表明編者以此數類詩之創作較多值得重視，或佳作甚豐須予選錄。然而參照歷代存詩分類統計之結果，隨即驗證方才之假設有待商榷：

表三：(九)、《文選》選入詩與歷代存詩分類統計

類別	文選詩分類小計		歷代古詩分類總計		類別	文選詩分類小計		歷代古詩分類總計	
補亡	六		八		哀傷	十三	十	一七二	
述德	二		二		贈答	4~1 七二	二	四二八	三
勸勵	二		十六		行旅	下上三四	五	一四一	九
獻詩	三		八		軍戎	五		廿三	
公讌	十四	九	一一八		郊廟	二		二〇六	五
祖餞	八		一五三	八	樂府	四〇	四	一七〇五	一
詠史	二一	七	四九		挽歌	五		廿二	
百一	一		二三		雜歌	四		三三二	四
遊仙	八		一三六		雜詩	九三	一	九一五	二
招隱	四		十一	六	雜擬	六三	三	一六一	七
游覽	廿三	六	一九〇					二五〇	
詠懷	十八	八	一三四		小計	四四二		五一〇九	
臨終	一		七						

圖表說明

1. 由詩作數排名比較，各前十名中雖先後參差，卻有七類爲重疊出現，顯示其選得多者，通常亦爲存詩較多，選材豐富之類別。

2. 然而部分詩篇多者，未必選得多，樂府、雜歌、郊廟三類之作品甚多，而選錄較少，有刪汰較嚴之趨勢，其中固有名義寬狹之差異，〔註49〕但自數量、排名之懸殊，

〔註49〕將《文選》選錄內容與宋郭茂倩《樂府詩集》及今人逯欽立輯校之《先秦漢

亦可見選編者對此三類態度審慎，值得細究緣由。

3. 而其選得多者，詩篇亦未必較多：如詠史、哀傷三類之存詩不多，而《文選》所錄竟得列前十名內。

　　由此可釐清：《文選》選詩對各類詩篇取之多寡並不依存詩數量決定。乃首重作品之優劣，其次方參酌詩篇之多寡，故其選錄結果與存詩全貌未能相互對應，卻也不失其大要。

　　其次，將《文選》所錄詩篇分類、分期詳析，則各類詩之流變、各時期詩壇發展，均可由選詩之分布中一一辨明：（參見表三：十）

表三：（十）、《文選》選錄各類詩歷代分布

類別	文選詩分類小計	文選古詩分類總計	周a	周b	西漢a	西漢b	東漢a	東漢b	三國a	三國b	西晉a	西晉b	東晉a	東晉b	宋a	宋b	齊a	齊b	梁a	梁b
補亡	六	一									六	一								
述德	二	一													二	一				
勸勵	二	二			一	一			一											
獻詩	三	二							二	一	一									
公讌	十四	十三							四	四	三	三			五	四			二	二
祖餞	八	七							二		二				二	二	一	一		
詠史	廿一	九							二	二	九	二	一	一	八	三				
百一	一	一									一									
遊仙	八	二									一	一	七	一						
招隱	三	二									三	一	一							
游覽	廿三	十一							一	一	二	二			十四	四	一	一	五	三
詠懷	十八	二							十七											
臨終	一										一									
哀傷	十三	九							四	三	五				二	一	一	一	一	
贈答	七二	廿四							廿二	四	廿六	九	五	二	十一	五	五	二	三	二
行旅	卅四	十一									九	三			十八	四	五	一	四	三
軍戎	五	一							五											
郊廟	二														二					
樂府	四○	九			四	一			八	三	十八	二			九	二				
挽歌	五	三							一	一	三				一	一				
雜歌	四	四	一	一	一										一	一				

魏晉南北朝詩》對照，則可知其「樂府」名義範圍差異頗大：（1）《文選》中樂府、雜歌、挽歌、郊廟、軍戎等類，今皆歸入「樂府」一類。（2）今人輯錄之「樂府」詩中，有極大部分之「謠諺」、「歌辭」等《文選》均未選錄。此或為影響數量無法對應之部分原因。另有選錄者主觀好尚及評詩觀點之原因探究，則待後文詳探。

| 雜詩 | 九三 | 廿六 | | | 廿六 | 二 | 四 | 一 | 十三 | 五 | 廿一 | 八 | 二 | 一 | 十三 | 五 | 八 | 一 | 六 | 一 |
| 雜擬 | 六三 | 十 | | | | | | | 十三 | 二 | | | 十九 | 六 | | | 三一 | 二 |

※a 詩作總數單位（首）　b 當代排序單位（人）

縱觀各類詩體發展，依其演變形式約可四分：第一類為源遠流長、歷代廣傳之詩類，如源於西漢之「雜詩」、三國始盛之「贈答」二類；第二類為成就卓越、獨創一類者，如西晉束皙之「補亡」詩、宋謝靈運「述德」類詩、三國應璩「百一」詩、三國王粲之「軍戎」類、劉宋、顏延之「郊廟」等五類：第三類則為隨時代變、迭見盛衰，故須由其詩家數及詩篇分布，細辨其當代詩壇所尚及大家所擅：

類　別	盛行之時代（依數量別先後）	具有大家之時代
公讌	劉宋、三國。	無
游覽	劉宋、梁初。	宋（謝靈運）
哀傷	三國。	無
詠史	西晉。	西晉（左思）
贈答	西晉、劉宋。	三國（曹植、王粲、劉楨）
行旅	劉宋、西晉、梁代。	齊代（謝朓）
樂府	三國。	西晉（陸機）劉宋（鮑照）
雜詩	西晉、三國、劉宋。	
雜擬	劉宋。	西晉（陸機）梁初（江淹）

橫較各代詩壇風氣，大體而言，以三國、西晉、劉末三期最為昌盛，尤以西晉詩家遍布、諸體周備。如詳較其各期宗風，則以三國時期體多新創，西晉時名家輩出，劉宋時期諸類鼎盛。

時　代	盛行之時代（依數量別先後）	具有大家之時代
漢	雜詩、樂府。	雜詩（張衡）
三　國	公讌、雜詩、贈答、樂府、哀傷。	雜詩（曹植）贈答（王粲、劉楨、曹植）詠懷（阮籍）
西　晉	贈答、行旅、雜詩。	補亡（束皙）詠史（左思）贈答（陸機、陸雲）行旅（陸機）樂府（陸機）雜擬（陸機）
東　晉	無。	
劉　宋	公讌、贈答、雜詩、雜擬	詠史（顏延之）遊覽（謝靈運）贈答（顏延之）行旅（謝靈運）樂府（鮑照）雜擬（鮑照）
時　代	無。	行旅（謝朓）雜詩（謝朓）
梁　初	游覽、行旅。	雜詩（沈約）雜擬（江淹）

　　第四類則詩篇不豐、未成習尚，但其流傳時代特定，具詩體發展之獨特意義者，如三國、西晉時期之「獻詩」類、兩晉時期之「招隱」詩、「游仙」詩，三國、西晉、劉宋時期之「挽歌」詩，此為《文選》選詩分類中依稀可辨之線索，足據以推求選詩者之詩學概念。

　　同時，將現存歷代詩依類別、分時代以觀其演變，則由詩篇數與吟作者之多寡，〔註50〕亦略可窺各類詩風之盛衰流變：（參見表三：十一）

表三：（十一）、現存歷代詩分類總覽

類別	文選詩分類小計	文選古詩分類總計	周 a	周 b	西漢 a	西漢 b	東漢 a	東漢 b	三國 a	三國 b	西晉 a	西晉 b	東晉 a	東晉 b	宋 a	宋 b	齊 a	齊 b	梁 a	梁 b
補亡	六	七			首	人	人	首			七	二								
述德	二	二													二	一				
勸勵	二	十六			二	二			一	一	四	三	六	三	二	一				
獻詩	三	八							二		四	三							一	一
公讌	十四	一二八							十	七	廿六	十五	一	一	卅七	十二	十二	七	卅一	十
祖餞	八	一五三			七	二	一		九	二	廿四	十三	七	六	十六	八	十七	八	七二	九
詠史	廿	四九					一	一	十五	四	十一	三	五	四	十五	五			二	二
百一	一	廿三							廿三	一										
遊仙	八	一三六					一	一	四	二	七	四	二七	五	三	二	四	一		
招隱	三	十一									九	五	二	一						
游覽	廿三	一九〇							六	三	十一	七	六二	四〇	五八	十八	十五	七	卅八	十一
詠懷	十八	一三四			二	二	六	二	一〇〇	三	三	三	十二	四	十四	五			二	二
臨終	一	七									二				三	三				
哀傷	十三	七二					二	二	十一	五	十一	五	五	四	十二	八	四	四	廿六	七
贈答	七二	四二八			一	一	十	三	六四	十八	二三九	四四	四三	二〇	四四	十三	十八	十一	一〇九	十八

〔註50〕集中各代中「郊廟」、「樂府」、「雜歌」等類之詩篇及兩漢「雜詩」（古詩）之作品，因其作者散佚難考，故無法確估實數，僅略記可知者。

類別	文選詩分類小計	文選古詩分類總計	周 a	周 b	西漢 a	西漢 b	東漢 a	東漢 b	三國 a	三國 b	西晉 a	西晉 b	東晉 a	東晉 b	宋 a	宋 b	齊 a	齊 b	梁 a	梁 b
			各時代詩分類一覽																	
行旅	卅四	一四二					一	一	九	二	十一	四	五	五	五九	十三	十	三	四六	九
軍戎	五	二三							八	二	一	一	二	二	五	三			七	二
郊廟	二	二〇六			卅七		五	一	五	一	二〇		十三	一	卅五	四	六八	二	廿七	二
樂府	四〇	一七五			八一		二七三	七	一九五	十	二七二	六	三五四	四	二八七	十六	一〇八	十五	二九	十三
挽歌	五	廿二								一	十三	二			八	二				
雜歌	四	三三二	一		三〇	廿四	四九	十二	六四	六	五九	十二	五八	十五	四三	四	十四	六	十五	三
雜詩	九三	九一五			四五		六七	十一	七六	十七	一一〇	三三	五一		一九二	八八	八九	十一	三三三	廿一
雜擬	六	一六一									三三	四	二	二	五八	十六	二	二	六七	六
		二五〇			八		十七		五七		八三	廿三	卅七	廿二	三三	六	一		十四	
小計	四四二	五一九			二一六		四三五		六六〇		八五八		八三四		九二〇		三六三		八三三	

※a 詩作總數單位（首）　b 當代排序單位（人）

圖表說明

1. 以類別為比較基準，則可見歷代流傳較廣、詩運縣盛之詩篇為「雜詩」、「樂府」、「贈答」、「雜歌」、「祖餞」、「詠懷」六類；傳作甚少，罕見吟詠者，則為「補亡」、「述德」、「百一」三類。

   而傳習於特定時代者，則有西晉、東晉時之「招隱」；晉宋間之「挽歌」，以及三國以後始萌發之「遊覽」、兩晉後方興盛之「雜擬」。

2. 以時代為比較基準，則歷代詩壇習作之風尚，亦隱約可見：

   漢：以「雜歌」最為盛行，「樂府」雜詩次之。

   三國：「樂府」、「雜歌」、「雜詩」持盛，而「贈答」、「公讌」亦迅速倡行。

   西晉：詩風同前而益盛，另有「雜擬」「祖餞」類詩篇興起。「樂府」類詩篇雖多，卻僅集中於傅玄、張華、陸機等少數名家。

   東晉：「游覽」與「遊仙」類詩篇之盛，前所未有，其餘則承勢發展。

   宋代：各類詩篇蓬勃發展，詩篇類別、數量之盛為歷代之冠。

齊代：因國祚、名家均不及他期，各類詩多具體而微，其中「郊廟」一類作品獨盛。
梁代：雜詩、贈答、樂府仍最盛、「公讌」、「祖餞」、「行旅」則繼宋代再興風潮。

　　與《文選》選錄趨勢詳加比對，則不難發覺：《文選》詩卷中各類作品之選配，均以詩體發展之觀點為考量，故在縱向之詩體流變、橫向之時代風尚上均與發展實況大體契合。如其昭顯出「雜詩」、「贈答」等詩體長流，亦不偏廢「補亡」、「述德」「百一」等少數詩篇之價值，更準確地撮舉「招隱」、「挽歌」、「雜擬」、「游覽」等類詩之發展關鍵；至於各時期之演變亦多能得其綱領，惟於少數詩類或有舉而未備，論之未詳處，於此亦加辨別，或可見編者指撝。

　　1. 在源遠流長之詩類中，《文選》獨重「雜詩」、「贈答」二類，於「樂府」、「雜歌」、「祖餞」、「詠懷」四者，僅舉名家而不歷敘其變。今自其選錄可知「樂府」類乃詳於三國文士樂府，略於齊梁樂府歌謠；「雜歌」則好荊卿、高祖之悲亢，而略閭里之靡音；「祖餞」以摯交別愁為主，「詠懷」以阮子風諫為尚，雖未能詳備，亦隱約呈現選編者旨意，值得深究。

　　2. 於各代詩風之詮釋，亦稍有出入，如西晉樂府僅重陸機而略於傅玄、張華；東晉游仙詩僅舉郭璞之作而略其餘，並未選及蘭亭集詩等眾製；郊廟詩作僅取宋顏延之而不及兩漢、齊梁群篇。

　　以上所述，均只就《文選》選詩現象客觀描敘，以見其選錄詩篇之大體趨向，至於其中重要問題之研討解析，則待第五章自作品本身詳探。

　　此外，由本處之「詩篇分類」回顧前節之「句式分析」，則另可發現：《文選》詩卷中句式之配置，除呈現詩體演變、作家專擅外，更與寫作題材（詩類）密切相關（參見表三：十二）。

表三：（十二）、《文選》詩卷中詩類與句式選用之關係

類序	類　　名	作品統計			作者	四、七言作品列舉
		四	五	合		
1	補亡	6		6		△晉束皙「補亡詩」六首
2	述德		2	2		
3	勸勵	2		2		△韋孟「諷諫詩」△張華「勵志詩」
4	獻詩	3		3		△曹子建「責躬詩」、「應詔詩」△潘岳「關中詩」
5	公讌	5	9	14		△陸機「皇太子讌玄圃宣猷堂有令賦詩」△陸雲「大將軍讌會被命作詩」△應吉甫「晉武帝華林園集詩」△顏延年「應詔曲水讌詩」△顏延年「皇太子釋奠會詩」

6	祖餞		8	8	
7	詠史		21	21	
8	百一		1	1	
9	遊仙		8	8	
10	招隱		3	3	
11	反招隱		1	1	
12	游覽		23	23	
13	詠懷		18	18	
14	臨終		1	1	
15	哀傷	1	12	13	△嵇康「幽憤詩」（作者專擅）
		17	107	124	
16	贈答一〜四	9	63	72	24	△王粲「贈蔡子篤」、「贈孫文始」、「贈文叔良」（作者專擅）
17	行旅上下		34	34	11	△陸機「答賈謐」、「贈馮文羆遷斥丘令」△潘岳「爲賈謐作贈陸機」、潘尼「贈陸機」出爲吳王郎中令一△劉越石「答盧諶」、盧子諒「贈劉琨」
18	軍戎		5	5	1	
19	郊廟	2		2	1	顏延之、宋郊祀歌二首
20	樂府上下	四3 七1 雜1	35	40	9	△曹操－短歌行（四言）曹丕－燕歌行（七言）善哉行（四言）陸機－猛虎行（雜言）短歌行（四言）
21	挽歌		5	5	3	△荊軻歌（七言）△漢高帝歌（七言）
22	雜歌	七2	2	4	4	
23	雜詩上下	四2 七4	88	93	26	張衡「四愁詩」四首七言曹植「朔風詩」（作者專擅）嵇康－「雜詩」
24	雜擬	七1	62	63	10	張協「擬四愁詩」加一
		四16 七8 雜1	295	319		
		四33 七8 雜1		共442	65	
				首	人	

由上表臚列中，可獲悉《文選》句式評選之基本傾向有四：

1. 補亡、勸勵、獻詩三類作品，因其寫作意旨、功用上之慎重、敬謹，須使用四言爲當。

2. 公讌、贈答二類詩篇，雖不必採四言吟作，亦須視場合、對象，選用四言以表敬意。

3. 七言諸作之類別雖無特殊傾向，由荊軻歌→大風歌→四愁詩→擬四愁詩→七言樂府，大體均集中於雜詩、雜歌等起源較早之詩類，形式上亦未脫騷體、楚風之虛字夾用。而其發展盛衰，則呈現一種遞變關係。

4. 其餘各類則率以五言寫作，並以三國詩篇列於眾作之首，顯然標示三國時期在五言詩體上之初盛地位，並爲各類別之設立訂定參考點。

因此可知：《文選》各類中作品之選錄配置，除與作品優劣、詩體發展絕對相關外，並於詩句型式上，呈現選詩者之評價與考量。

小　結

「落花水面成文章，萬物靜觀皆自得」，由於第二、三章內採取的是一連串基本的研究功夫，透過淺易而單調的諸項統計步驟，竟獲致出人意表之驚喜收穫：

首先，在研究方法上肯定版本研究之重要，非但藉此瞭解《文選》諸版本之沿革、選取穩固之立論點，並由諸本校勘採集重要之研究線索；驗證四變項之列表分析雖單調而客觀，由其前後之契合、諸角度之銜接，顯示數量之統計乃具相當程度之合理性與一致性，足爲立論之參考。因此「數字」非僅爲代表多寡、大小之符號，藉其分析更足以呈現選詩者觀念，具有詩學評論之意義。使我們對《文選》選詩之特色，建立如下之認識：

一、《文選》編旨以「選」爲核心，故其選錄、刪汰詩篇均有明確之原則可循，且每一原則皆有深刻之詩學觀點爲其基礎，足見其選詩評詩之嚴。而其分類編詩、依時排次、格式創變等作法，除具條理分明之成效外，亦多寓編選理念於其間。

二、《文選》選詩並非一味貴遠賤近，亦無近詳遠略之傾向。乃據各時代之詩學發展地位而定，其中以西晉、建安、劉宋三期較受重視。

三、《文選》詩篇配置之基準乃在於梁代詩壇現況及評詩風尙，符合序文「時義」之旨趣，注重詩學發展之現實意義，不講求選材之客觀比例分配。故以五言句式爲主流，分類呈現各時代及各類詩篇之菁華。

四、經由詩篇數目、入選比例、入選內容等層次分析，《文選》選錄詩篇

之整體趨向已大致可見。惟詩家地位、詩篇評價之細部排次上則仍存歧異，須再作更周密之因素剖析，或將諸因素統合評估，方足以呈現選詩者之評價。故將於後二章分予翔實探討。

　　另外，於本章數字比對、資料分析中發掘之部分問題：如何遜、吳均等創作豐碩大家之獨遺選列；樂府、郊廟等類詩篇選錄尚未周備等，則賴進一步由文獻資料、詩話評論、作品賞析等觀點探求可能之緣由。

　　至於本章採取之四項變因分析，理論上本當可再依「主題」、「風格」等因素分析，然因「主題」之區別本即存在著主觀判斷上之歧異，「風格」之義涵亦乏明確之鑑別標準，故在學力未逮之時，僅能就《文選》詩卷材料本具之客觀線索作一初步探討，對於前人「《文選》典雅，《玉臺》輕艷」〔註 51〕等據風格形象所作之直覺評論，則僅能闕疑心中，待證後章。

〔註51〕參見駱鴻凱《文選學》一書〈義例第二〉32 頁「昭明芟次七代、薈萃群言，擇其文之尤典雅者，勒爲一書，用以切劘時趨、標指先正。」此乃針對其選文風格總評。又見顏智英《昭明文選與玉臺新詠之比較》第五章、第三節「作品風格」之比較第 250～254 頁，以爲：《文選》所錄率皆典雅之作《玉臺》諸作則顯現輕俗淫艷之風。

第四章 《文選》選錄詩家之地位

　　前章分就時代、數量、句式、類別四項變因分析《文選》選詩狀況，雖已指明趨向、縮小範圍，勾勒出各時期名家，然諸項排名次第歧出，顯見《文選》選詩者對各詩家之評價仍待周密思考、深入探索而作適當詮釋。參照南朝時期之詩評內容，則欲進一步判別其評論各家者，乃出於獨家創見、抑或遵循當世通論所趨？以見其詩學評論之價值；酌取歷代詩話之評論資料，則為循線追索《文選》選詩結果與後代詩評之異同，以見其詩學評論之影響，如此，則不論後代學者對《文選》選詩之褒貶毀譽何如，選詩者評選各家之觀點均能獲較客觀、整體之呈現。

第一節　《文選》選詩之結果

　　一般討論《文選》選錄結果者，多就其入選數量多寡區別評價之正負、成就之高低，其實對《文選》此種「論旨確切、類例明晰」之選集，猶可將各類詩篇之分布，視為考察各家詩才專擅之附註。故由《文選》選詩之結果，可比較同代中詩家排名先後、可區別各代詩英地位高低，尚可兼釋各家詩才廣狹，以下即逐項探討。

一、同代各家選錄地位之比較

　　所謂「選錄地位」係將《文選》各家詩篇選錄狀況析分為「評價高低」、「詩才專擅」、「選錄趨勢」三層次比較其排名先後，以決定地位高低。

　　「評價程度」一項乃以「入選多寡顯示肯定程度」為前提，比較各家「入

選詩篇數」及「入選次數」之高低，〔註1〕避免選錄組詩造成之統計誤差。

「詩才專擅」一項乃據各家詩篇「入選類別」之多寡，比較創作題材之寬狹，區別兼才與專才之高下，〔註2〕並參酌詩家在各類中之地位，評其詩才工拙。

「選錄趨勢」一項乃由「詩篇入選比例」總計各家存詩獲選比例高低，以觀其整體評價之優劣趨向。〔註3〕

凡此三者，皆在辨明《文選》選詩之品鑒尺度與選錄標準，期自多重角度之觀察，適切地區別各家評價高低。

時代：先秦及兩漢

姓　　名	評價程度		詩才專擅		選錄趨勢	
	入選數目	入選次數	入選類別	各類地位	作品總數	入選比例
荊　軻	一	一	一		一	
劉　邦	一	一	一		二	
韋　孟	一	一	一		二	
李　陵	三	一	一	一類選三、缺	一二	二五％
蘇　武	四	一	一	一類選四、缺	六	六七％
班　固	一	一	一		一	
張　衡	四	一	一	一類選四、全	一二	三三％

漢　代	評價程度排名	詩才專擅排名	選錄趨勢排名	選錄地位	
				小計	排名
蘇　武	一	二	一	四	一
張　衡	一	一	一	四	二
李　陵	三	三	三	九	三

〔註1〕 「入選次數」是以《文選》卷十九～三十一所錄詩為主，凡作者不同、詩題相異者各計一次，同題組詩則僅計一次，此乃因應古人評詩時，常將組詩視為一作之習慣而區分。參見李正治《六朝詠懷組詩研究》第 5 頁，師大國文研究所碩士論文，民國 69 年。

〔註2〕 「入選類別」是以《文選》詩卷中既定之二十四類為準，分計各家詩作題材所含類別。此乃因魏晉以來，論文者每有「兼善為難、獨美為易」之評價。如曹丕《典論論文》「文非一體，鮮能備善。」劉勰《文心雕龍·明詩》則將詩英區別為「兼善」「獨美」，並以前者為高。「各類中之地位」則是將獨立一類或一類多選之作品註明之，以區別其重要性之高下。「全」謂該作品全錄，「缺」謂其僅選取部分。

〔註3〕 「詩篇入選比例」則由入選詩篇數佔詩篇總數之百分比計算，乃由作品整體之觀點權衡刪汰之寬嚴。為避免誤差仍循前例，以各代入選詩篇三篇以上者為限。

　　上表三層次之考察，已大致可知漢代詩家中，以李陵、蘇武、張衡三家較受重視，但其各項數據多寡仍歧異難明，故由其逐項之相對排名數小計，排名數相同時，依「評價」「詩才」「趨勢」三層之次序比較，則選錄地位之先後便瞭然可別（參見前附下表）。

　　由此可知《文選》選詩所錄之漢代諸家，乃以蘇武地位較高，〔註4〕而張衡、李陵次之。援此作法，亦可將三國時期入選之十家列表比較如后：

時代：三國

姓　名	評價程度		詩才專擅		選錄趨勢	
	入選數目	入選次數	入選類別	各類地位	作品總數	入選比例
劉　楨	一〇	五	三	一類選八、缺	二七	三七・〇三
王　粲	十三	八	六	專一類、一類選二、一類選三	三一	四一・九三
應　瑒	一	一	一		六	
曹　操	二	二	一	一類選二	二三	
曹　丕	五	四	三	一類選二、一類選二	四七	一〇・六三
曹　植	二五	十九	八	專一類、一類八、一類六、一類四	一三七	一八・二五
繆　襲	一	一	一		一三	
應　璩	一	一	一	專一類	三四	
阮　籍	十七	一	一	專一類、缺	九八	一一・一一
嵇　康	七	三	三	一類選五	六三	六・二二

三　國	評價程度排名	詩才專擅排名	選錄趨勢排名	選錄地位	
				小計	排名
曹　植	一	一	三	五	一
王　粲	二	二	一	五	二
劉　楨	三	五	二	一〇	三
嵇　康	五	六	五	一六	六
阮　籍	四	四	四	一二	四
曹　丕	六	三	六	五	一五

〔註4〕雖由今人考證結果看來，多以蘇、李詩爲後漢之僞作，但據《文選》傳本載錄，蕭梁時之編者仍以其詩署名蘇武、李陵，故仍循其說以計。

時代：西晉

姓　名	評價程度		詩才專擅		選錄趨勢	
	入選數目	入選次數	入選類別	各類地位	作品總數	入選比例
應　貞	一	一	一		二	
傅　玄	一	一	一		一五三	
應　璩	一	一	一		四	
孫　楚	一	一	一		九	
傅　咸	一	一	一		二○	
郭泰機	一	一	一		一	
張　華	六	四	三	一類選二、一類選三	八一	七‧四一
潘　岳	九	六	五	一類選三、一類選三	二五	三六
石　崇	一	一	一		一○	
歐陽建	一	一	一		二	
何　劭	三	三	三		五	六○
張　載	三	二	二	一類選二	二一	一五
陸　機	五二	三五	八	二選十二、一選十七 一選五、一選三	一二四	四二‧一二
陸　雲	五	四	二	一類選四	三七	一四‧二八
司馬彪	一	一	一		八	
左　思	一一	三	三	一選八、一選二	十五	七三‧三三
張　協	一一	二	二	一選十	十五	七三‧三三
曹　攄	二	二	一	一選二	十一	
束　皙	六	一	一	專一類選六、全	六	一○○
王　讚	一	一	一		六	
潘　尼	四	四	二	一類選三	三十	一三‧三三

西　晉	評價程度排名	詩才專擅排名	選錄趨勢排名	選錄地位	
				小計	排名
陸　機	一	一	五	七	一
潘　岳	二	二	六	十	三
左　思	三	三	二	八	二
張　協	五	六	二	十三	四
何　劭	八	五	四	十七	六
張　華	三	四	九	十六	五
陸　雲	五	八	七	二○	八
潘　尼	七	七	八	廿二	九
束　皙	九	九	一	十九	七

　　由上表中隱約可勾勒出主要之詩家有六，將之逐項排名時，由於「評價高低」一項阮籍入選作品雖豐，而同爲「詠懷」組詩，故在此項之分別排名總和退居王粲、劉楨之後；各項排名小計中，曹植、王粲雖計數相同，但曹植於前二項排名較前，故屬名第一，而王粲、劉楨、阮籍、曹丕則分次於後。

　　至於西晉詩壇，則因太康詩風之鼎盛而群才匯萃，更賴列表排比以見其高下：

　　「晉世群才，望路爭驅」由詩家總數之冠、排名爭序之近，亦可見前人所言不虛。經各層次之考量，陸機乃以如海詩才領先群雄，而左思以高入選率險勝潘岳，張協、張華、何劭則依序列位於同代之前。

時代：東晉

姓　　名	評價程度		詩才專擅		選錄趨勢	
	入選數目	入選次數	入選類別	各類地位	作品總數	入選比例
劉　琨	三	三	二	一類選四	四	七五
張　翰	一	一			六	
郭　璞	七	一	一	一類選七	三一	二二‧五八
盧　諶	五	五	三	一類選三	一一	四五‧四五
殷仲文	一	一	一		三	
謝　混	一	一			五	
王康琚	一	一	一	專一類	二	

東　　晉	評價程度排名	詩才專擅排名	選錄趨勢排名	選錄地位	
				小計	排名
盧　諶	一	一	二	四	一
劉　琨	三	三	一	七	二
郭　璞	二	二	三	七	一

　　晉室東渡以後，詩家雖繁，卻罕爲《文選》所錄，入選者僅見七家，得以抗衡爭名者，惟劉、盧、郭三人。將之分項排次比較，由排名比對中顯見東晉詩壇本以盧諶爲首、劉琨、郭璞次之，可知《文選》詳錄盧、劉贈答之作，廣收景純遊仙詩，實良有以矣！

　　宋初文詠，體稍變革而名家輩出，故《文選》刪汰雖嚴，猶存十一家之多：

〔註5〕

〔註5〕　《文選》對各時期詩家、作品之選錄寬嚴趨勢本不一，而由「詩家入選比例」、

時代：劉宋

姓　名	評價程度		詩才專擅		選錄趨勢	
	入選數目	入選次數	入選類別	各類地位	作品總數	入選比例
陶　潛	八	七	四	一類選四、一類選二	一二六	六・三四
謝　瞻	五	五	四	一類選二	六	八三・三三
謝靈運	四○	三二	十	專一類、一選十、一選九、一選八、一選四	一○七	三七・三八
謝惠連	五	五	四	一選二	三七	一三・五二
王　微	一	一	一		五	
范　曄	一	一	一		二	
袁　淑	二	二	一		十	
劉　鑠	二	一	一	一類選二	十	
顏延之	二一	十六	七	專一類	三七	五六・七五
王僧達	二	二	二	專一類、一選六、二選四、二選三、一選二	五	
鮑　照	十八	十六	六	一選八一選五、一選二	二○九	六・二二

劉　宋	評價程度排名	詩才專擅排名	選錄趨勢排名	選錄地位	
				小計	排名
謝靈運	一	一	三	五	一
顏延之	二	二	二	六	二
鮑　照	三	三	六	二十	四
謝　瞻	五	五	一	一十	三
陶　潛	四	四	五	三十	五
謝惠連	五	五	四	四十	六

　　詳較各類排名之結果，謝靈運、顏延之果以高情華采領居盟主，謝瞻則因存詩不多、均受賞鑒而擢居於前，使鮑照、陶潛、謝惠連含恨其後。

時代：齊國

姓　名	評價程度		詩才專擅		選錄趨勢	
	入選數目	入選次數	入選類別	各類地位	作品總數	入選比例
謝　朓	二一	二一	七	一選八、一選五、一選四	一四九	一四・○九
陸　厥	二	二	二		一一	一八・一八

「詩篇入選比例」排序，劉宋僅居八者之四、五，實有刪汰較多之趨勢（詳參第三章第二節「時代因素分析」部分）。

齊	評價程度排名	詩才專擅排名	選錄趨勢排名	選錄地位	
				小計	排名
謝　朓	一	一	二	一	一

　　齊世政衰世亂，雖有永明興律，體見拘隔，猶難興復晉宋舊觀，故入選者僅謝、陸二家，經由排名，乃呈一家獨盛之局面，由《文選》對謝朓詩才評價之高，更儼然有淺水難困蛟龍之勢。

　　高祖踐祚，力復文風，遂使梁初典章文物鼎盛於前。至《文選》結集之數十載間，匯三朝英華於一時，〔註6〕故梁代詩家同登《文選》選列者有七：

時代：梁國

姓　名	評價程度		詩才專擅		選錄趨勢	
	入選數目	入選次數	入選類別	各類地位	作品總數	入選比例
范　雲	三	三	二	一類選二	四三	七‧五
江　淹	三二	三	三	一類三○	一三二	二四‧二四
任　昉	二	二	二		二二	
丘　遲	二	二	二		一一	
虞　義	一	一	一		一三	
沈　約	十四	十三	五		二三四	五‧九八
徐　悱	一	一	一	一類選六、一類選三、一類選二	四	

梁　初	評價程度排名	詩才專擅排名	選錄趨勢排名	選錄地位	
				小計	排名
江　淹	一	二	一	四	一
沈　約	二	一	三	六	二
范　雲	三	三	二	八	三

　　經由分層排名之考察，則篩選出梁初詩壇名家爲江淹、沈約、范雲三者。

　　綜觀以上列表排比之過程雖繁瑣，但經抽絲剝繭、層層考察之結果，終能據《文選》選詩時呈現之各項線索，使各家之相對排名具體化爲評價高低，將歷代名家之選錄地位作如下區別：

　　漢：蘇武、張衡、李陵。

〔註6〕梁初詩家中如江淹、沈約等人，均歷事宋、齊、梁三朝，爲文壇元老。

三國：曹植、王粲、劉楨、阮籍。

西晉：陸機、左思、潘岳、張協。

東晉：盧諶、劉琨、郭璞。

劉宋：謝靈運、顏延之、謝瞻、鮑照。

齊：謝朓。

梁初：江淹、沈約、范雲。

此數十家非但爲一代詩傑，亦可謂漢魏六朝以來，古詩英華之所從出。

二、各類詩家選錄地位之比較

《文選》本以選輯佳作爲主旨，爲求條理明晰，於賦、詩二體再以類分，遂使全書在「選文定篇」外，亦藉詩類分布指明作家專長所在。

故將《文選》詩卷所錄四四二首詩、六五家依其分類剖析，則各類中詩家地位之先後顯然可見：

類 型	類 別	文選詩分類小計	選入詩家分類總計	詩家所佔地位分析	有專才之家數
I	補 亡	六	一	束晳六首	一
I	述 德	二	一	謝靈運二首	一
IV	勸 勵	二	二	韋孟、張華各一首	
II	獻 詩	三	二	曹植二首	一
IV	公 讌	十四	十三		一
IV	祖 餞	八	七		
III	詠 史	二一	九	左思八首、顏延之六首	二
I	百 一	一	一	應璩一首	
II	遊 仙	八	二	郭璞七首	一
II	招 隱	三	二	左思二首、陸機一首	
I	反招隱	一	一	王康琚一首	
III	遊 覽	二三	十一	謝靈運九首、顏延之三首、沈約三首	三
II	詠 懷	十八	三	阮籍十七首	一
I	臨 終	一	一	歐陽建一首	
II	哀 傷	十三	九	潘岳三首	一
III	贈 答	七二	二四	陸機十首、劉楨八首、曹植六首、嵇康五首、陸雲、顏延之、謝朓各四首、王粲、盧諶、謝靈運各三首	十

III	行　旅	三四	十一	謝靈運十首、陸機、謝朓各五首、潘岳、顏延之各三首	五
I	軍　戎	五	一	王粲五首	一
I	郊　廟	二	一	顏延之二首	一
III	樂　府	四〇	九	陸機十七首、鮑照八首、曹植四首、古樂府三首	四
II	挽　歌	五	三	陸機三首	
IV	雜　歌	四	四	四人各一首	
III	雜　詩	九三	二六	古詩十九首、張載十首、曹植、謝朓各八首、沈約六首、蘇武、張衡、陶潛、謝靈運各四首、李陵、張華各三首	十一
III	雜　擬	六三	十	江淹卅首、陸機十二首、謝靈運八首、鮑照五首	四
	小　計	四四二	六五		

　　首先，以類目為單位觀察上表中各類作品之分布，則依其重要性之先後，可區分四種型式：

　　1. 一家獨立成類者，表示此家詩篇體製、內容獨特，足為典型：如補亡、述德、百一、反招隱、軍戎、郊廟、臨終六類，皆有其足為代表之詩家。

　　2. 一家地位顯著者，意謂該家詩篇乃此類之本色當行，特予多選，地位僅次於前：如獻詩、遊仙、招隱、詠懷、哀傷、挽歌六類，分由曹植、郭璞等人領先。

　　3. 數家成就較高者，則此類題材普及、吟作甚多，而其中具數家最為佳篇，故依次選取，如詠史以左思為高、顏延之次之，游覽以謝靈運詩最傑出，顏延之、沈約附之，其餘如贈答、行旅、樂府、雜詩、雜擬五類。亦各有擅長者。

　　4. 各家地位平均者，此類作品眾製平平，並無卓越者，故舉其較優者迻錄，其中或有重出一家之篇，但皆未占顯著地位。如勸勵、祖餞、公讌、雜歌四類。

　　此四型之畫分，非僅用以區別各類中詩家地位之輕重，亦間可比較各類詩篇收錄之普遍性何如，瞭解編選者所認為各類詩篇習作之難易！

　　其次，以詩家為單位，循上述四類型之層次整理各家詩篇之分布，則詩才之精博、詩類之專擅皆一一可見：

　　1. 獨立成類之詩家：補亡類束皙、百一類應璩，及反招隱類王康琚，均

占空前絕後之獨特地位。

2. 專精一類之詩家：遊仙類之郭璞、詠懷類之阮籍、雜詩類之李陵、蘇武，其詩專攻一類、成就超逸，故足為此類代表。

另有部分詩家其詩入選非限一體，但成就傑出者僅專於一類，如劉楨、嵇康、陸雲、盧諶之贈答詩，張協、張華、陶潛之雜詩，江淹之雜擬詩，均在該類中舉足輕重。

3. 兼長二類之詩才：此類詩家雖凌轢二體，但依其地位輕重，則亦可見詩才短長。如王粲以軍戎獨立成類，亦擅於贈答之作；潘岳以悼亡詩獨美於哀傷一類，亦兼長行旅之篇；鮑照除以樂府壓倒眾製外，亦以雜擬一類著稱；左思則以招隱擅場，詠史一類，亦為諸家莫及；沈約則長於雜詩一類，並以游覽諸作聞名。

4. 體擅多方之名家：尋常文士吟作終生，求臻選列猶不可得，而此五子不僅拔萃一類，更兼擅多方，成就分外引人矚目。其中尤以謝靈運為首，既以〈述祖德詩〉專立一類，更率游覽、行旅二類之先，於贈答、雜詩、雜擬三類見長。

陸機則先於贈答、樂府、雜擬三類嶄露頭角，其詩篇所長由此可知，而贈答、行旅二類亦多佳篇，故為南朝士人推崇。

顏延之以郊廟類之二篇傲視群才，再以〈五君詠〉諸篇名於詠史，並於贈答、行旅、游覽諸類展現詩采。

曹植才情洋溢而未專注於詩，故雖情切於獻詩，長於雜詩、贈答、樂府諸類，其他則未能盡展詩才，故稍遜於顏、謝。

謝朓雖為後起之秀，亦不讓晉宋諸家專美，凡雜詩、行旅、贈答三類，皆所擅長。

經由以上四類型之區別、整理，歷代詩家在各類中所佔地位輕重已可衡較而知，《文選》利用分類以標示詩家專長之用心也由此闡明。然因前述所論偏重每類中數量較多（三首以上）、比例較高（一半以上）之詩篇觀察，故所謂「專精一類」、「兼長二類」等評論，皆較實際入選類別簡略，僅撮其地位顯著者而言，故如王粲〈七哀詩〉、曹植〈送應氏詩〉、張華〈勵志詩〉、潘岳〈關中詩〉等名篇多未論及，其實若就詩家全部詩篇入選狀況或詩話評論（詳參下節）而言，此類佳作亦屬各家詩作之上選，但終非精力所專，故僅略之。

　　至此，各家詩才之專擅、分類地位之高低皆已大抵掌握無失，歷代名家之成就、地位，乃有堅實之討論基礎。

三、歷代名家選錄地位之比較

　　《文選》所錄詩歌－通稱古體詩。上起周末、下迄齊梁，其體製、韻度均有別於唐代近體，在詩體發展上，有其自成階段之完整性；且其雖以集歷代清英爲名，而選出一家，標準統一，彙集之詩篇自然呈現某種相似性，後世評詩者每視爲一體。〔註7〕基於此種體製、風貌上之整體性，將各代名家之選錄地位作一縱向比較，既能在古詩發展上樹立習作之典範，更有助於釐清《文選》選詩之理想。

　　以下即將各代詩壇之佼佼者列表考察：〔註8〕

| 時代 | 作者 | 評價程度 | | 排名 | 詩　才　專　擅 | | 排名 | 選　錄　趨　勢 | | 排名 | 當代地位排序 |
		入選詩數	入選次數		類別	各類地位說明		總數	比　例		
三國	劉楨	十	五	11	三	贈答選八	12	二七	三七・〇三	6	三
三國	王粲	十三	八	9	六	專「軍戎」一類、哀傷選二贈答選三	6	三一	四一・九三	4	二
三國	曹植	二五	十九	3	八	專「獻詩」一類、雜詩選八、贈答六、樂府四、祖餞二	3	一三七	一八・二五	9	一
西晉	陸機	五二	三五	1	八	樂府十七、贈答雜擬各十二、行旅選五、挽歌三	2	一二四	四二・一二	3	一
西晉	潘岳	九	六	10	五	哀傷三、行旅三	9	二五	三六	7	三
西晉	左思	十一	三	12	三	詠史八、招隱二	10	十五	七三・三三	1	二
劉宋	謝靈運	四〇	三二	2	十	專「述德」類、行旅十、游覽九、雜擬八、贈答三、雜詩四	1	一〇七	三七・三八	5	一
劉宋	顏延之	二一	十六	5	七	專「郊廟」類、詠史六、贈答四、行旅、游覽各三、公讌二	4	三七	五六・七五	2	二
劉宋	鮑照	十八	十六	6	六	樂府八、雜擬五、雜詩二	7	二〇九	六・二二	11	四
齊	謝朓	二一	二一	4	七	雜詩八、行旅五、贈答四	5	一四九	一四・〇九	10	一
梁	江淹	三二	三	7	三	雜擬卅	11	一三二	二四・二四	8	一
梁	沈約	十四	一三	8	五	雜詩六、游覽三、行旅二	8	二三四	五・九八	12	二

〔註7〕《文選》中所錄詩因其體製、風格之近似，自元明以後，已被視爲一體，冠以「選詩」之名。如：〔元〕范梈《木天禁語》以選詩爲一家數，與「離騷」、「三百篇」、「韓杜」分列，並以「婉曲委順」概括其風格。其後則有《合評選詩》（明・凌濛初）、《選詩定論》（清・吳湛）等專書之通行。

〔註8〕所謂「佼佼者」爲適應各時期詩家盛衰之差異，既不以每代排名之先後設限，亦不固定每代錄取名額。而以「入選詩篇數」十首以上、「入選類別」三類以上者爲基本要求，凡合於此者，皆可入列衡較。

　　由「評價高低」一項比較各家所占詩編多寡，入選次數，以代表其受選詩者肯定之程度，由於「入選次數」中扣除組詩之重覆計數，遂使曹植、謝朓、顏延之此類才高詞贍之詩家僅次於陸機、謝靈運之後。

　　如自「詩才專擅」一項省察，則兼長各類者往往為之突顯：如謝靈運超軼陸機之前，顏延之較謝朓為先，王粲超於江淹、沈約前驅。

　　再自「選錄趨勢」之觀點比較，則各家排名頓時大變，〔註9〕依其詩篇獲選比例高下之排序，分別為左思、顏延之、陸機、王粲、謝靈運各家。

　　為明確衡較以上名家選錄地位之主從，乃綜觀上述三項及當代地位之排序，將十一家之重要性統計呈現，並參酌「文選全書地位」一項衡較選編者對各家文學地位與詩學成就之詮釋有無歧異。〔註10〕

作者	評價程度排名	詩才專擅排名	選錄趨勢排名	當代地位排名	選錄地位比較		文選全書地位		排名	備註
					小計	排名	作品數	文類		
劉楨	十一	十二	六	三	三二	十二	十	一	十二	
王粲	九	六	四	二	二一	六	十四	二	十一	
曹植	三	三	九	一	十六	四	三九	六	二	《七啓》八首
陸機	一	二	三	一	七	一	一一〇	八	一	《演連珠》五〇首
左思	十二	十	一	二	二五	七	十四	二	十	《三都賦》三篇
潘岳	十	九	七	三	二九	十	三八	四	三	
謝靈運	二	一	五	一	九	二	四〇	一	七	
顏延之	五	四	二	二	十三	三	二七	五	四	
鮑照	六	七	十一	四	二八	九	二〇	二	九	
謝朓	四	五	十	一	二〇	五	二三	三	六	
江淹	七	十一	八	八	二七	八	三五	三	五	
沈約	八	八	十二	二	三〇	十一	十八	四	八	

〔註9〕由於「選錄趨勢」中入選比例之高低，常隨詩家作品總數而升降，而作品總數涉及存佚關係，本難予以定估。在各代比較中因其差異甚大，只在入選數上作基本規範（三首以上）即可刪汰繆錯。而在此名家薈集之比較，些微的差距即可影響總排序，本當分外謹慎。惟因「入選比例」乃透過作品全面之觀點，兼具省察「入選可能」和「刪汰寬嚴」二功能，其研究角度自較一般僅著眼於入選多寡較為寬廣客觀，同時亦能突顯《文選》中左思、張協、謝瞻、何劭等作品少、選錄多之偏重態度，故經筆者斟酌再三，仍於同代、異代詩家選錄地位比較中採計「選錄趨勢」一項之排名。

〔註10〕下表凡於長欄中註明地位，有三種情形：（1）獨立於一類，具代表性者。（2）凡於一類中獲選三首以上者。（3）雖未獲選三首以上，卻已佔全類半數者。

　　依上述排序總和而言，《文選》中選詩地位較高之名家依次爲：陸機、謝靈運、顏延之、曹植、謝朓、王粲、左思等人。如細審結果，則有數點值得注意之處：

　　1. 由詩家所屬時代分析，則列於前半數者，分別爲西晉一名（第一）、劉宋二名、三國二名、齊代一名，與前章作品時代分析結果偏重西晉、劉宋、三國三期相應，可看出《文選》選詩之趨向。

　　2. 由詩家詩篇類別分析，排於前五名者恰爲前述體擅多方之名家，足見其「詩才專擅」一項對各家選錄地位極具影響。

　　3. 與「文選全書地位」之排名相較，則見謝靈運、顏延之、王粲、左思四家，在詩家中之排名顯然提前，此或意謂選詩者以其才力專精於此，故當以詩名家。尤其謝靈運一家，更傾力於詩體創作，故爲劉宋第一，歷代亞軍；而曹植、江淹素以高才華采著名，於《文選》全書確也頗見份量，但僅以詩篇論，則反不如顏延之、王粲、左思。

　　由此可知，將《文選》所錄詩篇狀況深入分析，可以比較同代各家選錄地位高下，想見選詩者對歷代詩風之偏好；亦可考見同類各家所佔份量輕重，瞭解選詩者對各家詩才專擅之詮解；更可藉此縱觀歷代、衡較名家，將各家逐項排名，爲《文選》選詩標準呈現具體之形象。

第二節　南朝詩評之趨勢

　　「夫篇章雜沓，質文交加，知多偏好，人莫圓該。」（《文心雕龍・知音》）大凡文學評論，皆不免主觀好惡，無論其評析如何詳瞻確切，亦僅代表立論者個人之文學興味、鑑賞角度。儻能折衝以當代文論之衆說，則更可擴充批評視野，適當地評估此家評論之普遍性與獨特性。尤其居詞人紛吟、喧議競起之齊梁時代，詩學之創作、評論，已爲稚齡就學之發蒙、縉紳博論之口實，〔註11〕《文選》選詩所集，是否足以判分涇渭、推爲公論？抑僅自成標榜、隨嗜商榷？均須參酌南朝諸家詩評異同，而後始見分曉。

───────────────

〔註11〕 參見鍾嶸《詩品・序》曰：「今之士俗，纔能勝衣，甫就小學，甘心而馳騖焉。……至使膏腴子弟，恥文之不逮，終朝點綴，分夜呻吟。……觀王公縉紳之士，每博論之餘，何嘗不以詩爲口實。」蕭繹《金樓子・立言》篇：「夫今之俗，搢紳稚齒，閭巷小生，學以浮動爲貴。」裴子野〈雕蟲論〉：「自是閭閻年少，貴游總角，同不擯落六藝，吟詠情性。」

然當代詩論雖鬱鬱稱盛，時至今日，殆已散失大半。存之犖犖者，或為史書之論贊，或寄於組詩之序，或僅為文論之篇章、或專以評詩之品第，其形式紛紜而詳略互異，故就其略者概觀流變、衡較歷代詩魁；就其詳者評析詩家、細較各代詩英；其餘散見之片詞隻字，則附之以證。

一、綜觀流變之詩評

溯明詩體源流，並撮舉大家名篇以見風尚，乃南朝詩論之常例。首開其先，以詩賦論文者乃沈約《宋書·謝靈運傳論》。沈論（以下略稱）全文除明歌詠根源外，評述詩體約分五期，各有偏重：

首明兩漢詩賦繼軌風雅，開文人詞章之盛。故以屈原、宋玉、賈誼、相如導源於前；王褒、劉向、揚雄、班固、崔駰、蔡邕等家繼軌於後；東漢張平子為一代絕唱；皆偏重辭賦而論，故不詳引。次評建安詩體曰：

> 至於建安，曹氏基命，二祖陳王，咸蓄盛藻，甫乃以情緯文，以文被質。自漢至魏，四百餘年，辭人才子，文體三變。相如巧為形式之言，班固長於情理之說，子建、仲宣以氣質為體，竝標能擅美，獨映當時。是以一世之士，各相慕習。原其飆流所始，莫不同祖《風》、《騷》，徒以賞好異情，故意製相詭。（沈約《宋書·謝靈運傳論》）

此處標明建安詩「以情緯文，以文被質」之風格。較諸漢代樂府、古詩，自然有「咸蓄盛藻」之傾向；但若以文學主流之演變而觀，則曹植、王粲之詩賦，遠較相如、班固等大家意氣駿爽、剛健質樸，故謂其「以氣質為體」；因此其雖將「二祖陳王」（武帝曹操、文帝曹丕、陳思王曹植）並列為開創建安詩風之領袖，而論及建安風骨、承流創體之成就，則以子建、仲宣為擅，足以獨映當時。而其論西晉詩，則曰：

> 降及元康，潘、陸特秀，律異班、賈，體變曹、王，縟旨星綢，繁文綺合。綴平臺之逸響，採南皮之高韻，遺風餘烈，事極江右。

足見西晉太康詩，乃以「詩旨繁縟」、「文采華靡」為風尚。其中領導宗風、秀出眾製者，僅潘岳、陸機二家。而東晉詩溺玄風，佳構難得：

> 有晉中興，玄風獨振，為學窮於柱下，博物止乎七篇，馳騁文辭，義單乎此。自建武暨乎義熙，歷載將百，雖綴響聯辭，波屬雲委，莫不寄言上德，託意玄珠，遒麗之辭，無聞焉爾。仲文始革孫、許之風、叔源大變太元之氣。

對其於江左以來，以玄理入詩之風深表不滿對孫綽、許詢爲首之太康氣息更持鮮明之批判，故吟作雖豐，盡無可取，僅義熙後殷仲文、謝混具改革之功。至於宋代詩壇，則趨向分明：

> 爰逮宋氏，顏、謝騰聲。靈運之興會標舉，延年之體裁明密，竝方軌前秀，垂範後昆。

沈論本附於《宋書》列傳中，於宋代詩壇，本當詳舉明列，然此僅以顏、謝二人爲論，並評其詩風以代時論，足見宋詩多循謝靈運、顏延之雕鏤山水、摛藻縟密之風氣。經此引文詳觀，則沈約詩之趨向，已大致可知：

1. 沈論以詩賦爲文學主流，且謂抒情摛藻爲詩學本色。故雖仍溯源周詩，卻以屈宋爲導，風騷爲祖，以辭人才子稱文士，清辭麗曲爲詩章，此皆永明論詩之風習，於梁初評詩之趨向，影響至鉅。〔註12〕

2. 沈論評各時代之詩褒貶分明、剖析切要，極具代表性及影響力。如其推崇建安詩獨尙風骨、文質並茂；太康詩盛於繁縟；太原詩玄理寡味，……皆爲其後評詩者附聲隨響，更爲《文選》選詩偏詳建安、太康、元嘉，略取東晉之所遵循。

3. 沈論評詩但論一代大勢，選人亦僅舉名家，故曹植、王粲爲建安之首；潘岳、陸機秀出西晉一代；顏延之、謝靈運則爲宋代詩宗，此評簡明切要，爲隨後《文選》等詩論沿襲。

另有江淹賦〈雜體詩三十首〉，並爲之作序，其雖無正面評論，卻亦爲歷代詩體標列名家、攝舉佳構。其自序曰：「雖不足品藻淵流，庶亦無乖商榷。」誠具評詩之意義，值得與沈論參較。

一、江序（以下簡稱）以詩體發展之觀點，客觀地爲五言詩演變，歷舉各代精萃，故著眼於諸家風格殊異，並兼愛其美，曰：「五言之興，諒非夐古；但關西、鄴下，既已罕同；河外江南，頗爲異法。故玄黃經緯之辨，金碧浮沈之殊，僕以爲亦各具美兼善而已。」（〈雜體詩序〉）此乃其不明詮品騭、顯著臧否之源由，然於詩體流變，反能區判大較、綜觀無倫。此當爲《文選》選詩態度之習法。

二、江序所敘三十家（〈古離別〉殆擬無名氏古詩，無署姓名），若依時代區分，大抵偏詳後代：漢代擬古詩、李陵、班婕妤三家；魏擬曹丕、曹植、劉

〔註12〕據日本學者森野繁夫〈梁代文學集團——以太子綱集團爲中心〉、清水凱夫〈梁代中期文壇考〉二文所論：皆以梁初三十年爲齊永明文學之延續。

楨、王粲、嵇康、阮籍六家；西晉擬張華、潘岳、陸機、左思、張協五家；東晉擬劉琨、盧諶、郭璞、孫綽、許詢、殷仲文、謝混七家；劉宋則擬陶潛、謝靈運、顏延之、謝惠連、王微、袁淑、謝莊、鮑照、休上人九家。原其篇旨，蓋為顯明體變，並正貴遠賤近之俗蔽、平矯抗互忌之世議。故其隨五言詩之盛勢而多取，不似沈論之每代必擇主流二家。在作法上又與《文選》甚為相近。

三、江序評詩，乃以體有別創者為高，不執意於詩風雅俗。故於西晉，僅取太康五家，而東晉則隨風流遞變而分錄七家；於孫綽、許詢玄言詩並無主觀嫌惡，於鮑照，休上人之俗言險調未加排拒。此亦與沈約論詩極大之分野。

於齊梁時期，江淹、沈約乃為三朝元老、一代文擘，其評詩觀點自然領導宗風、為世尊崇，而二人立場之迥異，乃分別代表當代評詩風尚之二端。且二人詩篇皆為《文選》優選，而沈論已為《文選》「史論」類所錄，〈雜體詩〉更為《文選》全錄其作，附見其序，其於《文選》選詩之影響乃具體可見。

其次則有蕭子顯、裴子野等家亦立評論，其皆通觀文製，雖未專評於詩，然詩居顯勢，亦頗足參考。如蕭子顯《南齊書·文學傳論》曰：

> 若陳王代馬群章、王粲飛鸞諸製，四言之美，前超後絕。少卿離辭，五言才骨，難與爭鶩。桂林山水，平子之華篇；飛館玉池，魏文之麗篆，七言之作，非此誰先。

> 五言之製，獨秀眾品。……建安一體，典論短長互出；潘陸齊名、機岳之文永異。江左風味，盛道家之表，郭璞舉其靈變、許詢極其名世。朱藍共妍，不相祖述。

其於四言，推舉曹、王，七言體製，則以張衡、魏文奠基，五言詩體，則雖同推潘陸，亦不貶抑許詢，在評詩態度上較近於江淹，不似沈論主張鮮明。而蕭子顯論齊世俗見之三體，乃分別源於謝靈運、傅咸、鮑照三家，卻未取其長、盡襲其弊，對此三派亦頗寓貶謫。與沈論、江序之推許謝、鮑，顯有差異！

裴子野《雕蟲論》則「陳詩展義」之論旨鮮明。除祖述風騷、標明勸美懲惡之旨外，亦稍溯五言詩源流，謂：

> 其五言為家，則蘇李自出，曹劉偉其風力、潘陸固其枝葉。爰及江左，稱彼顏謝，箴繡鞶悅，無取廟堂。宋初迄于元嘉，多為經史。

> 大明之代，實好斯文。高文逸韻，頗謝前哲，波流相尚，茲有篤焉。

則其所推者大抵以五言詩成就評斷，故以曹、劉為建安骨幹，潘陸為西晉長

才，顏謝爲宋初大家。並譏當代學者追求富博、徒務詞采之弊。其論詩尙雅正、主教化之論點，乃與沈論相近，而其評詩結果亦頗同之。

綜合以上槪論詩體之四家，乃可見南朝詩評之相似性甚高，具有如下之一共通傾向：

1. 兩漢以下，五言詩乃爲主流，故善於五言詩者，自易顯名。如能兼長各體文才，尤爲出眾。

2. 歷代詩風互異，各具特色，故隨評者好尙而評價高低有別，然建安詩以風骨特秀、太康詩詞近華靡、元嘉詩文盛雕采，則爲諸家所同，故三者當爲詩體發展之重要時期，詩風昌盛、名家輩出。

3. 各時期之詩壇巨擘，以時遠論定，故魏晉以曹植、王粲、陸機、潘岳爲名家大體無異，而齊梁以下，則嘖議仍頻。惟因論文之廣狹，各家排次先後稍異，建安詩壇如專論五言，則劉楨優於王粲，如總評文才，必王粲溢名；此亦江序所謂「公幹、仲宣之論，家有曲直；安仁、士衡之評、人立矯抗」之故。又東晉孫綽、許詢詩篇，如以詩風評賞，固甚無可取；如以詩體之流傳嬗變而論，亦足備一格。

核對諸項公論，則《文選》選詩之以五言詩爲主體、偏尙西晉、建安、劉宋三代、以兼才爲高，乃皆祖述有源，非一家之偏好；而其推崇曹植、王粲、劉楨、陸機、潘岳、謝靈運、顏延之爲各期精英，亦爲眾議所同之定評。唯上述各家評詩均分期橫舉名家，而無縱向比較各代，故《文選》選詩偏好西晉詩家，以陸機、謝靈運詩冠群倫之評價，在南朝詩評中難獲得印證，愈顯其評選之獨特性。且《文選》選詩大抵尊重詩體變化、同視古今，然東晉玄言詩卻獨遺選列，於孫綽、許詢諸家一篇不取，鄙棄之態度，乃至爲分明。故除評詩結果稍異外，此種「選取詩英、兼呈流變」之評詩作法，亦與前述評詩諸說有別。

二、詳析詩家之詩評

隨著詩體發展，齊梁時期評詩風尙亦愈見開啓，「觀王公搢紳之士，每博論之餘，未嘗不以詩爲口實。隨其嗜慾，商權不同。」（〈詩品序〉）故論詩篇章亦日趨翔實，規模周備。如《文心雕龍‧明詩》、〈樂府〉等篇，除原詩體流變、兼評風尙外，亦詳析詩家風格、名篇，並略較詩才短長、作法難易，評論之詳已出前人。至於《詩品》，益專爲五言詩網羅警策、品第才子，鑒析深闢，論理

分明，評詩體系自成。此二家皆足與《文選》選詩結果深較詳析。又有單就一、二家評論者：亦頗足參考，不忍捨棄。爲求明晰，乃分期論析如下：

（一）評兩漢詩家

劉勰評述詩體，每混用「原始以表末」「選文以定篇」二體，故有簡述創製流變者，亦有詳析風格成就者。於兩漢詩家，則分舉韋孟、古詩、漢武三家，以見諸體興盛：

> 漢初四言，韋孟首唱，匡諫之義，繼軌周人。孝武愛文，柏梁列韻；嚴馬之徒，屬辭無方。
>
> 又古詩佳麗，或稱枚叔，其孤竹一篇，則傅毅之詞；比采而推，固兩漢之作也。觀其結體散文，直而不野，婉轉附物、怊悵切情，實五言之冠冕也。
>
> 至於張衡怨篇，清典可味，仙詩緩歌，雅有新聲。（《文心雕龍·明詩篇》）

而據其評析詳略，亦約可見「古詩」之溫婉深切，乃最具特色。若韋孟〈諷諫詩〉、張衡〈怨篇〉則雅正足諫，善寓詩教，故較受尊崇。此乃與《詩品》之首推「古詩」取義相同。鍾嶸列「古詩」於上品，並曰：

> 其體源出於國風。陸機擬十四首，文溫以麗，意悲而遠，驚心動魄，可謂幾乎一字千金。其外去者日以疏四十五首，雖多哀怨，頗爲總雜……客從遠方來、橘柚垂華實，亦爲驚絕。人代冥滅，而清音獨遠，悲夫。（《詩品·上品》）

足見「古詩」文溫旨遠之深情，乃爲齊梁評詩者共嘆，故《文選》錄其十九首，亦不爲多。且其所選多爲《詩品》評爲一字千金之精萃，僅「去者日已疏」等篇或有歧見、「橘柚垂華實」一篇獨遺，整體評價均居五言詩之魁首。另有李陵、班婕妤二家列於《詩品》上品、徐淑居中品、班固、酈炎、趙壹則居下品，雖皆爲詩才，〔註13〕然《文選》所錄，亦僅李、班二家。今觀詩品評曰：

> （李陵詩）源出於楚辭，文多悽愴，怨者之流。陵名家子，生命不諧，聲頹身喪。使陵不遭辛苦，其文何能至此？
>
> （班婕妤詩）其源出李陵，團扇短章，詞旨清捷，怨深文綺，得匹婦之致。侏儒一節，可以知其工矣。

〔註13〕《詩品·序》自述其評選標準曰：「雖然，網羅古今，詞文殆集。輕欲辨彰清濁、掎摭利病，凡百二十人。預此宗流者，便稱才子。」

則鍾嶸之賞愛此二家，乃以其詩敘身世情眞怨幽，感人至深。深具楚騷抑鬱深思之致，故擢于上品。而江文通〈雜體詩〉所擬，漢亦僅古詩、李陵、班婕妤三家，足見此三者於齊梁時已獲推認。《文選》選詩自當不至遺此珠玉。另又選蘇武「詩四首」，則爲鍾、劉二家所無，僅梁代後出之〈雕蟲論〉稍論及之：「其五言爲家，則蘇李自出。」殆承襲任昉《文章緣起》之說而來。〔註14〕

　　而《玉臺新詠》亦錄「蘇武詩一首」。足見，李陵眾篇乃至梁代始析出蘇詩，而附於李陵集後。〔註15〕《文選》以爲情韻同具，故皆選之。後漢詩家，則獨尊張衡一家。劉勰愛其「慮深而藻密」但囿於「四言正體、五言流調」之論，僅評其怨詩、仙篇，蕭子顯以其爲七言之先。故《文選》全錄其〈四愁詩〉四首，殆亦推其才高體創之功。

（二）評三國詩家

建安之世，文士驅馳，橫槊賦詩，才骨鯁綺；正始玄虛，論理浮泛，而有嵇阮清才。故劉勰評詩僅及於魏世：

> 暨建安之初，五言騰躍；文帝、陳思、縱轡以騁節；王徐應劉、望
> 路而爭驅；並憐風月、狎池苑、述恩榮，敘酣宴、慷慨以任氣，磊
> 落以使才；造懷指事，不求纖密之巧，驅辭逐貌，唯取昭晰之能。

由其詳述建安詩壇盛況、析其題材、風格、作法之詳，意謂建安風骨之成立，乃爲五言詩內涵、體貌上之重大進展，故以丕、植昆仲平列、王、徐四子並稱，兼善其美而無所貶抑。若參之別文：則「子建思捷而才儁，詩麗而表逸……子桓慮詳而力緩……而樂府清越、典論辯要」二子各有擅場；公幹「情高以會采」、「言壯而情駭」與仲宣「捷而能密、文多兼善」之溢才相抗，其文才可謂兩兩不敵。以上引文均見《文心雕龍·才略》。然其總論詩理，則曰：

> 善善則子建、仲宣，偏美則太沖、公幹。

足見總揆詩才則陳思居建安之首，王粲詩篇可爲七子冠冕。較諸當代詩論（如顏延之〈庭誥〉、沈約〈謝靈運傳論〉等），亦同其說，衡之《詩品》，則王、

〔註14〕參見任昉《文章緣起》曰：「五言詩，漢都尉李陵與蘇武詩」此處「與」當爲動詞「贈與」，故仍僅指李陵詩，卻已指明對象。而將蘇李並稱，恐即由此衍化而論。

〔註15〕逯欽立《先秦漢魏晉南北朝詩》將李陵詩二十一首別錄於後漢，並按語曰：「隋志，僅稱有李陵集二卷，未言有蘇武集。而宋齊人凡稱舉摹擬古人詩者，亦只有李陵而無蘇武（按：指江淹雜體詩），據此，流傳晉齊之李陵眾作，至梁始析出蘇詩，然仍附李陵集。昭明即據此選篇也。」（上冊337頁）

劉之辨稍異之。《詩品》評陳思王植詩曰：

> 其源出于國風，詞采華茂，情兼雅怨，體被文質，粲溢今古，卓爾
> 不群。(〈上品〉)

並列之於上品。而魏文帝詩僅居中品，並謂之：

> 所計百許篇，率皆鄙直如偶語。惟〈西北有浮雲〉十餘首，殊美贍
> 可觀，始見其工矣。(〈中品〉)

其於二家高下，已顯然區判。對王、劉之優劣，則頗需細較。自其綜論流別
而觀，二者似乎軒輊不分，皆居陳思王之次。如《詩品・序》曰：

> 降及建安、曹公父子，篤好斯文，平原兄弟，鬱為文棟。劉楨、王
> 粲，為其羽翼。

故知陳思為建安之傑，公幹仲宣為輔。

如由品第評詩而觀，二者雖同居上品，公幹顯勝一籌：

> (劉楨詩) 仗氣愛奇、動多振絕。真骨凌霜，高風跨俗。……然自
> 陳思以下，楨稱獨步。(〈上品〉)

> (王粲詩) 文秀而質羸。在曹劉間，別構一體。方陳思不足，比魏
> 文有餘。(〈上品〉)

可見仲宣詩雖稍遜，亦尚能鼎立建安詩壇。其屈居劉公幹之後，殆因《詩品》
所錄，止乎五言，而仲宣長於四言，故失其勝勢。〔註16〕此本源於評詩體例
之限制，無關評價之高低。對照《文選》所錄，則四子之選錄地位差距分明，
詩才專擅亦比類可推：

曹子建詩選錄地位居建安冠冕，詩篇內容亦含跨八類，兼善四、五言體。
而其入選諸作，莫不才情橫溢，諧暢真摯。鍾嶸評其「詞采華茂，情兼雅怨，
體被文質」可謂傳神；王仲宣詩篇地位僅次於子建，詩才亦兼備四、五言，
廣被六類，尤以從軍、贈答二類展露長才；劉公幹地位稍遜仲宣，然其五言
贈答揚名一世，可與子建並轡；魏文帝詩入選不多，皆適得其擅（樂府、雜
詩、游覽）。

此選錄結果雖與諸家排名不盡相同，卻與《文心雕龍》、《詩品》評析精
神契合，既自具評選標準亦能推服眾議，故公幹居次亦不屈於五言，魏文殿
後亦得顯名篇，可謂為中正允洽之選集。

〔註16〕參見顏延之〈庭誥〉曰：「至於五言流靡，則劉楨、張華，四言側密，則張衡、
　　　　王粲。若夫陳思王，可謂兼之矣！」

　　又有魏末嵇康、阮籍、應璩三家，亦爲南朝詩評中之嬌客。《文心雕龍》推其不隨流俗，各寫情志：

　　　　及正始明道，詩雜仙心。何晏之徒，率多浮淺。

　　　　唯嵇志清峻、阮旨遙深，故能標焉（〈明詩篇〉）

　　　　若乃應璩百壹，獨立不懼，義讜而辭貞，亦魏之遺直也。（〈明詩篇〉）
此乃以嵇詩切峻直訐，風格清遠，與阮詩幽微疏淡同旨異趣，標然出眾。觀其他篇章，亦皆以二人並列互稱，無分高下：

　　　　嵇康師心以遣論，阮籍使氣以命詩，殊聲而合響，異翮而同飛。（〈才
　　　　略篇〉）

　　　　嗣宗俶儻，故響逸而調遠；叔夜儁俠，故興高而采烈。（〈體性篇〉）

　　　　叔夜之□□，嗣宗之詠懷，境玄思澹，故獨得乎優閑。（〈隱秀篇〉）

　　合此數文，可知劉勰論詩頗尊重作家情性，以爲文辭繁簡，皆情性所鑠，陶染所凝，凡情眞文雅者，皆取其美，而不必區爲優劣。故應璩雖僅以「百壹」詩名家，亦不稍減其成就，仍獲劉勰美評。〔註17〕相較之下，則鍾嶸評詩顯得果斷決絕：以阮籍〈詠懷詩〉幽遠寄情，宜列上品，嵇叔夜、應休璉則訐直傷雅，指事殷勤，而失含蓄之旨，僅得中品：

　　　　（嵇康詩）頗似魏文，過爲峻切，訐直露才，傷淵雅之致。然託喻
　　　　清遠、良有鑒裁，亦未失高流矣。（〈中品〉）

　　　　（應璩詩）祖襲魏文，善爲古語，指事殷勤，雅意深篤，得詩人激
　　　　刺之旨。

　　觀其二人評語，雖不乏美言，讚其風格清遠、古雅，而仍未得列上選，或因其同出「魏文」，皆雜「鄙質」之弊，與鍾嶸「內幹風力，外潤丹采，使味之者無極，聞之者動心」（《詩品・序》）之論詩觀點不符，故未能擅名。且嵇叔夜著名之篇什多在四言，又非《詩品》體例所涵，故其評價自然稍遜。反觀《文選》選詩，則無此詩體詩風之拘率，僅就論詩篇本身之優劣，故賞〈詠懷詩〉之幽遠，可選其甚多，並因其題立類目；見〈幽憤詩〉之激切，亦感其憤懣哀傷而錄之，與贈答、雜詩之作俱存；雖亦有阮高嵇次之地位差距，而嵇之兼長三類亦足傲人；應璩〈百一詩〉，則雖僅取一首，卻獨立一類，標立其詩體獨特。

────────────

〔註17〕劉勰評應璩詩，除見前引〈明詩〉篇所論外，尚見〈才略〉篇：「休璉風情，
　　　　則〈百壹〉標其志。」則可見百一詩之抒情寫志生動雅正。

此種兼採發展觀點而評詩之作法，或得自劉舍人之教誨，〔註18〕深契其論文之精神。

　　而《文選》選詩地位居建安前六名之名家（曹植、王粲、劉楨、曹丕、阮籍、嵇康）恰爲江淹（雜體詩）中所擬之建安六大家，其代表性乃不喻可知。且其爲江淹所擬之諸作，又皆入選於《文選》詩卷：

　　　　魏文帝曹丕〈遊宴〉→擬「芙蓉池作」，入《文選》遊覽類。
　　　　陳思王曹植〈贈友〉→擬「贈徐幹」等五首，入《文選》贈答類。
　　　　劉文學楨〈感懷〉→擬「贈五官中郎將」四首，入《文選》贈答類。
　　　　王侍中粲〈懷德〉→擬「從軍詩」五首，入《文選》軍戎類。
　　　　嵇中散康〈言志〉→擬「贈兄秀才入軍」詩五首，入《文選》贈答類。
　　　　阮步兵籍〈詠懷〉→擬「詠懷」詩十七首，入《文選》詠懷類。

　　統觀《文選》對魏代詩家地位之安置及詩篇選錄之編排，則《文選》選詩與《文心雕龍》、《詩品》等南朝詩評之密切連繫，已獲得初步驗證。至於與王粲、劉楨同受劉勰舉重之應瑒、徐幹二子，前者僅獲《文選》錄取詩一首；另者則「以賦論標美」（《文心雕龍·才略》）而無入詩家，而其賦論又在子建、仲宣、元首、士季等人之下，故未入《文選》之列。由此亦鑑知：《文選》選詩在大家名篇之選列上，大體無違時議，但於偶有佳作之詩家，則不免疏漏。

（三）西晉詩家

　　晉世政治紛亂，素爲史家所疾，〔註19〕而其詩風勃興，文才鼎盛，足與建安媲美。故《文心雕龍》直言「晉雖不文，人才實盛」（〈時序篇〉），評其詩風，則以爲流於浮淺綺靡：〔註20〕

　　　　晉世群才，稍入輕綺。張、潘、左、陸，比肩詩衢，采縟於正始，力柔於建安，或析文以爲妙，或流靡以自妍，此其大略也。
　　　　茂先擬其清，景陽振其麗。（〈明詩篇〉）

〔註18〕據《梁書》劉勰本傳所載，勰曾於武帝天監十六年，兼東宮事舍人。時昭明太子年方十七，雅好文學，深愛接之。

〔註19〕參見林瑞翰《魏晉南北朝史》第二章「晉初政治」第155頁，「諸王亂政」第193頁（國立編譯館，民國79年）。《文心雕龍·時序》亦曰：「逮晉宣始基，景文克構，並跡沈儒雅，而務深方術。至武帝惟新，承平受命，而膠序篇章，弗簡皇慮。降及懷愍、綴旒而已。然晉雖不文，人才實盛。」

〔註20〕參見《文心雕龍·通變》曰：「魏之篇製，顧慕漢風，晉之辭章，瞻望魏采。摧而論之……魏晉淺而綺，宋初訛而新。」

逮於晉世，則傅玄曉音，創定雅歌，以詠祖宗……張華新篇，亦充
庭萬。（〈樂府篇〉）

基於此種才盛難明、詩入輕綺之評價，劉勰於西晉詩家乃無獨特崇尚，泛舉
晉初傅玄、張華及三張、二陸、二潘、一左之太康名家以見其大略。然其盛
於詩才、流於輕綺之評論，深獲鍾嶸附和。《詩品·序》論詩體流變曰：

太康中，三張二陸、兩潘一左，勃爾俱興，踵武前王，風流未沫，
亦文章之中興也。

且其取才論品，西晉亦涵括上品四人、中品九人、下品十二人，爲歷代之冠，
充分顯其詩壇盛況，《文選》選詩於西晉諸家取錄最多，或遵此二子之說。然
細究《詩品》評論，則西晉上品之材雖多，終居於建安末流。今摘其文：

評陸機曰：「其源於陳思。才高詞贍，舉體華美。氣少於公幹、文劣
於仲宣。尚規矩，貴綺錯，〔註21〕有傷直致之奇。」

評潘岳曰：「源出於仲宣。……翰林歎其翩翩如翔禽之有羽毛，衣服
之有綃縠。猶淺於陸機。」

評張協曰：「源出於王粲。文體華淨，少病累，又巧構形似之言，雄
於潘岳、靡於太沖。風流調達，實曠代之高手。」

評左思曰：「源出於公幹，文典以怨，頗爲精切，得諷諭之致。雖野
於陸機，而深於潘岳。」（以上錄自《詩品》卷上）

則鍾嶸以爲：上品四家，莫不習法自建安諸子，而其成就未逮，故曰：「孔氏
之門如用詩，則公幹升堂，思王入室，景陽、潘陸，自可坐於廊廡之間矣。」
（評曹子建詩）而由其「華美」、「綺錯」、「巧構形似」等評析，亦可知過尚
妍麗華靡，殆爲西晉詩氣格卑弱之因，以致劉勰慨稱「魏晉淺而綺」（《文心
雕龍·通變》）。雖然，由其評語抑揚之間，依稀可見詩家排名次第：乃以陸
機才高詞贍、舉體華美，爲群才之首，故謂「陸才如海，潘才如江」（《詩品·
上品》），而張協、潘岳則次輔其名，景陽又以文華詞淨，聲調暢達稍勝之；
太沖詩名雖無競安仁，其寄諭精切，則爲安仁不及。餘如張華、潘尼、傅玄

〔註21〕《詩品》原文作「不貴綺錯」。車柱環《鍾嶸詩品校證》以爲：「"不"字，
蓋淺人妄加。考今所傳陸機詩皆『尚規矩、貴綺錯』之作。前賢評其詩，最
早而較著者，如《文心雕龍》……《宋書·謝靈運傳論》……感與『尚規矩、
貴錯綺』之說相符。此文上言『舉體華美』，下言『咀嚼英華、厭飫膏澤』並
與貴綺錯相應。」車柱環論理詳切，惜無此版本可證，今乃據其說。

諸人，或失於妍冶，或僅得高美，〔註22〕皆未足與議。故江淹擬詩，僅取五家，其於晉詩之去取，亦大體同於鍾、劉之評，但自沈論、蕭史、江序以來潘陸齊名之勢，至梁初《詩品》已略見區別。

《文選》選歷代詩家、詩篇，大體雖承晉世群才之說，但於詩風流靡、詩家高下，則稍見差異：

1.《文選》除入選詩家以西晉人數最多，比例較高外，詩篇獲選一二二首，亦為歷代之冠，無愧於建安，更遠勝於東晉，與《文心雕龍》、《詩品》、〈雜體詩〉三家評選結果，相去甚遠。足見《文選》選編者對西晉詩風之輕綺較具包容力。

2.《文選》選錄西晉詩之地位排次，以陸機、左思、潘岳、張協、張華依次居前，大體與《詩品》等評選出之詩英雷同，但於潘陸之爭議已顯然判別優劣。而左思因詩少旨精、志氣宏壯，且兼擅於詠史、招隱二類，故常與曹植並稱，地位猶超軼安仁、景陽〔註23〕；而張華則因樂府諸篇未獲青睞，故落居後塵，地位稍遜。〔註24〕

除此而外，陸機諸子在《文選》詩卷，乃至《文選》全書中地位之煊赫，亦與鍾劉等推崇建安詩之觀點有別，此由歷代詩英前十二名地位之排序可見。

（四）評東晉詩家

永嘉以來，士族溺於玄談，流風所及，詩文亦為玄理浸染，故許詢、孫綽帶領時風，〔註25〕遂為評家所鄙，此由前述綜觀流變之詩論可見，自劉勰、

〔註22〕《詩品》評張華、潘尼為中品，傅玄為下品。並曰：「（張華詩）其體華艷，興託不奇，巧用文字，務為妍冶。……今置之中品疑弱，處之下科恨少。」（〈中品〉）；「正叔緣繁之章，雖不具美，而文彩高麗」（〈中品〉）；「長虞父子，繁富可嘉」（〈下品〉）。

〔註23〕參見簡文帝〈答新渝侯和詩書〉：「垂示三首，風雲吐於行間，珠玉生於字裡；跨躡曹左，含超潘陸」而《詩品》評左思詩，則引謝靈運評語曰：「謝康樂常言：『左太冲詩、潘安仁詩，古今難比。』」

〔註24〕張華詩在南朝詩評中頗受重視：顏延之〈庭誥〉曰：「至於五言流靡，則劉楨、張華。」。江淹〈雜體詩〉三十首，亦擬張華詩為太康代表。劉勰《文心雕龍·明詩》曰：「茂先擬其清，景陽振其麗」，鍾嶸《詩品》列之於中品，雖有「置之中品疑弱」之論，張華卻為西晉中品詩人中唯一單獨立論者，足以見其僅次於上品四家。

〔註25〕許文雨《詩品講疏》曰：「（檀道鸞）《續晉陽秋》曰：『至過江，佛理尤盛，故郭璞五言，始會合道家之言而韻之。詢及太原孫綽轉相祖尚，又加以三世之辭，而風騷之體盡矣。詢、綽並為一時文宗，自此學者悉化之。』」

鍾嶸之評述尤可詳析：

> 自中朝貴玄，江左稱盛，因談餘氣，流成文體。是以世極迍邅，而辭意夷泰，詩必柱下之旨歸，賦乃漆園之義疏。(《文心雕龍‧時序》)

> 江左篇製、溺乎玄風、嗤笑徇物之志，崇盛亡機之談。(《文心雕龍‧明詩》)

> 永嘉時，貴黃老，稍尚虛談。於時篇什、理過其辭、淡乎寡味，爰及江左，微波尚傳，孫綽、許詢、桓庾諸公，詩皆平典似道德論，建安風力盡矣。(《詩品‧序》)

由此可知：凡以情志論詩者，皆不屑於入玄論理之詩風，然基於評詩範圍之廣狹，於東晉詩家之取舍亦隨人而異。

沈約《宋書‧謝靈運傳論》僅取謝混、殷仲文二家：

> 有晉中興、玄風獨振……自建武暨乎義熙，歷載將百……遒麗之辭無聞焉爾。仲文始革孫許之風，叔源大變太元之氣。

劉勰《文心雕龍》則惜其才略，而推重郭璞，兼取袁宏、孫綽二家：

> 袁、孫以下，雖各有雕采，而辭趣一揆，莫能爭雄，所以景純仙篇，挺拔而爲儁矣。(〈明詩篇〉)

> 景純艷逸、足冠中興，郊賦賦既穆穆以大觀，仙詩亦飄飄而凌雲矣。袁宏發軫以高驤，故卓出而多偏；孫綽規旋以矩步，故倫序而寡狀。(〈才略篇〉)

鍾嶸僅以五言詩較競，則取劉琨、盧諶、郭璞、袁宏、謝混、顧愷之六家爲中品、孫綽、許詢、殷仲文等人爲下品。據此可知，斥東晉詩「平典似道德論」之《詩品》其辭色最疾，其評述亦較詳，值得細察之以別高下：

> 評劉琨、盧諶曰：「……琨既體良才，又罹惡運，故善敘雜亂，多感恨之詞，中郎（盧諶）仰之，微不逮者矣！」

> 評郭璞詩曰：「文體相輝、彪炳可翫，始變永嘉平淡之體，故稱中興第一，翰林以爲詩首，但遊仙之作詞多慷慨……乃是坎懍詠懷，非列仙之趣也。」

> 評張翰詩曰：「季鷹黃華之唱……雖不具美，而文采高麗，並得虬龍片甲。」

> 評袁宏詩曰：「彥伯詠史，雖文體未遒，而鮮明緊健，去凡俗遠矣。」

評殷仲文、謝混曰：「晉宋之際，殆無詩乎！義熙中以謝益壽、殷仲文爲華綺之冠。」

由此大致可區較各家排序當爲：郭璞以遊仙擢於前，劉琨與盧諶次之，殷仲文、謝混亦輝映於義熙中，張翰以雜詩著名，袁宏則以詠史詩見長。據此覈之《文選》選詩，則可謂若合符節：

1. 以入選詩家而言：《詩品》所論較詳者，除袁彥伯不以詩見長（《文選》錄其〈三國名臣序贊〉）外，皆爲《文選》詩卷所涵。

2. 以詩篇專擅而言：《詩品》評價較高者，乃劉琨、盧諶之贈答見志、郭璞之遊仙、張翰之雜詩、殷仲文、謝叔源遊覽之華詩，而皆爲《文選》蒐羅。

稍有憾者，乃《文選》評詩之排序，乃以盧諶爲首、劉琨、郭璞次之，與眾家詩評之公推郭璞有異，殆因《文選》僅錄其遊仙一類，並刪汰較嚴，致整體評價稍於劣勢，而劉、盧之詩，當代詩評論及者甚罕，故有此顯然之差距。至如江淹擬詩，則兼取諸家，除《文選》排名前列之盧、劉、郭三家外，亦及殷仲文、謝叔源，並無拒孫綽、許詢，蓋因「玄黃經緯之辨、金碧浮沈之殊，僕（江淹）以爲各具美兼善而已。」（〈雜體三十首序〉）基於此種不滯所迷之評詩態度，故所推舉詩家較《文選》開濶，並無拘時議，選取較西晉爲多。

（五）評劉宋詩家

宋武以來，諸王好文，獎掖人才，並率先製作，吟咏彌盛，勢如雲蔚風颷，閭里遍襲；鋪藻擒文之風，縉紳競尙，故諸家詩評所論，率有二端：一以文才櫛比，難盡詳悉；另以文貴形似、詩尙巧繡。於詩家高下，詩篇優劣，多略於論述：

如《文心雕龍》僅嘆劉宋文士如林、詩風創變而未舉名家。由山水之盛、儷采之密，約可見顏、謝爲主流〔註26〕；而裴子野〈雕蟲論〉則極稱宋以後讌集陳詩、總角吟詠之盛，詆其興浮志弱、巧爲雕蟲，至於當代詩英，亦僅「稱彼顏謝」之概舉；蕭子顯《南齊書・文學傳論》則分三體以觀時文之流：

〔註26〕《文心雕龍》評劉宋詩甚詳：「爾其縉紳之林，雲蔚而飆起」（〈時序〉）；「宋化逸才，辭翰鱗萃」（〈才略〉）；「宋初文詠，體有因革，莊老告退，山水方滋。儷采百字之偶，爭價一句之奇，情必極貌以寫物，辭必窮力而追新」（〈明詩〉）；「自近代來，文貴形似，窺情風景之上，鑽貌草木之中，吟詠所發，志惟深遠，體物爲好，功在密附。」（〈物色〉）；由此題材、寫作風格之描述，可知皆指顏、謝一派詩篇而言。

託辭華曠、巧綺迂回者，謝靈運肇其始；輯事比類、引古尚博者，以傅咸、
應璩爲宗；雕藻淫艷、驚唱險調者，乃鮑照之遺烈，〔註 27〕雖舉末流之類，
而齊世評詩所尚四家，亦由此得見一斑。

　　詳於評析詩家，並爲甄別高下者，僅見《詩品》一家。除綜舉謝、顏爲
元嘉詩雄外，並舉陶潛、謝惠連、鮑照、謝瞻等人爲中品之英、范曄、劉駿、
劉鑠、謝莊則備下品之列，較《文選》所錄十一家，尤爲周詳。

　　將《詩品》、《文選》二書選劉宋詩家情形比對，可謂沆瀣一氣，所見略
同。首先，由評第之高低大體而觀：

　　1. 凡《詩品》評爲中品以上者，皆爲《文選》所錄；而《文選》選錄之
十一家中，亦僅范曄、劉鑠二家居於下品，餘皆爲中品以上。足見二家評詩
之結果甚爲接近。

　　2. 凡《詩品》單獨評論者，多較同品之合論者評價爲高。〔註28〕而《詩品》
中品獨論之劉宋四家──陶潛、顏延之、謝惠連，鮑照，恰與上品之謝靈運，
同爲《文選》評選地位較高之前六家。又見二書推舉之名家，亦大體畢孚。

　　次由評語內容詳較排名高低。則《詩品》評謝靈運曰：

> 元嘉中，有謝靈運，才高詞盛、富艷難踪，固已含跨劉郭、陵轢潘
> 左。故知……謝客爲元嘉之雄、顏延年爲輔。(《詩品·序》)

> （謝靈運）其源出於陳思、雜有景陽之體，故尚巧似，而逸蕩過之。
> 顏以繁蕪爲累，嶸謂若人興多才高，寓目輒書，內無乏思，外無遺
> 物，其繁富宜哉。然名章迴句、處處間起，麗典新聲，絡繹奔會，
> 譬猶青松之拔灌木，白玉之映塵沙，未足貶其高潔也。(〈上品〉)

可知謝靈運爲劉宋詩首，地位不墜。然亦指出：謝客詩具「繁蕪」、「好用典故」
之病，惟其興多才高，故未貶其情緻。至其末流，顏延之、謝莊、任昉、王融
等人之貴奇競繁，雖足表學問，終違「吟咏情性」、「不貴於用事」之詩質（《詩
品·序》)，皆難臻鍾氏上品之選，故鍾氏引湯惠休評以見時論所趨。〔註29〕雖

〔註27〕 參見蕭子顯《南齊書·文學傳論》：「今之文章，作者雖眾，總而爲論，略有
　　　　三體：一則啓心閑繹，託辭華曠，雖存巧綺，終致迂回。……此體之源，出
　　　　靈運而成也。次則輯事比類，非對不發，博物可嘉，職成拘制。……此則傅
　　　　咸五經，應璩指事，雖不全似，可以類從。次則發唱驚挺，調操險急，雕藻
　　　　淫艷，傾炫心魂。亦猶五色之有紅紫，八音之有鄭衛，斯鮑照之遺烈也。」
〔註28〕 參見皮述民〈鍾嶸詩品析論〉一文 11 頁，論批評方法中之「比較」一法。
〔註29〕 鍾嶸所引湯惠休評，亦見《南史·顏延之傳》曰：「（延之）文章冠絕當時。

然，其仍以顏、謝、鮑四家爲中品奇葩，分予美評：

（顏延之）其原出於陸機，尚巧似，體裁綺密、情喻淵深；動無虛散，一字一句，皆致意焉，又喜用事，彌見拘束；雖乖秀逸，是經綸雅才，雅才減若人，則蹈於困躓矣。（〈中品〉）

（陶潛）其源出於應璩，又協左思風力，文體省淨，殆無長語，篤意眞古，辭興婉愜，每觀其文，想其人德，世嘆其質直……風華清靡，豈直爲田家語耶！古今隱逸詩人之宗也。（〈中品〉）

（惠連）小謝才思富捷，恨其蘭玉凤凋，故長轡未騁，秋懷、擣衣之作，雖復靈運銳思，亦何以加焉。又工爲綺麗歌謠，風人第一。（〈中品〉）

（鮑照）其原出於二張，善製形狀寫物之詞，得景陽之諔詭，含茂先之靡嫚，骨節強于謝混，驅邁疾于顏延，總四家而擅美、跨兩代而孤出。嗟其才秀人微，故取湮當代，然貴尚巧似，不避危仄，頗傷清雅之調，故言險俗者，多以附照。（〈中品〉）

表面觀之，《詩品》兼賞四家、各取其美，故同列中品，而謝、顏才高詞密、獨擅當代，與《文選》所錄、南朝詩評之次第相契。細審其評，則知其語寓褒貶，微寄好惡，與《文選》選列之用心相近，而評詩好尚有別：

《詩品》品第，詘顏延之爲中品、擢陶、鮑、小謝三家同列，《文選》選詩，以謝、顏分居宋詩一二，而鮑、陶、小謝次居四、五、六名，與當代詩評相較，其挹重陶鮑，賞愛小謝之用心相近。蓋南朝評詩，多以鮑照文多鄙言累句、險俗淫艷，〔註30〕故乏精典之作，未足與於高流。而《詩品》獨謂其「總四家而擅美，跨兩代而孤出」，並以爲未止於中品。〔註31〕《文選》則以其擅美樂府、兼長雜擬，而多錄之，二者皆具超凡時論之識；陶潛詩本以辭采未優見憾（陽休之〈陶潛集序錄〉）然而鍾嶸獨推其篤意眞古、辭興惋愜，並謂有風華清靡之

世云與謝靈運俱以詞采齊名，而遲速懸絕。延之嘗問鮑照，己與靈運優劣。照曰：『謝五言如出水芙蓉，自然可愛，君詩若鋪錦列繡，亦雕績滿眼。』」

〔註30〕 參見《宋書·臨川王傳》曰：「世祖以照爲中書舍人，上好文章，自謂物莫能及。照悟其旨，爲文多鄙言累句，當世咸稱照才盡，實不然也。」蕭子顯《南齊書·文學傳論》則以「發唱驚挺，操調險急，雕藻浮艷，傾炫心魂」爲鮑照遺烈。

〔註31〕 《詩品》卷中，評郭泰泰機等四子，曰：「吾許其進，則鮑照、江淹未足逮止，越居中品。僉曰宜哉。」

作，推爲隱逸詩人之宗，與蕭統讚其文章不群、辭采精拔，而選取擬古、雜詩眾篇之用心侔合；又其同識小謝才思、知其詩業未立、才實有餘，故不因篇少而卑其才。此二書評詩之眼光獨具，不與流俗。

　　然《詩品》之尊謝、顏，乃囿於時議所歸。於二人尙繁密、貴典故之詩風頗見微詞。對鮑照俊逸超邁、不避險俗，陶潛眞切直寄、不避質樸，惠連捷才喻志，不避歌謠之作法，均深表欽慕。而《文選》之推崇謝、顏詩作，乃與其偏重西晉詩家、尊崇陸機同理，基於對「才高詞贍、情意淵雅」詩篇之愛好，難免齊梁「詞須事義、詩律繁密」之時尙所趨，故與《詩品》品次相近，而評詩好尙實有別，不可一概混同之。且《文選》選爲宋代第三之謝瞻，《詩品》以爲其「源出於張華、才力苦弱，故務清淺，殊得風流媚趣」（〈中品〉）僅謂其足與謝混抗禮，（謝混爲東晉第五，《文選》錄一首）而謝混在《詩品》中評價不高，與謝瞻詩少而精，分布多類之地位不相當，故由文選對謝靈運、顏延之、謝瞻詩之鍾愛，足見《詩品》、《文選》二書對「詞采華艷、文字妍冶」之詩風評價，仍存歧異。

　　另有《文選》未錄之謝莊、惠休上人等家，雖在《詩品》僅居下品，但亦爲江淹《雜體詩》所擬，足稱齊梁名家，南朝才子，而未獲《文選》選編者器重，亦可藉《詩品》評語窺測其故：

　　　（謝莊）希逸詩氣候清雅，不逮于范袁，然興屬閒長，良無鄙促也。

　　　（〈下品〉）

　　可知謝詩幽怨清雅，亦具其特色，然不如范曄、袁淑之鮮明緊健。《文選》既各錄范、袁「二首，於謝莊詩稍略之，僅取其賦（《文選》卷十九〈月賦〉）、誄（《文選》卷五十七〈宋孝武宣貴妃誄〉），則不足爲奇，亦無損其文名。〔註32〕見其存詩多爲七言之作，益非《文選》所好。

　　而惠休上人本爲沙門中人，既違《文選》不錄僧侶之原則，而其詩辭采綺艷，早爲時人所鄙，〔註33〕故《詩品》評其：

〔註32〕《宋書》卷八十五，〈謝莊傳〉曰：「年七歲能屬文，通論語。……時南平王鑠獻赤鸚鵡，普詔群臣作賦。太子左衛率袁淑文冠當時……莊賦亦竟，淑見而歎曰：『江東無我，卿當獨秀，我若無卿，亦一時之傑也。』」范曄〈獄中與諸甥姪書〉亦推重謝莊文才，曰：「年少中，謝莊最有其分，手筆差異，文不拘韻。」

〔註33〕《南史・顏延之傳》曰：「顏延之每薄湯惠休詩，謂人曰：『惠休制作，委巷中歌謠耳。』」《宋書・徐湛之傳》曰：「時有沙門釋惠休，善屬文，辭采綺艷。」

惠休淫靡，情過其才，世遂匹之鮑照，恐商周矣。(〈下品〉)

今觀惠休詩作多民歌風謠，時風仍以民謠巷歌爲淫艷哀音，未登大雅，故不以其幽怨眞摯爲美，摒棄選列亦爲自然。由此可知，《詩品》與《文選》評詩範圍重疊、結果相近，因其同者可見時論所趨，就其異者亦可析見評詩觀點之分歧，二者可互爲輔助，相互印證。

（六）評齊梁詩家

齊梁二代，世近人詳，其人雖往，餘烈猶存，故南朝詩評爲嫌於標榜，恐招嗤議，多未及時人之作。一旦稍涉當代，則每屈膝稱頌、褒揚聖明之言，雖不免言過其實，亦可略見齊梁詩文之盛：

> 暨齊皇馭寶、運集休明：太祖以聖武膺錄，世祖以睿文纂業……今聖歷方興，文思光被，海岳降神，才英秀發。(《文心雕龍·時序》)

> 方今皇帝資生知之上才，體沈鬱之幽思，文麗日月，賞究天人。昔在貴游，已爲稱首，況八紘既掩、風靡雲蒸，抱玉者連肩，握珠者踵武，固已瞰漢魏而不顧，吞晉宋於胸中。(《詩品·序》)

其言委出人臣，本需夸飾溢美，然覈之史傳，齊雖不文，永明詩風稱盛；梁武好文，讌必陳詩列韻；齊梁詩篇繁盛，聲律嚴密，競制麗辭之風尚由此開展。而其名家輩出，雖無含跨曹左，凌轢潘陸之名，但其風流韻緻，別具一趣。故蕭繹〈論詩〉云：「詩多而能者沈約，少而能者謝朓，何遜。」簡文評文，亦曰：「近世謝朓、沈約之詩，任昉、陸倕之筆，斯實文章之冠冕，述作之楷模。」經此公推，謝、沈遂分執齊梁詩壇之牛耳，并以五言制作體擅群倫。﹝註34﹞

然較諸《詩品》評論，其意頗不以爲然。先是評謝朓曰：

> 其源出於謝混，微傷細密，頗在不倫。一章之中，自有玉石。然奇章秀句，往往警遒。足使叔源失步，明遠變色。善自發詩端，而末篇易躓，此意銳而才弱也。至爲後進士子所嗟慕。

鍾嶸雖以謝朓詩深得叔源寫景之逸趣，並稱其佳句警章超軼前人，卻因法密旨工，才力擬弱，未能終美全篇。其意謂小謝詩「僅有名句，未具完篇」，稍嫌不足，卻爲趨新好奇之齊梁文士所寶愛，頗有聲名過實之憾。而其評沈約，

﹝註34﹞《南齊書·謝朓傳》曰：「謝朓，字玄暉。少好學，有美名，文章清麗，長五言詩。沈約常云：二百年來無此詩。」而《詩品》評沈約，亦曰：「觀休文眾製，五言最優。」(〈中品〉)。

則曰：

> 約于時（齊、永明）謝朓未道，江淹才盡，范雲名級故微，故約稱
> 獨步，雖文不至，其工麗亦一時之選也，見重閭里，誦詠成音。
> 嶸謂約所著既多，今剪除淫雜、收其精要，允爲中品之第矣，故當
> 詞密於范，意淺於江也。（〈中品〉）

其評據實直抒，點明沈詩聲名，乃得於時運巧會，因無江淹、謝朓、范雲
之聲勢與之抗衡，休文乃能獨步於永明，稱譽一時。故知「約稱獨步」、「其工
麗亦一時之選」諸語，實寓寄「山中無虎、彌猴稱王」之諷，僅能見傳於閭里，
而未得高流推崇。由其詩篇之眾多繁雜，良莠畢集，工於詞麗、意韻不足，遂
有「詞密於范，意淺於江」之評。兼觀《詩品》中品後序「昔曹劉殆文章之聖、
陸謝爲體貳之才」一段，則知鍾氏以爲沈約四聲八病之說使「文多拘忌、傷及
眞美」，且其篇亦繁雜不精，故「允爲中品之第矣」，蓋出於沈思細察之結論，
而非個人恩怨之情緒。《南史》宿怨之說，實無憑據。鑑於此，四庫全書總目提
要駁《南史》之臆測曰：「仲偉紆迴曲折，列之中品，蓋有苦心焉。」而同代之
江淹、范雲，雖同列中品，其評亦有短長：

> 文通詩體總雜、善于摹擬，筋力于王微，成就于謝朓。（餘詳述江郎
> 才盡之說）（〈中品〉）

> 范詩清便宛轉，如流風迴雪。……故當淺於江淹、而秀於任昉。（〈中
> 品〉）

由此略見江詩之意深詞麗，范詩之清新流暢，皆深得鍾嶸讚賞。惟因江
文通摹擬體雜，未能樹立詩風，又困於才盡之世譏，故仍置中品。鍾氏實暗
許江、鮑爲中品之傑，直欲及於上品（參見前註31），唯因謝朓、沈約享有時
譽，未能明越其位。而由評語分析，可知《詩品》乃以謝朓爲齊詩之首，江
淹爲梁詩第一，沈約、范雲其次，丘遲、任昉亦備於時。此一詮序，乃與《文
選》選詩結果不謀而合。

《文選》選齊梁詩，獨崇謝朓之兼擅各類，句秀語遒，實因朓深得當代
詩人寶愛，既擁梁武、簡文之推重，又得沈約、孝綽之美譽。〔註35〕餘如王

〔註35〕《太平廣記》引《詩藪》所錄曰：「梁武帝特重謝朓詩，曾曰：『三日不讀謝
詩，頓覺口臭。』」梁簡文帝〈與湘東王書〉亦曰：「近世謝朓、沈約之詩，
任昉、陸倕之筆，斯實文章之冠冕，述作之楷模。」沈約對謝朓之推重，除
見註34本傳所引外，謝朓〈酬德賦序〉「右衛沈侯以冠世偉才，眷予以國士，
以建武二年，予將南牧，見贈五言。」沈約〈懷舊詩——傷謝朓〉亦曰：「吏

融、孔稚珪等家光彩盡爲所掩，皆不錄其詩〔註 36〕；梁代詩家雖夥，刪汰亦嚴（詳見第三章），唯於江淹雜體詩，錄取三十全數，格外顯其鍾愛。若自詩類專擅、選錄地位衡較，江淹亦較約稍勝，爲梁代之冠，范、丘、任、虞諸人次之，皆與《詩品》評詩高下相契，蓋因齊梁時五言詩篇已成主流，故二書選論實多吻合。

若參之以史書評論，同爲《南史》、《梁書》列入文學傳之梁代詩家何遜、吳均，〔註 37〕其在南朝詩評中之寂靜，在《文選》中之缺漏，則頗值得深究。歷來學者皆爲此多方探研，臆測紛紛，或以爲受體例不錄生存之限，〔註 38〕或以爲遭孝綽刻意貶抑，〔註 39〕今綜觀史料，則論述各有所偏。

由作者卒年考察，近代學者考定：何遜卒年當爲梁武帝天監十八年（西元 519 年）而吳均卒于梁武帝普通元年（西元 520 年）左右，〔註 40〕當《詩品》成書時（天監 17 年）二人尚存，故不論及，而《文選》尚未成書，可知其未獲選錄，並非編輯體例之故。

再由當世評價考察，史載何遜文才早發，八歲賦詩，范雲稱賞其對策，沈約三復其詩，可見其爲名流推重，聲譽日隆；吳均好學有俊才，文體清拔有古氣，沈約賞見其文，柳惲日與賦詩，故詩名漸成，爲士子效法，號曰吳均體。二人皆仕出建安王記室，位卑名微，顯名於世多賴王藩薦引。卻因忤武帝而見黜失意，「吳均不勻，何遜不遜」一語憤出，〔註 41〕非但阻斷兩人仕

部信才傑，文峯振奇響，調與金石諧，思逐風雲上。」《顏氏家訓・文章篇》：「劉孝綽當時既有重名，無所與讓，唯服謝朓，常以謝詩置几案間，動靜輒諷味。」

〔註 36〕《文選》卷三十六，錄王融〈永明九年策秀才文五首〉、〈永明十一年策秀才文五首〉。卷四十六，錄王融〈三月三日曲水詩序一首〉。又《文選》卷四十三，錄孔稚珪〈北山移文〉而皆未選錄其詩篇。

〔註 37〕《南史・文學傳》中有〈吳均傳〉，何遜附於〈何承天傳〉中。《梁書・文學傳》，則吳、何二人各自有傳，可見其文學成就普獲肯定。

〔註 38〕參見晁公武《郡齋讀書志》卷二曰：「實常謂統文選，以何遜在世，不錄其文。其人既往，其文克定。」駱鴻凱《文選學》並循其說。

〔註 39〕參見日本學者清水凱夫〈文選編輯的周圍〉及〈文選撰者考〉二文，皆強調劉孝綽徇私選文及避忌何詩。

〔註 40〕參考曹道衡、沈玉成〈有關文選編纂中幾個問題的擬測〉一文中考定：何遜卒於天監十八年，吳均卒於普通元年。

〔註 41〕《南史・卷三十三・何承天傳附何遜傳》曰：「梁天監中，（遜）兼尚書水部郎，南平王引爲賓客，掌記室事，後薦之武帝，與吳均俱進倖。後稍失意，帝曰：『吳均不均，何遜不遜，未若吾有朱異，信則異矣。』自是疏隔。」

宦前程，亦扼殺當代詩家美譽，《文選》未選此二家詩，與此不無關連。又見《顏氏家訓》舉證，以何遜曹忌於劉孝綽；故少錄其詩，見譏時人。由孝綽傳記所述行事爲人觀之，不無循私偏頗之可能。但何遜身故後，孝綽既享有重名，又於編《詩苑》時因選錄不公受嘲諷，何以爾後參與《文選》選詩反全略何詩？於理不合，恐非僅止於私怨因素之故。

就論根本者，當由評詩觀點分析：自宋明帝以來，諸藩好文蓄士，形成以文學趨向結合之集團，文士之仕宦交遊，往往足以略窺其文學觀點、創作風格之傾向。〔註42〕據此考察何遜、吳均之生平，二人皆仕出建安王記室，未曾任職東宮，與蕭統、劉孝綽等人關係淺薄，受建平王愛好民歌俗謠之影響頗鉅。近人駱鴻凱《文選學》，總賅文學觀點評析《文選》選文，有崇雅黜靡之傾向：

> 昭明芟次七代，薈萃群言，擇其文尤典雅者勒爲一書，用以切劘時趨，標指先正。迹其所錄，高文典冊十之七，清辭秀句十之五，綺靡之音百不得一。

駱氏之論，雖統觀《文選》全書而言，於詩篇選取方面，亦略可見其趨向。唯其所謂「雅」、「靡」之標準籠統，不若自《文選》選錄結果查證：《文選》選詩偏重西晉、建安、劉宋之詩篇，尤以潘、陸、顏、謝諸家地位較高。今觀其篇製多屬詞采華贍、麗典析聲，頗以事類騁其繁富，與何遜、吳均平易近俗、不尚典故之詩風顯然有別。如何遜詩：

> 夜雨滴空階，曉燈暗離室。(〈從鎭江州與遊故別詩〉)

> 露顯寒塘草，月映清淮流。(〈與胡興安夜別詩〉)

雖對偶工整，但皆直抒所見，爲平實自然之作，卻情景交融、深具纏綿婉轉之氣韻。而吳均詩風淺近哀怨，尤似民歌：

> 春風驚我心，秋露傷君髮。(〈有所思〉)

> 洛陽名工見咨嗟，一剪一刻作琵琶。白璧規心學明月，珊瑚映面作風花。(〈行路難之一〉)

故由評詩觀點論之，何遜、吳均詩不入典，詞淺近俗，與《文選》沈思翰藻之標準相違，而其體仿民歌風謠，不避淫艷之風格，更非詩文典範之《文選》所尚。此或當爲何、吳等人不入《文選》之主因，忤逆梁武、遭忌孝綽等，

〔註42〕參見：森野繁夫〈梁代文學集團〉一文及劉漢初〈蕭統兄弟的文學集團〉一文（台大中文所碩士文·民國64年）。

僅可爲外緣之推測，未可單獨據以論證。

或因朝代接近，風尚相濡，整體而觀，南朝詩評在詩體流變及詩家評論上，均呈現極鮮明之相似性。此共通之評論，乃爲《文選》選詩提供了極明確之選錄依據。經由詩評之比較，亦驗證《文選》選詩確實尊重上述詩評，參酌當代評論以定取舍，故多能孚合公論、平服眾說。其中，尤以《文心雕龍》、《詩品》二書關係密切。

《文心雕龍》論詩體流變、呈現發展，偏重宏觀；《詩品》評五言詩篇，溯源品第，深入辨析；《文選》選詩則俱襲其長，以選詩區別詩篇優劣，兼錄詩體獨創之變。故整體概觀其詩篇選錄與《文心雕龍》笙磬相合，〔註43〕較《詩品》簡略許多；自宋以下詩家（多五言詩篇）之評價優劣，則與《詩品》如出一轍，前後呼應。然而，其中亦存在某些評價之差異，顯示詩論觀點仍存分歧，亦須予以辨析：

雖則《文選》、《文心雕龍》、《詩品》評詩，皆以建安、太康、元嘉三期爲關鍵，但彼此偏重不同。《文選》無論在詩家選取、詩篇選錄或詩家地位方面，均以太康詩爲高、陸機爲歷代詩傑，顏謝、曹王皆爲其次（詳參前章），而劉勰則以子建、仲宣爲兼善之才〈明詩篇〉。鍾嶸更明謂：

昔曹劉殆文章之聖，陸謝爲體貳之才。（《詩品·中品》後序）

故孔氏之門如用詩，則公幹升堂，思王入室，景陽潘陸，自可坐於廊廡之間矣。（〈上品〉評曹植詩）

鍾劉二人推崇建安詩人之立場，乃與《文選》選編者尚然有別。參諸南朝詩評，則顏延之〈庭誥〉、沈約《宋書·謝靈運傳論》、江淹〈雜體三十首〉猶崇尚建安，至蕭子顯《南齊書·文學傳》、蕭繹《金樓子·立言》，太康諸家始嶄露頭角，凌轢曹劉。足見此種評詩結果之差異，實乃宋齊以來「詩逞博典，詞自藻飾」與梁中期「綺縠紛披，宮徵靡曼，唇吻遒會，情靈搖蕩」兩種風尚交遞間，評詩觀點之演變。更爲梁初詩論特點之呈現，作爲選集典範、詩文英華之《文選》，其反映當代評詩風尚甚爲鮮明，非全然導源於選評者詩學評價之異於前人。

〔註43〕 參見駱鴻凱《文選學》纂集第一：「劉勰傳載其兼東宮通事舍人，深被昭明愛接，《雕龍》論文之言，又若爲《文選》印證，笙磬同音，是豈不謀而合，抑嘗共詩論，故宗旨如一耶！」而齊益壽〈文心雕龍與文選在選文定篇及評文標準上的比較〉一文則以爲《文選》與《文心雕龍》之選錄標準稍見出入。

第三節 歷代詩話之抑揚

《文選》所錄詩篇有名可考者六十有五，輝映十代、詳略不一（詳參前章），其去取雖大體孚昭公信，後世論詩者未必皆以為然。〔註44〕蓋觀詩之眼，眾家難同，評詩之論、歷代歧迕。是丹非素，本隨各人商榷而異同，加以門戶私立、互具標榜，遂使詩評紛雜無定，任何一家均可能兼受褒貶。今旨在綜觀詩家評價之升降，故彙萃百家之言，由詩話、題辭、集注等材料中細察其變、敏求慎取，就大體之趨向，分類評述。〔註45〕然歷代詩評雖多，概集中於少數大家，故欲辨摭清濁、詳較演變，亦僅能擇要而觀，以《文選》選錄之歷代菁華為主要討論；更因前人評詩，多執一端而評，即興而喻，語雖精關切中，不免因個人好惡而過譽、深詆，鋪敘引證之語甚繁，今皆刪其剖析詩風、推闡詩理諸言，僅摘評價高低而觀，並略明其由：

一、大體為歷代推崇者

《詩品》而後，歷代詩話評析隨尚「摘句為評」、「形象譬喻」之風〔註46〕曾無明確之優劣品第，然由其吉光片語中，猶可區判評價之褒貶。其中倍享盛譽，眾家共推者，乃有曹植、謝朓等家。

曹植詩於南朝評論已富盛名，堪稱「文章之聖」，「建安之傑」（鍾嶸〈詩品序〉）凡搦筆評詩者，莫不推舉宗風。後世評詩，大體未出骨氣奇高、詞采華茂、情兼雅怨、體被文質（鍾嶸《詩品》）之說：或讚其才富骨高、實溢八斗（胡應麟、詩藪）或嘆其雄健奔逸、天馬凌山（陳祚明、詩品評選）賞鑑殊途，而同歸推崇。首論子建體承風雅，足為眾家冠冕者，為宋、張戒《歲寒堂詩話》：

> 夫韻有高下，氣有強弱，則不可強矣。……此曹子建、杜子美詩，
> 後人所以莫能及也。

〔註44〕 詳參駱鴻凱《文選學》義例第二第27～35頁，分類引論諸家對選文取舍之評議，及於詩卷者，多嗤蘇李詩之偽，樂府詩、郊禮樂之選錄不當等。

〔註45〕 本節材料乃以臺靜農主編《百種詩話類編》，明·張溥撰《漢魏六朝百三名家題辭》；卜國光編撰《漢魏六朝百家雜語》；汪中著，正中書局：《詩品注》；李徽教著，嶺南大學出版部《中國詩品彙注》，諸書所錄為主，並查校原書卷帙以查證之。

〔註46〕 參見黃維樑《中國詩學縱橫論》〈詩話、詞話與印象式批評〉一文，見洪範書店，民國66年。及沈謙《期待批評時代的來臨》一書〈結論〉，時報，民國68年。

古今詩人，推陳王及〈古詩〉第一，此乃不易之論。（《歲寒堂詩話》
卷上）

其乃就曹子建意韻渾成、氣象高古，盡得風雅旨趣、楚騷情采而論，故與古
詩敘列、占詩家鰲首。而清、沈德潛則美其詩「五色相宜、八音朗暢」，才博
詩精，當爲蘇李後之大家：

蘇李以後，陳思繼起，父兄多才，渠尤獨步。使才而不矜才，用博
而不逞博。鄴下諸子、文翰鱗集，未許執金鼓而抗顏行，故應爲一
大宗。（《說詩晬語》卷上）

據沈評而觀，意乃以子建詩獨步建安、稱冠三曹、凌轢七子。李重華、
黃子雲則輔翼沈論，以陳思集漢魏詩之大成：

向評三曹詩，孟德雖思深而力厚；然乏中正和平之響，而徒有強梁
跋扈之氣。

余謂孟德霸則有餘，而子桓王則不足，若子建駸駸乎有三代之隆焉。
（黃子雲《野鴻詩的》）

魏詩以陳思作主，餘子輔之，五言自漢迄魏，得陳思始稱大成。（李
重華《貞一齋詩話》）

二家評論出，遂使三曹詩辭氣之爭歸於定論，子建卓爾獨立魏晉詩壇，餘子
莫及。近人評詩，乃多宗奉，如許文雨以子建稱首建安、壓倒前輩〔註47〕；《蘭
莊詩話》則評子建詩風獨俱，晉以下鮮其儷〔註48〕；此二家皆沿襲前說，以
子建詩妙絕時人、曠逸後世，實乃漢魏詩之翹楚。而陳延傑則雖以爲鍾嶸「人
中周孔、鱗中龍鳳」之喻太過，亦謂子建詩「骨氣奇高、奇處時有」，如以孔
門論詩，「子建優於入室也。」（《詩品注》曹植注下）

然曹植才情洋溢、詞采粲然之風格，亦難免受到針砭。蓋與漢代古詩相
較，其頗有使氣太過，蓄藻傷麗之病。故王世貞評三曹樂府曰：

曹公蒼蒼、古直悲涼。子桓小藻，自是樂府本色。子建天才流麗，
雖譽千古，而實遜父兄。何以故？材太高，辭太華。

陸時雍則以王粲、子桓時激風雅，而子建「任氣憑材，一往不制，是以

〔註47〕 參見許文雨《詩品注釋》引仇兆鰲之言曰：「自東漢至建安，詩盛于七子，而
以子建稱首（引《詩品》評語）。……據此可見其壓倒前輩矣。」

〔註48〕 參見《蘭莊詩話》曰：「曹子建詩質樸渾厚，舂容雋永，風調非後人易到。陳
子昂、李太白慕以爲宗，信乎晉以下鮮其儷也。」

有過中之病。」(《詩鏡總論》)。王阮亭評其五言詩，亦以爲「子建健哉，而傷於麗，然抑五言聖境矣。」(《師友詩傳錄》)此雖爲明清倡論復古以來，以秦漢高古衡鑑諸家之風息。今驗諸子建〈白馬〉、〈名都〉、〈美女〉諸篇，果亦辭采敷陳、藻繪滿眼，「華贍精工」之評，殆因此而發，二王之評亦無不當。而由子建「騁我徑寸翰，流藻垂華芳」(〈薤露行〉)之自述，此種「質不棄文」之詩風，本曹植有自覺地追求，亦可謂晉宋詩人崇文尚采之前導。總觀歷代詩評，曹植詩獨步建安、冠絕魏晉之地位，乃經眾家共推，雖有樂府流麗之病，亦未稍損其「粲溢古今，卓爾不群」之詩名。

謝朓詩則僅次思王，在齊梁時即聲噪當代，既爲帝王推重，又得詩壇顯達褒揚(詳參前節)，以致後進景慕，士子學步，直至唐代，猶爲詩人習法。後代評詩者雖以謝詩精巧妍麗、聲采過縟，難脫齊梁習氣，卻亦許其情深韻遠，足當齊梁第一。如宋代黃徹，即承《南史》之說，擁贊玄暉「工於詩」(《碧溪詩話、卷三》)此「工」字，意已簡括謝詩精麗風格及專擅之地位。元、陳繹曾則以「險怪而不違自然」歸納其詩風：

> 謝朓，藏險怪於意外，發自然於句中，齊梁以下造語皆出此。(《詩譜》)

由「險怪、意外」之評，既符《詩品》「往往警遒」之說，亦與李太白謂：「恨不攜謝朓驚人詩來」語意相契，更標明謝朓詩風在齊梁之影響力。明人詩評多承此說。陸時雍以玄暉詩艷而韻，如著華衣之美人，飄飄非世間物色，故開齊梁聲色之風〔註49〕；王世貞則以玄暉工於發端、撰造精麗，風華映人，可稱一時之傑。〔註50〕至此，謝朓詩造語精巧險奇而不違自然，詞采鮮麗而風骨秀出之風格乃爲各家共推，故評齊詩第一：

> 沈德潛曰：「齊人寥寥，謝玄暉獨有一代。以靈心妙悟，覺筆墨之中、筆墨之外，別有一段深情名理。元長諸人，未及肩背。」(《說詩晬語·卷上》)

> 李重華曰：「玄暉句多清麗、韻亦悠揚，得于性情獨深。雖去古漸遠，而擺脫前人習弊，永元中誠冠冕也。」(《貞一齋詩話》)

〔註49〕　參見明·陸時雍《古詩鏡·總論》曰：「詩至齊梁，聲色大開。謝玄暉艷而韻，如洞庭美人，芙蓉衣而翠羽旗，絕非世間物色。」
〔註50〕　參見明·王世貞《藝苑卮言》卷十四「玄暉不唯工發端，撰造精麗，風華映人，一時之傑。青蓮目無往古，獨三四稱服，形之詞詠。九華山云：『恨不攜謝朓驚人詩來』。」

此二家以「深情」、「清麗」評謝朓詩，可見其賞鑑眼光，已漸由精麗之詞采，內探其情韻源頭，更足釋明玄暉詩風靡當代、冠絕時人，並衍化唐風之潛在魅力。由此以觀劉熙載、施補華對謝詩之評析，顯然較深刻而周嚴。可為謝詩適當定位：

> 劉熙載：「謝玄暉以情韻勝，惟才力不及明遠，而語皆自然流出，同時未有其比。予謂其清俊一派，正唐人所師。」（見《詩品注》夏敬觀引劉熙載之語）

> 施補華：「謝玄暉名句絡繹，清麗居宗，雖不足魏晉諸賢之厚，然較之陰鏗、何遜、徐陵、庾信，骨幹堅強多矣。其秀氣成采，江郎五色筆，尚不能逮。唐人往往效之，不獨太白也。玄暉變有唐風，眞確論矣。」（《峴傭詩話·卷四》）

今觀謝朓詩作中「大江流日夜，客心悲未央。」（〈暫使下都夜發新林至京邑贈西府同僚〉）常為評者嘆其工於發端〔註51〕；「餘霞散成綺，澄江靜如練。」（〈晚登三山還望京邑〉）、「天際識歸舟，雲中辨江樹。」（〈之宣城郡出新林向板橋〉）等詩，則常見裁篇引用，以證其工於神致。〔註52〕足見謝朓詩造語精心、秀句絡繹，固為眾家共推，然經營章句太過，雖時見警句，卻罕得通篇渾融、詞氣一貫之完篇。故《詩品》雖評其「一篇之中，自有玉石」、「奇章秀句，往往警遒」，仍僅置之中品；而清人雖以其詞采、骨氣遠超齊梁陰、何、江、徐諸家，猶以為才力不及明遠、薄于魏晉。雖然，其聳立齊梁、開啓唐風之地位則無可替代，故為《文選》選詩甄為前列，歷代詩評亦多推崇。

此外，尚有劉楨、王粲二家，亦為思王羽翼，自魏文以下，即時見詩家美譽，故《詩品》皆取為上品，《文選》亦選錄甚多。後世評詩者或高其氣格、推其思健功圓，〔註53〕或引其名篇，剖析微旨，〔註54〕聲譽雖不及子建隆盛，

〔註51〕 參見：清·劉大勤《師友詩傳續錄》「古人謂玄暉工於發端，如宣城集中『大江流日夜，客心悲未央。』是何等氣魄。」又見馬位《秋窗隨筆》、許文雨《文論講疏》、王叔岷《鍾嶸詩品講疏》皆引此二句以證謝朓起句之精妙。

〔註52〕 同前註47、許文雨引《詩源辨體》所論，謂「天際識歸舟、雲中辨江樹」、「餘霞散成綺、澄江靜如練」等乃玄暉五言之警策，較叔源後來居上。王叔岷則評「天際識歸舟」等句狀景寫物，並有神致！

〔註53〕 如唐·皎然《詩式》評劉楨曰：「劉楨辭氣偏正，得其中，不拘對屬，偶或有之，語與興驅，勢逐情起，不由作意，氣格自高，與十九首其流一也。」又元·陳繹曾《詩譜》乃評王粲、劉楨二子「眞實有餘，澄濾不足，思健圓功。」

〔註54〕 劉楨詩中以〈贈五官中郎將〉、〈贈從弟詩〉等作最受評家矚目，如葛立方《韻

亦儼然具漢魏風骨之規模，與十九首源出一流。

二、以一類獨擅古今者

至於阮籍、左思，同以專長受譽，其體擅各異：阮籍以詠懷著稱，陶鑄幽思；左思以詠史名篇，長於諷諭。其實皆寓性靈、抒懷抱，故同為南朝詩評賞識，並受歷代詩話推崇。

《文選》阮籍〈詠懷詩〉李善注引顏延年舊注曰：「籍在晉文代，常慮禍患，故發此詠耳。」又自注曰：「嗣宗身仕亂朝，常恐罹謗遇禍，因茲發詠，故每有憂生之嗟。雖志在譏刺，而文多隱避，百世之下，難以情測，故粗明大意，略其幽旨也。」阮籍〈詠懷詩〉今存八十二首，《文選》僅錄其十七，但前人評論，率以整體論之，評析讚嘆之語，歷代不絕。揆其意旨，亦不出李注所言二端：一者志在譏刺，一則文多隱避。

因其志在譏刺，體兼雅怨，興寄沖遠，故風格高古，此乃由詩旨探析者也。如嚴羽《滄浪詩話》評其：「黃初之後，惟阮籍詠懷之作，極為高古，有建安風骨。」

此乃就其善用比興、體近風雅而論，故風骨清俊而旨意豐厚。《詩譜》亦以「天識清虛」評之，〔註55〕乃貴其旨趣遠大，足發幽思。陸時雍則以「清言」喻其詩風：

> 阮籍詩中之清言也，為汗漫語，知其曠懷無盡，故曰詩可以觀，直
> 舉形情色相，傾以示人。（《古詩鏡·總論》）

此皆著意於詩中興觀之旨，故覺其言語疏淡而蘊意無盡，在詞蓄盛藻之魏晉詩中格外醒目。而阮籍遂因〈詠懷詩〉風格高古受詩家關愛，擢與建安同論，為魏晉大家。

而其文多隱避，乃源於禍患之慮，情有未盡，言有餘思，故詞意淵深，此由其詩文品鑑者也。江文通〈雜體詩〉擬曰：「精衛銜木石，誰能測幽微」，適足為阮籍之創作心境、修辭風格詮解。明、徐禎卿評阮詩「優緩有餘」，亦對此行文風格而發。王世貞則謂此文意幽微，適予其抒情詠懷之自由，乃有興寄沖遠之韻致：

語陽秋》卷二十、都穆《南濠話》均引其詩而論。王粲詩則以「公讌詩」、「從軍詩」及贈答諸作較為著名，葛立方《韻語陽秋》卷四、卷八，吳聿《觀林詩話》、楊慎《升菴詩話》卷二、卷九，均多所評析。

〔註55〕元·陳繹曾《詩譜》評曰：「阮籍天識清虛，禮法疎短。」

阮公詠懷遠近之間，遇境即際，興窮即止，坐不著論宗佳耳。人乃
謂陳子昂勝之，何必，子昂寧無感興乎哉？（《藝苑巵言》卷三）

而尋常者未得此蘊旨，乃苦於詩意難明，遂有箋註史事以實之者，意欲貴其
譏刺之志，證其言無虛發。〔註56〕反使詩意拘牽，境限鄙近。故沈德潛直斥
其非，還原於阮詩本色，評曰：

阮公詠懷，反覆零亂，興寄無端，和愉哀怨，俶詭不羈，讀者莫求
歸趣。遭阮公之時，自應有阮公之詩也。箋釋者必求時事以實之，
則鑿矣。（《說詩晬語》卷上）

故知〈詠懷詩〉風格之高古，詞意之隱晦，乃由於詩人性情與時事紛亂
際會交融、自然流露之結果。評詩者雖分觀兩面，其體實一。阮詩淵深高遠
之風格，亦格外顯其獨特。故施補華評太沖詠史、景純游仙太清強、太俊爽，
不若阮公詠史「則渾樸之氣未散也」，頗得漢人風骨。〔註57〕而李重華則直推
「西晉詩當以阮籍作主，潘左輩輔之。」〔註58〕足見阮籍雖僅以詠懷一類名
家，其詩壇地位仍居魏晉之要，為各代詩評推美。

左思雄奇，本以〈三都〉揚其聲名，論及詩才，則素以〈詠史〉為精萃，
〔註59〕故歷代詩論，每鍾情於此。或就詩法評析：以為運事精切，善用諷喻；
或自風格概觀，評其才雄志高、豪放不雕琢。

前者之評，常摘句以析其精切。如王世貞擇「以彼徑寸莖，蔭此百尺條」
等三語見其義涵淵博〔註60〕；楊慎舉「峭蒨青蔥間，竹柏得其真」見用字險

〔註56〕 如陳沆《詩比興箋》錄〈詠懷詩〉三十八首，引史事註次翔實，多悲魏氏、
憤司馬之辭。

〔註57〕 施補華《峴傭說詩》第四葉評左思、郭璞、阮籍三家曰：「太沖詠史，景純游
仙，皆骨幹清強，神理俊爽，其所以不及漢人者，正以太清強，太俊爽耳。
若阮公詠懷，則渾樸之氣未散也。」

〔註58〕 李重華《貞一齋詩話》中「詩談雜錄」有曰：「晉詩當以阮籍作主，潘左輩輔
之。若陶公高骨，不可以時代論。」

〔註59〕 《文選》左思〈三都賦〉善注曰：「〈三都賦〉成，張載為注魏都，劉逵為注
吳蜀，自是之後，漸行於俗。」《世說新語·文學篇》：「左太冲作〈三都賦〉
初成，時人互有譏訾，思意不愜。後示張公，張曰：「此二京可三。然君文未
重於世，宜以經高名之士。」思乃詢求於皇甫謐。謐見之嗟歎，遂為作敘。
於是先相非貳者，莫不斂衽讚述焉。」劉勰《文心雕龍·才略篇》則曰：「左
思奇才，業精覃思，盡銳於〈三都〉，拔萃於〈詠史〉。」乃以其〈三都賦〉
為代表作，〈詠史詩〉為精萃。

〔註60〕 參見王世貞《藝苑巵言》卷三，曰：「『以彼徑寸莖、蔭此百尺條。』自是涉
世語。『貴者雖自貴，棄之若埃塵。』是輕世語。……每諷太冲詩，便飄飄欲

要〔註61〕；王士禎愛其「振衣千仞崗，濯足萬里流」飄逸有緻；至於沈德潛、張玉穀則由結構之匠心，用事之巧妙，見太冲借史詠懷、寄情深厚：〔註62〕

> 太冲詠史，不必專詠一人，專詠一事，已有懷抱，借古人事以抒寫之，斯爲千秋絕唱。（《説詩晬語》卷上）

經此剖析，則可知左思〈詠史〉主抒懷抱，不拘泥於史象，故能動人深情，超邁古今，立詠史詩之典範。

而著意於詩風者，輒嘆服左思奇才，氣概雄壯。如王世貞評其「莽蒼而不雕琢」；許學夷以太冲「語多詰直」；劉熙載謂太冲「壯而不悲」。〔註63〕此「莽蒼」、「詰直」、「壯」諸詞，均爲左思不事雕琢，詩風雄壯之代稱。方之陸機，益顯其典正雄渾。故陳祚明《古詩評選》云：

> 鍾嶸以爲野于陸機，悲哉！彼安知太冲之陶乎漢魏，化乎矩度哉！

又推崇左思曰：

> 太冲一代偉人，其雄在才而其高在志，有其才而無其志，語必虛矯；
> 有其志而無其才，音難頓挫。

由此可知，左思得以「詠史」擅名，固有其活用史事、抒寫懷抱之獨到，加以措辭精切、妙用事義，用胸次高曠，適藉雄壯顯奇才，故能體蘊漢魏風骨，足稱一代偉人。清代詩評多許其詩獨拔眾流之上、凌轢潘陸、盡掩諸家。如沈德潛曰：

> 左太冲拔出眾流之中，胸次高曠，而筆力足以達之，自應盡掩眾家。
> 鍾記室推季孟于潘陸間，謂野於士衡，而深於安仁，太冲弗受也。（《説詩晬語》卷上）

黃子雲則曰：

> 太冲祖述漢魏，而修詞造句，全不沿襲一家，落落寫來，自成大家。
> 視潘陸諸人，何足數哉！

仙。」
〔註61〕 參見楊慎《升菴詩話》卷七，曰：「左太冲招隱詩，峭蒨青蔥蒽間，竹柏得其真。五言詩用四連絲字，前無古，後無今。」
〔註62〕 沈德潛言已見正文。張玉穀言則見《古詩賞析》卷十曰：「太冲詠史，初非呆衍史事，特借史事以詠己之懷抱也。或先述己意，而以史事證之；或先述史事，而以己意斷之；或止述己意而史事暗含；或止述史事，而以意默寓，亦寄情之深矣。」凡此四法，皆可見〈詠史詩〉作法之變化巧妙。
〔註63〕 王世貞《藝苑卮言》評曰：「太冲莽蒼、不雕琢。」許學夷《詩源辨體》曰：「太冲語多詰直。」劉熙載《藝概》中評詩則曰：「劉公幹、左太冲詩壯而不悲。」

是則以左思述漢魏詩統，為西晉第一家，對左詩之評價，不可謂不高矣，而左思之詠史詩自此獨步古今。《文選》多錄其作，實具鑒裁！

餘者，如韋孟〈諷諫詩〉、張衡〈四愁詩〉，束皙〈補亡詩〉，亦皆各具專擅、無人可及，故《四溟詩話》推其為四言長篇之祖，雅之變也〔註64〕；《藝苑巵言》許其造語奇麗，足稱千古絕唱〔註65〕；《詩譜》謂其煆煉有法，得孔子之旨，〔註66〕此三家等皆是因某類詩才擅場，獨立詩史之菁英。

三、地位漸獲提昇者

陶潛，處晉末宋初之溷世，任性存真而不羈仕宦，時人每高其品格，而譏辭句質直，詩文之真醇，未獲珍重；鮑照，方聞名時才秀詞逸，不拘卑位，既貢詩見賞，反避忌詩華，故詞采斂掩，才盡當代〔註67〕齊梁評詩，已嘆其取湮，後世詩話，乃倍予推崇，二家地位逐漸提昇。

陶潛吟詠，直寄性情，本不欲以詩名世，故卓爾不群、無與時風，獨出素樸。顏誄僅謂文取指達，士林乃鄙其直如田家。蓋以宋世雕采，不貴質淳。然其詩體簡淨，亦自樹一幟，故鮑參軍有〈奉和王義興「學陶彭澤體」〉一首，足見其真切自然，已獲有識者賞愛，相尚成體。〔註68〕江文通雜體擬詩，則謂其詩雖無金碧鮮采，亦「各具美兼善」，足為宋詩大家，以「斅其文體」。此後評詩者始於人品之外，兼善其詩文。然其所重在德，故雖受昭明集序、

〔註64〕謝榛《四溟詩話》卷一，評韋孟詩曰：「韋孟詩，雅之變也；昭君歌，風之變也。三百篇後，二作得體，梁太子不取昭君，何哉？」又曰：「韋孟諷諫詩，乃四言長篇之祖。忠鯁有餘，溫厚不足。太白雪讒詩百憂章，去韋孟遠矣。」

〔註65〕世貞《藝苑巵言》卷三·曰「平子四愁，千古絕唱，傅玄擬之，致不足言，大是笑資耳。」

〔註66〕宋·葛立方《韻語陽秋》卷十：「束皙作補亡詩於南陔、白華二篇。每以為言。南陔曰：『養隆敬薄，惟禽之似。』白華曰『竭誠盡敬，亹亹忘劬。』可謂得孔子之旨矣。」元·陳繹曾《詩譜》則曰：「束皙，全篇煆煉，首尾有法。」

〔註67〕《南史》列傳三〈臨川王劉義慶傳〉附見鮑照生平，曰：「照始嘗謁義慶未見知，欲貢詩言志，人止之曰：『卿位尚卑，不可輕忤大王。』照勃然曰：『千載下有英才異士沈沒而不聞者，安可數哉。大丈夫豈可遂蘊智能，使蘭艾不辨，終日碌碌，與燕雀相隨乎。』於是奏詩，義慶奇之……上好文章，自謂人莫能及，照悟其旨，為文章多鄙言累句。咸謂照才盡，實不然也。」

〔註68〕今《鮑照集》中有「學陶彭澤體詩」——〈奉和王義興〉一首：「長憂非生意，短願不須多。但使尊酒滿，朋舊數相過。秋風七八日，清露潤綺羅，提瑟當戶坐，歎息望天河。保此無傾動，寧復滯風波。」由其遣詞平易，詩意流暢自然，可以想見劉宋人對陶詩之印象。

簡文寶愛，〔註69〕《詩品》詮序，亦僅能置之中品，《文選》選詩，仍祇取錄
宋代第五。由鍾評之辨惑推美，多見抱憾之感，蕭序之高節指暇，不免因人
舉文，皆可知陶詩之平淡，猶難爲齊梁文士認同，故推薦者須殷殷爲之說釋，
且仍未敢擢越前列。〔註70〕甚至北齊陽休之序錄，雖見其「往往有奇絕異語，
放逸之致，棲託仍高」，猶以「辭采未優」爲可惜。（〈陶潛集序錄〉）

　　唐宋以後，陶詩之質樸自然始獲知音。先是王、孟、韋、柳諸家，皆取
其淡雅以爲資源，故後人多與漢古、唐詩同觀，溯尊陶潛爲五言詩平遠一派
宗祖，育盛唐風韻之所出〔註71〕；其後蘇子瞻獨鍾陶詩，逐首應和，且率曰：
「曹、劉、鮑、謝、李、杜諸子皆不及也。」〔註72〕經此推譽，遂使淵明之
知者由私愛轉而論議，陶詩之評論遂多，地位聲望亦隨時代昇。

　　即以兩宋而觀，除文同、陸游、楊萬里等大家對陶詩愛不忍釋，爲之應
和序跋外，更有評者紛致贊詞，以爲陶詩含超顏謝，無愧潘陸：

　　　　陶彭澤詩，顏、謝、潘、陸皆不及者，以其平。昔所行之事，賦之
　　　　於詩，無一點愧詞，所以能爾。（許顗《彥周詩話》）

　　　　唐人有詩云：『山僧不解數甲子，一葉落知天下秋』及觀陶元亮桃花
　　　　源詩：『雖無記歷志，四時自成歲』。便覺唐人費力。……可見造語
　　　　之簡妙。蓋晉人工造語，而元亮其尤也。（強幼安《唐子西文錄》）
又見《韻語陽秋》引黃山谷論曰：

　　　　謝康樂、庾義城之詩，鑪鍊之功，不遺餘力，然未能窺彭澤數仞之墻
　　　　者，二子有意於俗人贊毀其工拙，淵明直寄焉。（葛立方《韻語陽秋》
　　　　卷三）

〔註69〕今《全梁文》中有蕭統〈陶淵明集序〉一篇，敘曰：「余素愛其文，不能釋手，
　　　　尚想其德，恨不同時。故加搜校，粗爲區目。」可見昭明太子乃爲陶潛之詩文
　　　　結集作序。而《顏氏家訓·文章篇》則記曰：「劉孝綽當時既有重名，無所與
　　　　讓，唯服謝朓，常以謝詩置几案間，動靜輒諷味。簡文愛陶淵明文，亦復如此。」
〔註70〕《詩品》雖美陶詩，亦僅置之於中品；《文選》編者之一——蕭統雖自述對陶詩
　　　　推崇，所錄亦僅八首，選錄地位居劉宋第五，居顏、謝、瞻、照之後。
〔註71〕清·賀貽孫《詩筏》曰：「論者謂五言詩平遠一派，自蘇李十九首後，當推陶
　　　　彭澤爲傳燈之祖，而以儲光羲、王維、劉脊虛、孟浩然、韋應物、柳宗元諸
　　　　家爲法嗣。」而陳繹曾《詩譜》以爲陶詩有出於十九首之表者「盛唐諸家風
　　　　韻皆出此。」施補華《峴傭說詩》則評陶詩雅淡、沈痛，並謂「後來王、孟、
　　　　韋、柳，皆得陶公之雅淡，然其沈痛處率不能至也。」
〔註72〕參見蘇軾《東坡詩話錄》卷下。又見：張戒《歲寒堂詩話》卷上「子瞻則又
　　　　專稱淵明，且曰：『曹、劉、鮑、謝、李、杜之詩，亦何愧之。』

三子於陶詩之精妙各有擇取，或見其詩情坦率自然，或高其造語簡妙，或愛其直寄性情、無意錘煉，評較之重點難異，俱已得陶詩精神，貴其渾樸自然，此乃宋代詩評與南朝之分野。故白石道人以為淵明詩篇「散而莊、澹而腴，斷不容作鄿鄲步也」；《西清詩話》亦謂當代「詩家視淵明，猶孔門視伯夷」〔註73〕皆足以簡賅陶詩在兩宋詩話中「清淡高遠、獨立晉宋」之評價。故曾紘《論陶》曰：

> 余嘗評陶公詩造語平淡而寓意深遠，外若枯槁，中實敷腴，真詩人之冠冕也。

由此，陶潛已為後人共推為魏晉一大家。明清詩論本崇古尚質，為顯其賞識，無遜前人，更擢列淵明為三代兩漢第一流人物。如何孟春曰：

> 陶公自三代而下，為第一流人物。其詩文自兩漢以還為第一等作家。惟其胸次高，故其言語妙，而後世慕彼風流，未嘗不欽其制作；欽其制作，未嘗不尚論其人之為伯夷，為黔婁、為靈均、子房、孔明也。（《陶靖節集·跋》）

何氏之評，實可呈現明人立於前賢基石上加以總括，並試圖超越之評論態度，故雖無更至極之美譽，卻著力於詩句之研究，前代詩評之評析。清代亦推崇陶詩，然已澄濾宋詩話那種乍見寶山之激越，而出之以較平和、客觀之歸納，常與前代之人物、評論呼應。如胡鳳丹曰：

> 靖節為晉第一流人物，而其詩亦如其人，澹遠沖和，卓然獨有千古。夫詩中之有靖節，猶文中之有昌黎也。文必如昌黎，而後可起八代之衰，詩亦必如靖節，而後可以式六朝之靡。（《六朝四家全集·序》）

而沈德潛則同推陶潛為六朝之冠，斥《詩品》之不智：

> 陶公以名臣之後，際易代之時，欲言難言，時時寄託，不獨詠荊軻一章也。六朝第一流人物，其詩自能曠世獨立。鍾記室謂其原出於應璩，目為中品，一言不智，難辭厥咎已。（《說詩晬語》卷上）

李重華則承其師說，而為陶詩作了較確切允當之定位：

> 五言古以陶靖節為詣極，但後人輕易摹仿不得。王、孟、韋、柳，雖與陶為近，亦各具本色。（《貞一齋詩說》）

〔註73〕參見姜夔《白石道人詩話》：「陶淵明天資既高，趣詣又遠，故其詩散而莊，澹而腴，斷不容作鄿鄲步也。」宋·蔡絛《西清詩話》則曰：「詩家視淵明，猶孔門視伯夷。」

　　統觀陶詩評價，自劉宋之汩沒、蕭梁之初現、經兩宋之過度推譽，而至明清之論較所長，其論析雖仍不免「人品」之因素，卻已愈見明確、客觀，陶詩在文學史上獨出晉宋、開啓盛唐之地位亦漸趨穩固。於此詩學評論之演變、起伏中，蕭統集序之因人論詩、《文選》選詩之獨具鑒識，均具有關鍵性之影響。

　　除陶潛以詩風平淡見詘外，專擅樂府歌行，體近民歌之鮑照，亦以詞近浮艷、調追險急而名沒劉宋。

　　今據史書所載，則知鮑照鴻鵠自高，雖陳詩自薦，並避讓文華，但並未得人主賞愛，仕宦不顯、詩名未達，乃僅附見於王藩傳記，故鍾嶸有「才秀人微、取湮當代」之嗟〔註74〕；由《宋書》「文辭贍逸」、「文甚遒麗」之評，始知明遠「爲文多鄙言累句，當時咸謂照才盡」之言，乃爲當代之冤屈。至齊梁時，始稍重其才。虞炎既爲之結集，並謂其作「超麗」〔註75〕；沈約既貴其辭采贍逸，並以樂府遒麗推之（見《宋書·臨川王傳》）；《詩品》雖評其「總四家而擅美」，然因限於五言，須兼評鮑照應制眾篇之總雜，而不及樂府雜言歌行之專長，故僅能屈居中品；《文選》選詩，則廣收鮑照樂府、擬代之作，推爲體兼數類之宋代大家，遂使鮑詩普及流傳、顯名於後世，惟仍不及雜言歌行，仍有所憾。

　　南朝之後，體效鮑詩風格雄逸者，乃見唐詩諸家。如李白〈將進酒〉曰：「君不見黃河之水天上來，奔流到海不復返」一語氣勢奔騰，其體式、氣度，乃由鮑照〈擬行路難〉習法而來。故元、陳繹曾曰：

　　六朝文氣衰緩，唯劉越石、鮑明遠有西漢風骨，李杜筋取此。（《詩譜》）

方東樹之亦曰：

　　李杜皆推服明遠，稱曰俊逸，蓋取其有氣，以洗茂先、休奕、二陸、三張之靡弱，今以士衡所擬樂府古詩，與明遠相比可見。〔註76〕

〔註74〕古直《鍾記室詩品箋》施鮑照評下案曰：「《宋書》不爲照立傳，僅附見於〈臨川王道規傳〉中，故曰『取湮當代』。」何文煥《歷代詩話考索》曰：「鍾常侍評鮑參軍云：嗟其才秀人微，取湮當代。夫明遠之才，爵位微矣，猶然未彰。矧下此者哉？然而其詩其名故不磨也，人微乎哉，勉之。」
〔註75〕虞炎〈鮑照集序〉曰：「照所賦述，雖乏精典，而有超麗。」
〔註76〕本見《方東樹評古詩選》一書卷八第188頁，又見汪中先生《詩品注》一書，第184頁「注釋」引方植之評語。

　　此二家之評，乃引唐人所重以顯鮑詩之長。就其所論，亦可見鮑照風格雄健俊逸，乃後人贊賞之由；而其擅長則在樂府諸作，統觀歷代詩話所評，咸不出此二端。

　　以鮑詩專長爲評論者，皆見其樂府之成就超越魏晉。如沈德潛即曰：

> 鮑明遠樂府抗音吐懷，每成亮節，〈代東門行〉、〈代放歌行〉等篇，直欲前無古人。（《説詩晬語》卷上）

陳祚明《古詩評選》亦於〈擬行路難〉後評註：

> 鮑參軍詩，如驚潮怒飛、阻潮倒激，堆埼鷗嶼，蕩濶浸泊。微尋曲到，不作安流，而批擊所經，時多觸閡，然因不足阻其洶湧之勢。

　　評註者之設喻奔逸，氣勢雄渾，蓋由於鮑作之感染，亦可見其樂府風格獨異於晉宋篇制，故爲唐人習法。餘如〈松柏篇〉之悲婉曲折，〈代白紵曲〉之輕艷流麗，亦爲歷代詩家矚目，時見評論。〔註77〕其今存樂府詩八十餘首，由吟作之豐及詩篇概覽，足見各家評論確有所據，而《宋書》「嘗爲古樂府，文甚遒麗」之說亦稱允當。

　　著眼於鮑照才氣者，多譽其氣勢雄壯奔逸，堪與顏謝大家抗衡。如陸時雍喻其體創風貌，無人可及：

> 鮑照材力標舉，凌勵當年。如五丁鑿山，開人世之所有。當其得意時，直前揮霍，目無堅壁矣。駿馬輕貂，雕弓短劍，秋風落日，馳騁平岡，可以想此君意氣所在。（《詩鏡‧總論》）

　　《詩鏡》中此「五丁鑿山……直前揮霍」之擬，與升庵「壯麗豪放、若決江河」之形容適可謀合〔註78〕；而「駿馬雕弓、馳騁平岡」之境界，恰可爲後山「鮑照之詩華而不弱」〔註79〕作註解。故王漁洋《古詩選》以爲「鮑照宜在上品」，並贊其「明遠篇體驚奇，在延年之上，與康樂可謂分路揚鑣。」（《詩友詩傳錄》）而黃子雲則以爲：

> 明遠沈雄篤摯，節亮句遒。又善能寫難寫之景，較之康樂，互見專

〔註77〕如許顗《頻周詩話》乃評鮑照〈松柏篇〉悲哀曲折；吳聿《觀林詩話》則分就〈升天行〉、〈代東門行〉之詩句評析；范晞文《對牀夜語》則舉鮑照〈白紵曲〉與王建、張籍比較。

〔註78〕楊慎《升菴詩話》卷七，引《彥周詩話》之論，而評鮑詩「鮑照〈行路難〉，壯麗豪放，若決江河，詩中不可比擬，大似賈誼〈過秦論〉。」

〔註79〕陳師道《後山詩話》評鮑照、陶淵明曰：「鮑照之詩華而不弱，陶淵明之詩切於事情，但不文耳。」

長。(《野鴻詩的》)

　　由此可想，鍾嶸評鮑照「才秀人微」之嘆，乃相對於顏、謝之獨領風騷而評。而清代詩評對鮑詩之重視，已將明遠與當代主流相提並較，且毫無遜色，亦聊可補鍾氏之憾。反觀劉宋當代對鮑詩之忽視，其評價之漸獲提昇，亦顯而可見。餘如劉琨、盧諶、謝瞻諸家詩篇，皆自《文選》優予選錄後，漸受評家留意，賞贊遂多，〔註80〕至與潘陸並轡、顏謝矯抗，《文選》之影響亦大矣。

四、評價略見貶抑者

　　風流嬗變，隨時抑揚，千古之下，本難盡得贊同。尤以南朝詩聲文過情，氣不勝辭，〔註81〕獨擅於時風者，常難逃後世之譏。太康陸機、永明沈約，斯可爲代表。

　　陸機宏才，本爲眾人共推：張華嘆其才患太多，作文太治；葛洪推爲弘麗姸贍，一代之絕；《晉書》謂其「天才綺鍊，當時獨絕」；《語林》贊其「天才秀逸、辭藻宏麗」，〔註82〕故鍾嶸評其「才高詞贍、舉體華美」，允爲「太康之英」(《詩品上卷·詩品序》)；而《文選》選詩則顯其體擅多方、列爲晉詩名家，並擢爲歷代詩人之冠冕。此固因晉詩尚綺，士衡沿高才以會采，故華美繁縟、富艷難踪，率領一代風騷。齊梁以下，雖尚典雅，猶慕其博文高采，故《詩品》、《文選》仍推崇宗風。

〔註80〕元·陳繹曾《詩譜》評劉琨、盧諶二家：「忠義之氣，自然形見，非有意於詩也。杜子美以此爲根本。」明·王世貞《藝苑巵言》卷三，則推美石崇，並謂：「劉司空亦其儔也，答盧中郎五言，磊塊一時，涕淚千古。」又見施閏章《蠖齋詩話》亦美劉琨詩才。元·陳繹曾《詩譜》亦推舉謝瞻詩曰：「景至清虛，甚有古文。」又見謝榛《四溟詩話》卷一，亦引宣遠詩而評析之。

〔註81〕《文心雕龍·情采》曰：「而後之作者，採濫忽眞，遠棄風雅，近師辭賦，故體情之製日疎，逐文之篇愈盛。」元·陳繹曾《詩譜》亦曰：「凡讀文選詩，分三節：東都以上主情，建安以下主意，三謝以下主辭。齊梁諸家，五言未能律體，七言乃多古製，韻度獨出盛唐人上一等，但理不勝情，氣不勝辭。」

〔註82〕《世說新語·文學篇》，劉孝標注曰：「機善屬文，司空張華見其文章，篇篇稱善，猶譏其作文太治。謂曰：『人之作文，患於不才，至子爲文，乃患太多也。』」葛洪《抱朴子》佚文中有謂：「機君之文猶玄圃之積玉，無非夜光焉，五河之吐流，泉源如一焉。其弘麗姸贍，英銳漂逸，亦一代之絕乎。」《文選》文賦注引臧榮緒《晉書》曰：「機字士衡。……年二十而吳亡，退居舊里，與弟雲勤學，天才綺鍊，當時獨絕，新聲妙句，係踪張蔡。」汪中《詩品注》引何氏《語林》曰：「陸平原天才秀逸，辭藻宏麗。」

李唐而後，詩風丕變，氣象宏開，乃見潘陸之雕琢近偽。故評家歷觀詩風演變，每以陸詩為詆詰。如張戒曰：

> 建安陶阮以前詩，專以言志；潘陸以後詩，專以詠物；言志乃詩人之本意，詠物特詩人之餘事。……潘陸以後專意詠物，雕鐫刻鏤之工日以增，而詩人之本旨掃地盡矣。」(《歲寒堂詩話》卷上)

此乃就詩篇之題旨取向及詩采之增華，見陸詩之體異漢魏。而嚴羽以禪趣論詩，故亦重陶潛、阮籍，斥晉詩縟繁，率太康雕采之陸詩，尤為所鄙，其曰：

> 晉人舍陶淵明、阮嗣宗外，惟左太冲高出一時，陸士衡獨在諸公之下。(《滄浪詩話》)

此後，陸詩評價日降、每代愈下，前有所揭，後必隨聲附和，既居下流、眾穢乃集，與南朝之領先地位，遂不可同日而語。今摭其受議之處，約有二病：

一以陸詩病於綺靡：陸生才富，騁詞而無裁，前人已謂其「綴辭尤繁」、「尤傷直致之奇」。〔註83〕陳繹曾乃惜其「才思有餘」而未能痛割捨；陸時雍則見其「苦於縟繡而不華」〔註84〕；而《四溟》論陸詩之病肇端於「緣情綺靡」之說，斥為捨人牙穢，故僅得六朝弊端，去漢魏日遠：

> 陸機文賦曰：「詩緣情而綺靡，賦體物而瀏亮。」夫綺靡重六朝之弊，瀏亮非兩漢之體。徐昌穀曰：「詩緣情而綺靡，則陸生之所知，固漢魏之渣穢耳。」(《四溟詩話》)

明人復古，尚漢魏風骨，振詩以言志，故視「緣情、綺靡」為異端，雖見偏執，亦可突顯陸詩綺靡，乃知行一貫之呈現，惟因時風推移，以致品騭迴異。

一則以陸詩病在俳偶。乃因士衡詩才富贍，加以詞尚綺密，意匠有訌，遂使句法整飾、體流俳偶。故王世貞嘆其「俳弱」，許文雨亦謂其「俳偶雕刻、漸失自然渾成之氣」，故不及仲宣〔註85〕；而沈德潛亦論其體開俳偶，始肇流風：

〔註83〕《文心雕龍‧鎔裁》曰：「至如士衡才優，而綴辭尤繁。」。《詩品》上卷評陸機則曰：「尚規矩，不貴綺錯，有傷直致之奇。」

〔註84〕陳繹曾《詩譜》：「士衡才思有餘，而胸中書太多，所擬能痛割捨，乃佳耳。」陸時雍《詩鏡‧總論》「素而絢，卑而未始不高者，淵明也；艱哉；士衡之苦於縟繡而不華。」

〔註85〕王世貞《藝苑卮言》嘆曰：「陸士衡翩翩藻秀，頗見才致，無奈俳弱何？」許文雨《詩品釋》引劉勰語釋陸機文劣於仲宣之，曰：「劉彥和《文心雕龍‧隱秀》云：『雕削取巧，雖美非秀。』是以陸文不逮仲宣者，乃其俳偶雕刻，漸失自然渾成之氣歟。」

士衡舊推大家，然通贍自足，而絢綵無力，遂開出排偶一家；降自齊梁，專工隊仗，邊幅復狹，令閱者白日欲臥，未必非陸氏爲之濫觴也。（《說詩晬語》卷上）

此皆指陸詩雕琢尚巧、刻意俳偶，遂致體弱，既乏自然韻致，並失渾成氣勢。足見此「綺靡」、「俳偶」二病本相因而成，皆肇源於陸機騁才務博，刻意爲文之風。如驗諸士衡篇制，其實亦時見佳作，且存詩一二四首中，各類兼備，堪稱大家。其爲諸家訴病者，應在五言樂府、擬古諸篇。如許學夷曰：

士衡樂府五言，體製聲調與子建相類，而俳偶雕刻，益失其體。時稱曹、陸爲乖調是也。（《詩源辨體》卷五）

李空同曰：

機本學陳思王，而四言渾成過之，然五言則不及矣。〔註86〕

黃子雲則曰：

平原四言，差強人意，至五言樂府，一味排比敷衍，間多硬句，且踵前人步伐，不能流露性情，皆無足觀。當日偶爲茂先一語之襃，故馳名江左，昭明喜平調，又多採錄，後因沿襲而不覺，實晉詩中之下乘也。（《野鴻詩的》）

諸家所評，乃足以明陸機五言樂府形虛排比、內乏情志之弊，實爲其詩致譏後人，評價日下之主因，其次則爲〈擬古詩〉十二首〔註87〕之病於板滯。王夫之評其「步趨如一」；李重華則病其呆板；〔註88〕陳祚明詳析其病於擬古太過，步趨必守，「在法必安、選言亦雅，思無越畔、語無溢幅」，此種擬古態度之謹愼，反成拘累，著意於字句工拙，體調神韻反未得古詩「文溫意遠」之致。故王世貞以爲「陸病不在多，而在模擬，寡自然之致。」（《藝苑卮言》卷二）當可爲陸詩之針砭，爲詩家之評提要。

觀陸機於「樂府」、「擬古」二類詩篇所受疵議最多，而《文選》選錄至豐（樂府十七首、擬古十二首），除歸諸時代評價之差異外，《文選》品選之趨向及評詩觀點，亦藉此可予省察。

〔註86〕此乃見汪中先生《詩品注》陸機下注，錄《詩紀別集》引李空同之評。

〔註87〕鍾嶸《詩品》上品評古詩曰：「其體源出於國風。陸機所擬十四首，文溫以麗，意悲而遠」吳汝綸《古詩鈔》曰：「陸士衡所擬今可見者十二首，鍾記室云十四首，蓋二篇亡佚矣。」

〔註88〕王夫之《古詩評選》卷四，評陸機擬古詩曰：「平原擬古，步趨如一。」李重華《貞一齋詩話》則曰：「陸機擬古詩名重當時，余每病其呆板。」

　　沈約歷事三朝，操持文柄，名重齊梁，儼然爲一代文宗。原其本附竟陵，共八友而受重，繼踵元長，辨四聲以創體〔註89〕故獨步永明，稱一時之選，而見重閭里、誦詠不斷。簡文謂其文章之冠冕（〈與湘東王書〉）；梁元帝推其詩多而能（《論詩》）。自梁武踐阼，鄙詆聲律，隱侯常懷憂忌，遂少佳作。故《詩品》僅定品於中列，《文選》選錄沈詩，亦取位於江淹、范雲之間，勉爲歷代名家之末，實已啓貶抑之端。

　　後代評詩，亦多循《詩品》評語，譏沈詩多而不精，如王世貞曰：范沈篇章，雖有多寡，要其裁造，亦昆季耳（《藝苑巵言》卷三）。王應麟則較近於鍾嶸之評：「休文諸作，材力有餘，風神全乏。觀彥昇、彥龍，僅乃過之，世以鍾氏私憾，抑置中品，非也。」（《詩藪》）施重華則譏之曰：「沈隱侯最講聲病，昭明選錄至多，余意沈詩生氣索然，並不逮何范二家。」（《貞一齋詩話‧詩談雜錄》）

　　三家品論雖稍異，卻同詆沈詩篇雜繁蕪、了無詩趣之病，遂因范雲等人清俊婉轉之篇章減色，失其獨步當代之優勢，幾乎淪爲范雲、任昉諸家下塵，其地位之貶抑，較而可見。尋其根源，乃因爲沈約意求工麗、曲就聲律所致。故唐僧皎然溯聲律流變，以爲弊出「沈休文酷裁八病、碎用四聲，故風雅殆盡」（《詩式》），明代王世貞等人則歷指沈詩聲病，以爲休文嚴造格律而自犯聲忌〔註90〕；王壬秋乃直斥沈約「自負知音」、「妄謂獨得」，其實無勝前人。〔註91〕二王批判雖屬，所論前人早已見之，獨出語敦厚，故曰「斲削」、曰「清瘦可愛」、「氣骨蕭然」，〔註92〕其意旨乃相同，皆謂沈詩詞意割裂、枯槁無味，陸時雍以「有聲無韻、有色無華」概括之（《詩鏡‧總論》），可稱允當中肯之評。然此類詩病之指瑕，實無掩其聲律理論之貢獻。〔註93〕

〔註89〕《南史‧陸厥傳》曰：「永明……時盛爲文章。吳興沈約、陳郡謝朓、瑯琊王融，以氣類相推轂……約等爲文，皆用宮商，將平、上、去、入四聲，以此制韻。」

〔註90〕《藝苑巵言》卷一～三均多針對沈約聲律說評論。如曰：「沈以四聲定韻，多可議者，唐人用之，遂足千古。然以沈韻作唐律可耳，以己韻押古選，沈故失之。」「休文之拘滯，正與古體相反，唯近律體有關耳，然亦不免商君之酷。」然並以前四病於聲無害，後四病尤無理，不足道也。

〔註91〕《八代詩選》中，王壬秋評曰：「沈林文自負知音，其才不靈。大概祖述士機、鮑明遠、顏延之，而俱得其形貌。乃以宮商中律，妄謂獨得。顧云潘陸顏謝，去之彌遠，亦大膽矣。今其詩見在，烏睹其勝前人乎？」

〔註92〕陳繹曾《詩譜》曰：「沈約，佳處斲削，清瘦可愛，自拘聲病，氣骨蕭然。唐諸家聲律皆出此。」

〔註93〕《唐書‧文苑傳序》云：「近代隱侯斟酌二南，剖陳三變，摅淵雲之抑鬱、振

至於王船山《古詩評選》痛斥其連篇累卷，罕見佳構，雖有其評選觀點之獨特，卻使沈詩評價遂直落谷底：

> 休文得年七十三，吟成數萬言，唯〈古意〉「明月雖外照，寧知心內傷」十字，爲有生人之氣。其他如敗鼓聲、如落葉色，庸陋酸滯，遂爲千古惡詩宗祖。

此言雖不免苛責，亦可見沈約「拘守聲律、滯釆無神」已成眾家同詆之詩病，其評價遂不復昔日，逐代低靡，致有「惡詩宗祖」之毀。沿波討源，《詩品》評析、《文選》選錄時，實已兆其先機。

另有謝靈運、顏延之、潘岳諸家，亦皆倡導宗風，素享時譽之名家。南朝詩評推崇均高，《文選》選錄亦各展專才、名列前茅。〔註94〕唯唐宋以後則見其指瑕紛出，褒貶交陳，評價亦略趨下流：如謝靈詩時有「工於句求」、「牽強繁雜」之評，〔註95〕故體俳氣弱、不及漢魏古風。施補華僅許其「勝於陸士衡之平、顏延之之澀，然視左太冲、郭景純、已遜自然，何以望子建、嗣宗之項背」（《峴傭說詩》）；而顏延之諸作亦有「老生板對」、「時露斧鑿」之詆，僅餘〈五君詠〉尚爲評詩者高〔註96〕；潘岳詩篇多文釆過勝之病，唯以〈悼亡詩〉婉轉深情，獨得激賞〔註97〕；江淹篇制，素以擬古見重，後代詩話則多離析而觀，

潘陸之風徽，律呂和諧，宮商輯洽，不但子建總建安之霸，客兒擅江表之雄。」案：此評乃就論沈約聲律說之啓發唐詩而言，故推其成就遠大，若驗諸詩篇實作，則不免如諸家之譏。故註90王世貞之評頗當耳。

〔註94〕參見前章第一節《文選》選錄結果，各家排名如下：
謝靈運：劉宋第一、歷代第一。擅長述德、游覽、行旅、贈答、雜詩、雜擬六類。
顏延之：劉宋第二、歷代第三。兼長郊廟、詠史、贈答、行旅、游覽。
潘　岳：西晉第三、歷代第十。以哀傷見長，兼擅行旅一類。
江　淹：梁代第一、歷代第八。以雜擬一類壓倒群雄。

〔註95〕汪師韓《詩學纂聞》摘舉謝詩五十五例，並分「句不成句」、「好用易詞、用輒拙劣」、「押韻牽強雜湊」等數類評論。王叔岷《鍾嶸詩品疏證》則舉五例，論證謝詩放蕩逞才，累句甚多，有拙劣強湊、牽強雜沓之病。陸時雍《詩鏡》總論，則曰：「謝康樂詩，佳處有字句可見，不免硜硜以出之，所以古道漸亡。」乃謂謝詩工於句秀，而無完篇。

〔註96〕王世貞《藝苑巵言》卷三評曰：「延之創撰整嚴，而斧鑿時露，其才大不勝學，豈惟惠休之評，視靈運殆更宵壤。……老生板對，唐律賦之不若矣！」又曰：「延年五君，忽自秀於他作。」黃子雲《野鴻詩的》卷二「光祿每多盛服矜莊之作，填綴中不乏滯響，然五君詠，自當高步元嘉。」

〔註97〕鍾嶸《詩品》評潘岳引時人之論曰：「翰林嘆其翩翩然，如翔禽之有羽毛，衣服之有綃縠。」陳繹曾《詩譜》則曰：「安仁質勝於文，有古意，但澄汰未精

分敘短長，不復《文選》美其全體傑出。〔註98〕故詳較評論，諸家互有抑揚，譽隆南朝之聲勢不再，所評愈見確切中肯，此殆歷代詩評演變之共通。

餘如王融、何遜、柳惲諸家詩，本為《文選》所略，驗之詩話所論，亦僅取「吉光片羽」之清麗，難得「通篇渾然」之佳作，故雖獲明人品鑒，猶謂其「語不成章」、「惜少全作」、「篇法不足」，〔註99〕餘則少見推譽，足見諸家詩篇本有其寫作成就上之缺憾，未能盡符文選「沈思翰藻」之基本條件，加以風格、內容與編旨有違，遂為《文選》選詩者割捨。藉此歷代詩話之輔證，亦可驗知《文選》各詩家之選取、偏重，乃大體謹守「集其清英」之編纂目的而行。

小　結

劉勰總觀九代文華、撮論諸子才略，乃喟然贊曰：「才難然乎！性各異稟。一朝綜文，千年凝錦。餘采徘徊，遺風籍甚，無曰紛雜，皎然可品。」（《文心雕龍・才略》）沈思此言，實與《文選》評選詩家蘊旨相合。《文選》上下千載、涵括百家，略除繁蕪、唯求詩英，雖無品第顯陳高下，然衡較諸端，分層評比，亦略可區別各代名家、詮序詩壇英華，陸、謝、顏、潘等十二家遂得以領先一代，輝耀群倫；唯稟賦天生、鮮能圓通，未得兼善者，則不妨

耳。」此皆以潘詩尚於詞采之論。范晞文《對牀夜語》卷五、謝榛《四溟詩話》卷四，則皆引潘安仁悼亡詩句，評其「悲有餘而意無盡」云云。黃子野《野鴻詩的》則總評曰：安仁情深而語冗繁，惟顧內詩獨悲云云一首，悼亡詩曜靈云云一首，抒寫新婉，餘罕佳構，昔人謂之潘江過矣！」

〔註98〕總評江淹雜體詩優劣，並論其瑕者，有嚴羽《滄浪詩話》：「擬古惟江文通最長：擬淵明似淵明、擬康樂似康樂，擬左思似左思，擬郭璞似郭璞，惟擬李都尉一首，不似西漢耳。」陸明雍《詩鏡・總論》，則曰「江淹材具不深，凋零自易，其所擬古，亦壽陵餘子之學步於邯鄲也。擬陶彭澤詩……其似近而實遠。」餘則有吳开《優古堂詩話》、吳聿《觀林詩話》評其擬湯惠休詩；謝榛《四溟詩話》評其擬劉琨、擬顏延之詩未得法；汪師韓《詩學纂聞》則分摭江詩各篇中蕪句，以為多有可議。

〔註99〕明代詩話論王融、何遜詩者甚多：如楊慎《升庵詩話》卷一、卷二、卷六均推舉王融。而陸時雍《詩鏡・總論》，則曰：「王融好為艷句，然多語不成章，則塗澤勞而神色隱矣！」。另見楊慎《升庵詩話》卷七、陸時雍《詩鏡・總論》均引何遜之佳句美評，而黃子雲《野鴻詩的》則曰：「仲言屏棄駢辭、天機清引，造語新聞。惜少全作，杜陵所賞，亦只在吉光片羽也。」王世貞《藝苑卮言》卷三、則舉柳惲名句二則，以為「置之齊梁月露間，矯矯有氣。」並兼評何、柳、吳三家曰：「何水部、柳吳興，篇法不足，時時造佳致。何氣清而傷促，柳調短而傷凡，吳均起語頗多五言律法，餘章綿麗，不堪大雅。」

展其專才之美，故《文選》亦藉詩體分類各推諸體擅長，阮籍、郭璞乃得以無慙名流，應璩、束晳因不致汨沒無聞；觀其體近鍾品之嚴明，實襲劉書之評論詩觀，雖篇籍紛雜而大體無遺才之憾。

　　驗諸南朝詩評，則舉體畢孚：凡《文選》中各代詩體流變之綜觀、名家之萃選，皆與公論所推相符；時代風格、詩家評價之詳析，則僅「崇愛太康、黜抑江左」之作風與沈、江、鍾、劉諸家稍異，與蕭史所尚爲近。足見其詩家詮選，乃奠基於時議之上，於當代風尚多所遵循。

　　較論於歷代詩話，則詩英畢集，甚少缺憾，猶恐浮濫：由歷代詩話中曹、謝、王、劉諸子之屢受推崇，阮、左、韋、張之獨擅古今，可證《文選》品錄善擢名家，百代風從，自陶潛、鮑照之逐代揚名，越石、子諒漸獲青睞，得見《文選》選詩鑒識超卓，無囿時論；唯對潘、陸、顏、謝評譽甚高，難經時空淬煉，不免有「尚藻崇華、評選寬泛」之譏。〔註100〕驗證《文選》所錄歷代詩英前十家之比重而觀：建安、太康、元嘉三期鼎立，「以情緯文、以文被質」之建安詩歌無復優勢；見其已較前人禮重晉宋詩篇；由各家詮次而論，則太康、元嘉分踞前列，顯然較偏愛詞富文華之詩家，難脫齊梁尚藻務博之風習，遂成後世詩家詆詰之口實。

　　總觀《文選》之選才，大體以時尚爲歸趨，故就論當代，不失爲網羅英華、眾論推服之選集。且對淪居下陳者獨具鑒裁，惠予拔擢；然於盛得時譽之名家，則不思辨察、無見其弊，遂浮泛時流而不自覺。致《文選》傳世價值稍減，一旦文風遞變、時運交移，則嗤議漸出，標榜難再。

〔註100〕參見袁行霈〈從昭明文選所選詩看蕭統的文學思想〉一文。出自《昭明文選研究論文集》第 39～44 頁（吉林文史，1988 年）。